中国地标之恋丛书

沈阳·在雪一方 下卷

Shenyang Zai Xue Yifang

秋　林·主编

沈阳出版社

下卷 **目录** CONTENTS

只有一个北市场	斗斗李	001
万泉密码·爱无疆	罗健	053
真爱·浑河	白晔	103
穿越地铁的爱恋	莫端倪	149
棋盘山下芦花白	王小妍	195
青年大街千百度	秋林	237

只有一个北市场 斗斗李

　　一个走神眨眼的工夫,我仿佛看见一个穿着旗袍的女子,向北市场的牌楼徐徐走去,一步一莲花。

　　我感到轻松。很多年前纠缠我的那个梦,终于随着心中那个花朵盛开般的声音,被抖落在路上,埋进了雪山……

一

我是刘立朵。

多年过后，一旦感到困顿，记忆便逡巡回初识天娇的情景，甚至连同她睫毛上俏皮的闪光都历历在目，当时心中的感受就像那个夏天列车窗外最毒辣的阳光一样，痛快极了。

我和天娇已经许久未见，我的小说进展并不理想，我急需见到她，并不因为小说主人公的原型是她的姥姥。仿佛以前一样，一旦思维又被日常禁锢，我便会急切地需要见到这个性情跳脱的姑娘。终于见到她，我努力地在这个相识多年的女子身上搜寻着属于她的踪迹，那个两个月以来与我日夜相伴的，七八十年前生活在脚下这片土地上的女子。她哼着遥远的奉天落子，越唱越淡，全化作没有尽头的绵绵思念了，最后，连那思念也无法入土为安，把疑惑留到这一代，生出了纠缠。

天娇对于别人的打量从不敏感，她答应我这是今天的最后一支烟。她旁若无人地窝在沙发里，哪怕对杂志里的珠宝指指点点，仍然还是那个把行李扔在路边不管不顾疯跑起来的姑娘。渐渐地，我在天娇的身上勾勒出她的轮廓，哪怕天娇与她的姥姥淑贞之间并无血缘关系。

此时的我和天娇，是我开始写这部小说以来的第一次相见。她毕业刚刚两年，虽是小有名气的地方台主持人，作为在沈阳试图扎根的外地姑娘，却需要付出更多，整日装扮光鲜奔波于青年大街的电视台与各种活动现场之间，便也无暇叨扰我。

　　多年前——那是我即将大学毕业的夏天，我像封闭的蒸馏瓶里亟待喘口气的蒸汽一样，突然间跑了出去。那是我将近30年的人生中唯一一次貌似出格的事。而在此之前，我从未离开过偌大的沈阳城，这个城市似乎足够大了，容得下我的全部起居和拔节。那是拍毕业照的前一天，拗不过住校的同学而被留宿，那可是我第一次夜不归宿，既紧张又兴奋，就在那个辗转难眠的晚上，我陡然生出一种逃跑的冲动。我在沈阳北站买了一张清晨去往山海关的卧铺票。就这样，我遇到了天娇，一个趴在对面卧铺上疯狂喷香水的峭瘦姑娘。

　　"你叫什么？"对面的姑娘扭过脸，眼角下有颗不明显的泪痣，皮肤有些暗黄，一双敏捷的小鹿一样的眼睛却把整张脸衬得格外清透。

　　"立朵。"

　　"立朵，是和花有关的名字。你喜欢这个味道吗？如果不用香水，我就睡不着。"

　　"可太阳已经出来了。"

　　"如果你陪我聊天，我就不睡觉。"

　　除了笑我该说些什么合适呢？心里觉得这个姑娘真好，她那样没有距离，有着我从未拥有过的小狐狸一样的灵气。她成为我第一次紧张旅途中奇迹般的出口，暗夜中蓦然看到的光，在之后的生活中，也是。

　　"我叫天娇，天之娇女。"

　　她当时介绍自己的口气，像个真正的千金。多年后她说，名字，只是长辈的期望而已。

　　那天本该在锦州下车的天娇决定陪我去山海关，她下这个决定那般轻松，仿佛只是放学回家的路上拐弯去超市买两根麻酱味道的中街大果。后来我们挤在我的卧铺上，为了逃避列车员检票，她将披散的头发用我的皮筋盘在头顶，尽可能地把身体藏在被子中，手脚很凉，说起话来吹得我耳朵微微痒。她那时黑瘦，细骨架却有肉，但牛仔裤上的金属点饰终是把我硌得生疼。我们交换个人信息和旅行的心意，很快觉得对方不可或缺，不输给一见钟情的男女。

我们在山海关只逗留了一个中午，由于我要在天黑之前回到沈阳的家而结束了我们的第一次相会。回沈阳的路上，她极不情愿地在锦州先下了车。走的时候，留下了那瓶满满的香水。我知道，她对我很好。

她的香水至今放在我的床头柜中，藏匿已成为习惯，那是爸妈不允许拥有的东西，仿佛禁忌一样不该存在。而在山海关的情景，至今未在我的脑海中有丝毫褪色。天娇牵着我的手，在正午的山海关街道上肆意地奔跑，我为自己的不得体感到惊恐，她却不管不顾地笑，小腿肌肉结实，脚腕纤细，脚步掷地有声，阳光打在地面上，打在树木上，打在我们身上，汗水顺着发根向下流，天娇的香水味盖过了街道两旁开得最旺盛的花朵。

二

我是何天娇。

立朵是我在沈阳最亲的人。

我又一次问立朵："如果有一天，我无法逞强，你仍然情愿收留我吗，像那时我不愿下车面对家乡，你便带我走。"

立朵总是在我发问后浅浅地笑，不然就像这样，说些并无关系的话，大凡都是"把烟戒掉"或"裙子不要太短"之类。

她的家住在北市场一带，一条叫北三经的街上，距离沈阳一间据说很有说法的喇嘛庙很近，是叫莲花实胜寺的，但立朵总是随口叫作皇寺。一次五一节，寺前的一条路举行了盛大的皇寺庙会，又据说是中国几大庙会中最盛大的一个，一眼望不到头的一整街玩物风味，各种口音和着音乐叫卖着，我们吃到撑，淘了一模一样的杯子，咯咯笑个不停。我还买到两把白钢的军刀，和刘闯一人一把。这类小礼物，立朵和刘闯至今都保留着，我却由于频繁的搬家弄得全部不见了。

皇寺旁的广场上铸了清朝十二帝的铜像，半弧形排列在白云黑土间，高大安详。立朵是非常崇敬康熙的，她说这一排君王，最富文韬武略的就是康熙。而我异常喜欢流连在皇太极的脚下，就吵着去他脚下坐坐。皇太极后面的石阶，就是我们经常坐着聊天的地方，哪怕近年繁忙，也仍然抽空去回顾。立朵就又啰唆道："天娇，没有人会穿着这么昂贵的衣服随便坐的，沾到难清洗的污渍，难不成你又要扔掉。"

在我大学还未毕业的时候，立朵进了一所学校做老师，寒暑假的时候我时常借着演出的机会回沈阳在立朵家小住几天。立朵本就没什么朋友，加上我懂得给立朵的家长送些贴心的礼物，她的家人待我还算热情周到。她的房间里充满了书籍纸张的味道，立朵妈妈新换的床单又总是干爽，晚上不喷香水我也可以很好地入睡。而寒暑假的白天老师自然不需要上班，我就缠着立朵去那个广场坐坐，说起话来没完没了，直到立朵妈妈喊我们回家吃晚饭。作为交换，入睡前我就给她讲姥姥的故事。

我琐碎地讲。

"楼下的一条街，就是姥姥出生的地带，大概就是前面的那块地方，那里曾经是一个红火的旅馆，她是旅馆主人的女儿。1921年张作霖大兴土木建设北市场，她就出生在旅馆的阁楼里，当时接生的婆婆费了一上午的力气，将姥姥接出来时，她便迫切地睁开了眼。虽然姥姥的母亲从未过门，女儿却享受了尽可能最好的抚育和调教。她那本姓爱新觉罗的满族正白旗的母亲，喜欢穿着斜襟的袍子，从来都在衣侧别着一块手帕，并且让女儿随了自己的姓，给她取名艾淑贞。我想，她的先人们，一定尽心尽力地服侍过这些同族的帝王们，像女人对爱情一样鞠躬尽瘁。"

立朵笑而不语，眼睛熠熠闪光，像我刚刚认识她的时候一样。

第一次见到立朵的时候，她窝在火车狭窄的卧铺上，激动和焦虑同时出现在她的脸上，她对一个疯狂在公共场所喷香水的人没有现出丝毫反感，令我判断她是一个善良的人。她说她是第一次出门，她还说"我要去山海关，那是一个叫海子的诗人离开人世的地方"。我对诗人之类的一无所知，她便给我背诵一首诗，"从明天起，关心粮食和蔬菜"，音调好听极了。还有两句我异常耳熟的，大概在哪里听到过，她说："面朝大海，春暖花开。"

我多么羡慕立朵啊，尽管她比我大两岁，却纯净如婴儿一般，她说话和眨眼都是缓慢的,像那种静静矗立在温室中的马蹄莲,把碎花的素色衬衫穿到最合体,似乎只需要关心诗歌和品德,这世界上一切艰难的事情都与她无关。而且她一定被保护得很好,甚至连第一次独自乘火车出门都理所当然地紧张。她说太阳出来了,她陪我聊天。

我喜欢不停地说话,这大概与我学播音主持专业有关,又或者因为我只有在说话的时候,才感觉自己不是独自一人。只有一个时间我会心甘情愿地停止说话,那就是睡觉的时候,而气味让我安心,无论睡在哪里,只要有熟悉的味道,就令我不至于感到颠簸。遇到立朵时,我在用一款沉静的香型,它有一个叫作"尼罗河花园"的好听名字,代表莲花和生生不息,遇到立朵时我把它送给她,没有别人更适合它了。那香水花掉我半个月的生活费,我用逃课去商演的收入赚了回来,一个月都在吃学校食堂的上海生煎包。那次旅途后,我使用的香型几经更换,全部是凛冽的香气,麝香、罂粟、檀木、广藿香,听起来很坚强。

那阵子常听一首歌,有句歌词是好样的——都说我和你调性不搭就像德国雨爱上加州阳光——就TMD像我的爸妈。他们会因为一顿饭菜的咸淡争吵,为我的教育争吵,为妈妈对着电视剧中的军人说了一句脾气倔而争吵。为一切而争吵。爸爸是从黄河边转业回来的军人,脾气暴躁容易动手,妈妈秉性沉闷也不会周旋,我在10岁的时候感到忍无可忍,分别劝他们必须离婚,不要苟延残喘。自从没有了生活伙伴,他们分别把全部的心思都放在女儿身上,全力以赴地爱我,我不能令他们有丝毫担心,因此诸事学会独自承担。而那里的生活记忆,又仿佛总是潮湿的,它黏在我的身体上,像水蛭一样疯狂地吸走我的快乐,我不断地不断地拍打它们,那些打掉的却仍在追赶我,我逃啊逃,总这样在梦中疲惫地奔波。于是对我来说,除却回到他们的视线中生活,除却围绕从前的轨道,任何一个地方都可以成为选择。因此大学毕业后,我决意留在沈阳。没有什么地方比沈阳更好了。

沈阳是姥姥经常念及的地方。沈阳的西南方,便是我出生的城市锦州,它紧紧贴着渤海,节奏缓慢,口音尖锐。姥爷讲过,他年轻的时候发生过一场重大的战役,只锦州一个地方就死伤几十万军士,然后他放低声音接着说:"那时指不定什么地方就有枪声,我带着你姥姥脑袋掖在裤腰上从奉天赶马车过来，用命换来的，没什么地方比这儿更贵重吧，所以一辈子都不走了。"我打小儿是同情姥爷的，尽管我更爱他。他一生都从未胖过，倒也硬朗，不懂诗书，只会写几个还算周正的繁体字，勤劳养家，听姥姥的话，姥姥的心思不在他身上，他也都柔和地应付着。后来柔和到女儿两次被丈夫要求打胎，只因腹中生长的不是男嗣，姥爷也只是沉闷数日息事宁人。而我就是那躲不过的第三个女儿。

大概只有这样的男人，才会陪着妻子日日缅怀着她的老情人吧。

政府的缅怀方式，就是修建了那个庞大的辽沈战役纪念馆，就在姥姥家附近。小时候我不懂得，就指着那个方向问姥爷为什么中国人要打中国人，姥爷实在想不好如何回答，便说"争着让你们这些淘气孩子过好日子"。姥姥对那场战争是格外敏感的，每每姥爷竖起手指，让我适可而止，尽管我当时认为，她大概已经听不懂了。

纪念馆对我来说，只是入队和入团去的地方，却是姥爷姥姥散步的去处。直到姥姥生病后期再难像常人一样思考，姥爷仍然坚持每日推姥姥去那里透气。遇上雨大雪大，姥爷也要搬把折叠凳子，在楼道口陪姥姥念叨一阵子。而出门前换衣，他总不忘在姥姥的口袋里放一张用纸包裹的照片。那照片陪姥姥到入墓，是我小时候最担待的细节，但我终归没有看清上面的模样。姥爷就那样对姥姥调笑，神色中满是坦然，他厚实的大手放在姥姥的头上，笑眯眯地说："把你的秘密揣好了。"

每提到这个细节，立朵就若有所思地呢喃："女人的最伟大的秘密。"

我相信立朵一定是懂了些姥姥的。她闭门不见人时，我深夜打去电话，只见她压抑着声音哭。而我是个懒得猜测的人，只知道，这部小说是立朵的心愿，我能做的，就是全力以赴让它被更多人看到。立朵起初对此排斥，觉得写小说完全是个人行为，如若能上架被有缘人阅读，达成倾诉，便修成正果。而我却在私下拜托了师兄刘闯。他如今做影视工作室，靠拍摄广告糊口，立志投身影视制作行业，定是有机会认识好的导演和制片。而之所以情愿她写姥姥的故事，也是一直看她有感同身受的姿态，她写得好，代替我去探索，再把她带进更广阔的世界，阻止她嫁作平庸麻木的主妇，这通篇考虑便是我的私心。

我总是唯恐立朵有朝一日成为菜市场讨价还价的妇人之一。尽管我不无期望她过上知足的生活，却更偏颇地认为那样的立朵会越加胆小狭隘，也不会再收留我，再没了拥我入睡的情感。

　　我刚刚记事的时候，姥姥已经间歇地前言不搭后语，偶尔思维清晰时，最喜欢哄我睡觉。我是淘气的小孩，时常闹觉，她便会讲，不听话的孩子要在夜里被背到北市场西口的大寄骨寺的，夜里，那些落摞的棺材里的人要催你跟他聊天的。以至于后来刚刚睡在立朵家里，便在夜晚感到恐慌，立朵攥攥我的手指，我顺势钻进她怀里。她说："那里如今像沈阳任何一个角落一样繁华喧闹，那些鬼魂和震慑鬼魂的红眼大黑狗，大概更怕说起话来没完没了的姑娘吵到他们的好梦，害他们去不了极乐的地方。"

　　"你从不撒谎的。"

　　"我没撒谎。"

三

　　此时此刻坐在我对面的天娇，依旧泛着好闻的香水味，独立而果敢，经常语出惊人又一笑了之。

　　"天娇，你这条裙子会不会有些短，要不要把我的纱巾给你盖在腿上？"

　　"让那些男人看着吧，纵然他的目光看进我的衣服里，我也没有丝毫可能进到他的怀里。我和他，又有什么关系？"

　　"男人从来都不是我们的仇人，你该及早安定一下这尖锐的脾气，挑一个沈阳男人嫁掉，反正除了这里，你也从未想过去别的地方。"

　　"立朵，你看，窗外这些急急赶路的行人，除了懒得用心的男人，就是不愿付出的女人。"

　　"天娇，你曾经问我真爱有多远，可你参透它究竟是什么了吗？你的姥爷姥姥固然有真爱，姥姥对青山固然有真爱，却有哪份真爱得到圆满。真爱永远只是种无法成全的情怀，它和人间烟火没有关系，仅此而已。"

"这就是你写了许久，从我姥姥的故事中悟出的道理吗？爱情故事若这样冷漠并充满距离，如何让我们现实中人获得安慰。"

"那么说，找不到不是更远的距离吗？"

"我的女作家，我们干吗争论这个。它只是稀缺到我们难遇到而已。想走的路，再远也要去。对于它或者婚姻，我会自己找到答案的。"

"天娇，如今的婚姻更多是衡量彼此简单地搭伙过日子，不需要太多道理。"

"眼下的生活不如自己先争取安定，几人比自己可靠。"

"何必那么辛苦，不要匆忙赶路，忘了风景。女人的视角是向上的，越往上爬，你会发现可选择的越少。"

"女子无才便是德，才女怎么这样说我？"

"要求动心怕是比要求合适更难对付。"

"阿姨最近有给你洗脑吧，不要担心我。你呢，最近又有相亲吗？"

"能躲的都躲过去了，躲不掉的，就排在了小说的后面。"

"立朵，我始终不懂，一份稳定的工作，一个同样有稳定工作的男人，有一套二环以内的房子，生一个根红苗正的健全孩子，每天去超市买新鲜的蔬菜水果，早睡早起，安宁生活，虽是阿姨的期望，不也是你迁就的安排吗？我并不为那欢喜，可是为什么，当初你辞掉老师的工作，突然写什么该死的小说，受这一字一句的折磨？"

"我们不是说好了吗，这是我的秘密，对于你，我只保留这一个秘密。"

天娇总是好奇我的秘密，在她眼中，我内向又顽固，顺从家人的意志却做了相反的事，我时常担心她的决绝脾气，会不会突然受不了我的有所保留，一走了之。这个不管不顾的不上心的姑娘，该是不知道，我何曾不是保留着一些些的情怀的，谁人没有情怀，只是更容易发生在曾经。它那么羞涩，耻于见人，在我十六岁的时光里，是那个低着头抱着诗集匆匆经过操场的平凡少女，没有人去评估她是否漂亮可爱，只有校园广播里那个经常穿格子衬衫的学长的声音说："这是一篇优美的文章，希望你写出更多更好的作品，与我分享。"

年少时不沾染丝毫烟火味的单恋啊，随着沈阳四季分明的春开秋落渐渐变得模糊；那些所谓的关于面朝大海春暖花开的梦想啊，也逐渐落进了尘埃里吧。我至少应该在进入尘土弥漫的凡世生活前，为我的青春做最后一次辉煌的祭奠，哪怕它似乎从未盛开过。而我唯一擅长的，大概就是写作了，我应该写出一个伟大的爱情故事，半年，一年，最多两年，把所有的情怀和在他们看来不切实际的念头，一齐埋葬在那些文字里，从此老死不相往来。

四

尽管北市场是姥姥曾经生活的地方，有所牵绊，我却住在了沈阳的另一个地方。过一条大路，就进了繁荣热闹的太原街，有时候周末意外没了工作，便把刘闯从工作室里拖拽出来，一遍遍地闲逛。

"天娇，你这样搀着我，让过路的美女以为我名草有主，真耽误我的幸福啊。"

"你的幸福就是姑娘我对你不离不弃，给你竖立标致的参照物，以免你这单纯的眼睛跑了偏，落进哪个万丈深渊，还要叨扰我去送饭。"

"那这位姑娘，您大概是昨天晚上酒醉没缓过来，如果不是瞎了眼，当初学校广播站选拔，我又干吗拨开一排白衣蓝裙的水灵妹妹，挑出个大尾巴狼。"

"你一提到酒，胃又疼起来。"

"天娇，昨天晚上那几位老师，一点为难你的意思都没有，你干吗那么拼命，一杯接一杯，我下定决心才当面阻拦你，你却一点不领情。"

"该喝的酒，就要喝到趴下，影视剧是立朵的机会，我们年轻人一无所有，除却诚意，还有什么可给。"

"你这样做，立朵知道吗？不要做徒劳又伤害自己的事。"

"我要帮她实现梦想。"

"梦想？可笑，她知道这是自己的梦想吗？"

"她会知道的。"

"你这是强迫症。"

"这是爱她。"

"爱她干吗要求她,让她适可而止好了。"

"你为什么不适可而止。"

"你,去死。"

"那是我自己的事,她29岁了,帮她往前走就是我的方式。她心疼我,我无以为报。"

"那我的心疼呢?"

"你这是赤裸裸的嫉妒?"

"是。"

"再见!"

又和刘闯不欢而散了。我知道自己多么幸运,对此充满感恩,然而总是弄得极其糟糕。他最近常常心疼我的境遇,同样劝阻我见好就收,像个全心全意的女人一样缓慢下来。就好似叛逆期的女孩子对待表达关爱却言辞刻薄的兄长,我一次次伤了他的关怀,我多怕哪次我的暴躁让他走了心,咬牙丢下我,那我便只剩下立朵一个贴身的朋友了。

朋友。

我们总好像有很多的朋友。以往的同学,一起吃午饭的同事,酒桌上一面之缘的客户的合伙人,沙龙上留下名片的人,甚至哪个只是耳闻过的朋友的朋友等等,似乎整个城市充满了朋友。就像女人由于找不到中意的男人而关怀起闺蜜,男人由于需要伙伴而时常相互靠近,男女间为迎接暧昧制造噱头,整个城市,由于寂寞,才貌似都多了朋友。

然而立朵,她是否是我的朋友已不再重要,重要的是,她是我。

或者冥冥中立朵与我本应成为同一个人,那个人一定是个完人,但必须生生分裂天各一方,成为两个充满缺陷的个体。好在我们很容易从对方身上察觉到遗失的自己,和自身最急迫的期望,彼此觉得重要。

刘闯说:"你们那么不同,在同一个城市中各怀心事,一个急于逃脱,却总有着无法割舍的牵绊;一个忙着扎根,又经常感到疏离与不安。"

我想，归根结底同理。我和立朵因此都是幸运的，我们足够不同，才会彼此为灯、为出口、为另一双口舌，用自己的人生观要求对方，希望对方好，同时妒嫉对方的拥有，又同时保护那些标准，在对方的生活中潜水，交换着呼吸，甚至，有时感到这样才会更血性地生存下去。

五

我的秘密，就是一个叫作苏乔的人，我甚至从未对天娇提起过。

那是我高中一年级刚刚开始的时候，军训的尾声遇到连雨天，所有的新生都被带到礼堂里看广播站组织的国庆朗诵比赛。报幕的说，下面是来自高三一班的苏乔，带来舒婷的《祖国啊，我亲爱的祖国》。苏乔穿着格子衬衫，衣领和下沿都板板正正的，细高的样子，剃着简洁的毛寸。一旁的学姐们，全都在卖力地鼓掌。

苏乔清了清嗓子，伴着缓慢深沉的音乐开始朗诵："我是你河边上破旧的老水车，数百年来纺着疲惫的歌，我是你额上熏黑的矿灯，照你在历史的隧洞里蜗行摸索。"然后他却不出声了，又清了清嗓子，继续朗诵："我要做远方的忠诚的儿子，和物质的短暂情人，和所有以梦为马的诗人一样，我不得不和烈士和小丑走在同一道路上，万人都要将火熄灭，我一人独将此火高高举起，此火为大，开花落英于神圣的祖国。"

所有的人都傻掉了，只有我一个人莽撞地鼓掌。

那是海子的诗，一个异类，一个卧轨自杀的人，在那个年代，不着迷诗歌的人，不会赞美他。他的诗集是我藏在床底的秘密，如果被爸妈看到，大概会被看作不合适的偏激的东西。然而苏乔却在学校严肃的最德高望重的领导面前，大声地朗诵它。

我轻轻地打开窗户，深呼吸后，又小声地关上了，继续写起来。

他出现的那个傍晚，所有人都以为会下雨，然而厚实的乌云笼罩了整个奉天，就是没有落下什么。每个人都压着头，懒得说笑，就连场子里人都较以往少，叫好声更没大听见。跑腿的姨娘来喊淑贞，说："难得人少，熟客没几个，还看得出只是来喝茶度日的，该去张嘴熟悉熟悉场面，不然你天资再好，附不上饭碗，就都成了呆板功夫。"

　　这姨娘本是淑贞父亲旅店里后厨的婆娘，淑贞出生的时候，她还是别人"典"过来做淑贞母亲丫鬟的，伺候淑贞母亲以外，没事儿帮着拧拧房间。如今旅店经营成花茶楼，花茶楼里除却老板，最管事的便是跑腿做牵线的。新老板有别宗生意，亲弟弟尚小，又不要内人抛头露面，管待跑堂的角色也实在重要，这个淑贞叫作姨娘的渐渐就显眼起来。原先的后厨如今只需要做些进茶的点心和花生米，反而从叔叔变成了姨夫。自己丈夫都让七分了，姨娘就更被敬重了。

　　"淑贞啊，该是没吃饭吧，刚才一个跑堂的去买来几个三合盛的包子，你别再跟姨娘制气了。"

　　"姨娘，已经过去好些天了，我哪放在心上。"

　　"你看看，明显是不看我。你练得好听，客人循着上楼要你唱，也不该掌人家嘴的嘛。"

　　"他拽了我的手，该打。"

　　"那姨娘当着他的面训了你，你也要掌嘴给我的吗？"

　　"知道姨娘场面上过不去。"

　　"什么都明白，就是拗。"

　　"我正饿了。"淑贞拿过包子裹在手里。

　　"淑贞啊，当初你父亲将我嫁给那呆子，是放了我的自由，我一辈子千恩万谢不尽，"说着又拉着淑贞坐过去，"但我一个给别人做工的，能回报的就是多嘱咐你，你父母已经仙去，赶上如今我抛头露脸儿，正适宜听姨娘的话呀。"

　　"当年师父来奉天演出，常来我家旅馆小住，清清楚楚地跟我说，她是18岁第一次登台。我虽没跟师父日日地学戏，却也要做到地道，万万不能比师父上台早。这些，姨娘该是知道的。"

　　"知道，知道，你跟你爸妈一样，是个重情意知道理的丫头。"

"姨娘知道还劝我。"淑贞吃了几口包子,觉得好吃,又娇嗔道:"最疼我的就是姨娘了。"

"你这贼精的丫头。但也说起来,过些日就是八月十五,我们这门脸儿比不上它四海升平,却也因为清静得许多权贵看得起,招来好多生意。那日那个可是公益当的侯爷,在官办的当铺管事儿,我们惹不起。"

"姨妈又想说些什么。"

"八月十五他必然是会来的,到时若招你唱两句,姨妈就是三头六臂也挡不住了。"

"八月十五淑贞已过了生辰,可以上台。"

"小丫头哪来的嚣张气,你一次台没上过,突然上了中秋的台面,怕是丢人的。全国的名家名角在北市场唱红了,才算真正红,若是中秋节你第一炮唱好了,先在我们小东高高地挂号,以后也没什么姨娘操心的了。"

"罢了罢了,姨娘还是想我上台练练把式。"淑贞早在心中就知道这次是挡不过的,只是稍稍泼皮耍赖,做个应该有的样子。

"说好了,你今日可以不上行头,全只摆摆样子,算在屋子里背词了。"

"不上行头。"

"肯定不上行头。"

"白瞎了师父当年留了一件现代戏的学生衣裳,还是在哈尔滨那个叫秋林公司的定做的稀罕东西呢。"

"得便宜卖乖,早知道这样气我,就该在18年前偷来扔去寄骨寺喂狗。那些大黑狗净吃些死人和破落户,还没尝过新鲜的孩子呢。"

六

由于之前的一个投资人撤资,剧组在一开始就举步维艰,其中一个做房产的投资人继续注资的举动实在让所有人吃惊。立朵似乎与这位不常露面的投资人相识,一度为他的手笔担心,然而这个动作,终是把大家都救了。剧组终于可以多机位拍摄，这么长的镜头，还是第一次。

如今会唱奉天落子的人十分难找。听他们说，1948年沈阳解放后，东北文协评剧组接管了北市场大观茶园的落子戏班，改为唐山评戏院，后又改为东北戏曲研究院实验评剧团。在这个阶段，由于当时的艺术改革，原有的一百多出奉天落子中，凡被认为有不合时宜内容的都没有再演，一下消失了六十多出戏；剩下的戏改了唱腔，在地方戏基础上加入新歌剧，传统落子自然衰落了。所有人调动关系挖空心思，终于请来一位评剧演员，师出有名，难得可以把奉天落子唱出个模样。

小时候姥姥哼唱几句，已经字句含糊。我问姥爷她唱的是什么，姥爷就说，算是评剧的。我在一旁拍手，姥爷兴致上来，就继续说："如果不是你姥姥糊涂，我也不会再有机会听到了。当年有一阵子，想进场子听你姥姥唱一出大戏，最多时要花掉10块大洋呢！10块大洋，就是10袋50斤的面粉，稀贵。"他讲着讲着一乐，说："住我一旁的做嘎拉哈的老钱就听过一次大戏，那之后的半个月，一快到饭点儿就轮番儿去亲友家串门儿，人家供顿饭，听他讲讲那排场和模样儿。人情处了，听戏添进去的伙食费也就捞回来了。"

下一场戏令我分外紧张，除了要配合着评剧演员的声线摆落子架子外，更令我坐立难安的，是与青山的相遇。因为在台上的段落要推到评剧演员录完再拍，我终于可以休息。

整个夜晚我都在辗转难眠中度过，我躺在立朵右边，无法专注地和她聊天，一种兴奋而不安的情绪笼罩着我，仿佛知道命中注定的那个人就快出现了。

因为要赶黄金档期，也因为投资方的信赖，电视剧的拍摄早早开始，立朵如今需要做的，便是把草草完成的剧本赶在拍摄进度前对未拍摄的部分进行修改和完善。近段时间以来，我几乎天天来往于棋盘山的关东影视城和市里，而立朵要安静地经营剧本，虽然我们效力着同一件事，却极少见面了。幸好有电话和网络的存在，让我知道，她果然是开心了，比我想象的还要愉快。我觉得我的一切付出变得值得。

第二天早上醒来，吃过立朵妈妈做的早餐，立朵便匆匆地准备出门。

尽管立朵妈妈暂时不再对工作繁忙的女儿做相亲的唠叨，立朵却似乎找到了灵感岛屿的样子，日日出门，每晚都带着莫大的收获回来。

由于过度疲劳和日夜作息紊乱，睡觉这件事对我来说反而失去了重要性，我变得不那么需要它。约了刘闯陪我逛逛，便穿着松垮的运动服出门了。临走的时候，立朵竟然在仔细地打扮，由于刘闯早早地到了楼下，我便没来得及追根究底。

"这么多天没见了，一大早就摆出这么臭的脸，你家猫被药死了？"

"我想了一个晚上，天娇，决定当面问问你。那个影视公司的老板，怎么就能答应做这部戏，我太了解那个胖子了，他是不是对你做了什么？"

"你说什么呢？"

"别装傻。立朵的小说刚写完，出版社还没答复呢，影视公司就答应考虑拍，还就是上次我带你去吃饭的那个，然后招商酒会，然后立朵就开始写剧本，然后俩月工夫，投资已经到位，又仨月工夫，剧本没改完呢，你就告诉我开机了，闹呢？"

"天时地利人和，你羡慕嫉妒恨吗？立朵一个字一个字地码的，故事是根据我姥姥的事写的，影视公司是看准优势和时机的，投资方也不是傻的，你嚷嚷什么？"

"何天娇，你敢不敢发誓？"

"不敢。"

"你说的我不信。"

"不信就对了。"

"我再问你一次，何天娇，你告诉我，否则小心我做出点什么疯狂的事。"

"什么疯狂的事，难不成你跟我绝交？还是由于你满腹理想我去实现了你嫉妒疯了要掐死我。"

"我做的疯狂的事，就是相信你刚才说的话。"

"……"

"走。"

北市场似乎要做大规模的改造，如今四处都是即将拆迁的褴褛砖房和灰头土脸的小摊贩，他们沿着几条小路摆满旧物件，有仿青花瓷的盆盆罐罐，有分辨不出真假的古玩和书籍，修鞋匠和卖吊炉饼的破旧门脸儿都在抓紧做生意。低头的时候，会有些分不清时光，抬头看去，远处高耸入云的高楼反而格格不入了。

我极喜欢那种老旧漆木柜子上卸下来的瓷砖、凤凰、寿老、花朵，还有描着牡丹的木框方镜子，我没有议价，一摞摞地买来，堆在刘闯的怀里，让他给我好好地存放在他的工作室，日后我要作嫁妆的。

刘闯瞧着我和小摊贩们聊天撒欢的样子，终于被哄开心了。他穿着低裆牛仔裤，由于负重，走起路来可爱极了，我被逗得笑得更欢了。路人纷纷侧目，我们都是无视路人的人。他更把东西撂在路边追过来踢我屁股，我见他要扔掉我的宝贝，反而打了他。他怕我生气，又摸着我的头赔不是。

姥爷也是这样喜欢摸姥姥的头，手放在后脑勺，别过来对着姥姥的脸掖着下巴看，仿佛手心中的这个女人是一个风华绝代又有些性格娇骄的可遇不可求的女子。姥爷说："以前总是把摊位摆在小东茶社的前面，天天都能蹭曲子听，有一个阴天一不小心被一个阔太太赏了一块大洋，使了个大劲也没舍得进去喝碗茶，就听见里面一个声音唱起了《王少安赶船》，传说中的奉天落子皇后也就唱这个样儿吧，听得我愣是坐在自己的破靠背椅子上一下午缓不过来，鸡皮疙瘩起了一身，那叫一个好呀！"姥爷说起来意犹未尽的样子，"如今做梦也没想到，老天爷让我马得志，一个剃头的，娶到了唱戏的仙女儿，豁出命来也要对她好呢。"

"姥爷对姥姥的好，真是下了血本了的。"

我一出感慨状，刘闯就装作听不见一样，要么就冷不丁地笑两下，好像我讲的是个冷笑话。尽管他口是心非、真心话反而用玩笑或揶揄来表达、越亲密的人越容易发脾气，我还是喜欢没事和他腻着，我可以笑，可以骂，可以胡搅蛮缠，可以栽歪在他肩上看动画片，可以在他面前伸手勾内衣带子。和他在一起容易变得轻松，大概因为他就是这样一个小孩子一样的人，好哄好骗，一张街边的鸡蛋饼吃进去，再差的心情都雨过天晴。我们像小伙伴一样，开心就好，性别变得没那么重要。

我是被他带着长大的，他恋爱了我就不乐意，我恋爱了就从他的世界中消失。想起这个当初的文艺男青年如今不得不为房子和金钱放弃电吉他，闷头被那些一点不懂的客户指指点点，便觉得心疼，于是挽住他的手，继续往前走。

我问刘闯："你想要什么样的爱情。"

他说："我想要一种爱情，彼此鞠躬尽瘁，却比简单本身还要简单。"

我想了想只能说："听起来比他们别人高级。"

我们来来回回地走，带着有意的寻找，那些旧日的繁荣和叫卖声，渐渐地，都从土地里钻出来了。

那种杂乱和热闹，不是你想不想搭理就能接受或拒绝的，全都直截了当地钻进你的眼里，让人迈不开步子。各种茶楼当铺饭店金店不说，光看那砍砍杀杀的，用手掌劈开花岗岩的，弯在一旁偷摸瞟着人的算命的，还有人耍着吓死人的把式，只为了卖医治跌打损伤的药水、顺带兜售起专管久婚不孕的大药丸，你刚想看个热闹，发现远处的人堆儿比这大，于是忙不迭地跑过去，生怕错过什么稀奇事，抻长了脖子往里一看，唉呀，一个一年四季光着上身的壮汉熬着膏药，脖子上缠着胳膊粗的蟒蛇，一声不吭地搅和着锅里乌漆麻黑的东西，再回头，人太多，已经挤不出去了。

七

"马拉车上的人还没下来，就听茶馆跑堂的高高地喊到，两位爷别来无恙，里边儿请。那跑堂的边喊着边一溜烟颠到里面，用脏了的手巾板儿像炮仗一样一下子窜上了二楼，又一个跑堂的瞬间找了个空位，用肩上的白手巾冲着凳子左右掸两掸，用一只手就把嘴儿有一尺多长的大茶壶拎到了头顶附近，倒进酒盅大小的茶杯里，滴水不溅。抢上能称'爷'的客人都能得两个小棍儿的赏钱，可小东的做工的都处得像一家子，回头得钱的跑堂就分一个小棍儿给先前的一个。"

天娇说:"那时的人真心地相亲相爱,多好。"

她对第一次遇到青山的戏格外紧张,我用了好久哄她入睡,似乎一无所获。但她真是个禀赋惊人的姑娘,谁能知道,除却上学时的表演选修课和给刘闯拍过的一些小打小闹的短片,她还没正当演过戏呢。我说:"你闭上眼睛,想着,就在楼下的那条路上,皇寺里的喇嘛跟今天一样虔诚地唱经,锡伯族的家庙还在皇寺旁边,满洲省委的墙还是那几块砖,天空也还是天亮后的这一片,青山脚踩着这片土地,一步步地出现在姥姥的世界里,姥姥正不紧不慢地唱着落子,一只苍蝇飞过落在溜边儿听戏的后厨的光头上,后厨半天才感觉到难受,一巴掌拍过去。"

青山在天娇的心中几乎是个偶像,那完全源于一个女孩子对姥姥的爱情的幻想和设身处地,加上天娇完全在调动自己的情感进行演绎,我甚至担心她难以自拔。

那天也是个阴天,我马虎地穿着粗布裙子,并且觉得没必要化妆,天娇临时要录节目,我便自己去了电视剧的招商酒会。被影视公司的老板带着频频问候,觉得羞涩乏味,便执拗地想走,又被留下,说之后有为山区孩子们做的慈善拍卖,要走了我的仿藏式手镯。由于好奇谁会买走,便又坐了回去。

苏乔冷不丁地出现在台上,声音和气质完全没有变,他说:"每个曾经有过流浪情节的人,都对西藏有过向往吧,哪怕成人后有了足够的能力条件,走遍世界,仍然对西藏情有独钟。"十几年后的苏乔健壮了许多,穿着BURBERRY的格子衬衫,哪怕有了生意人普遍的肚囊,也还是气宇轩昂。

我对天娇说:"当天小东茶社里的光景就是和天气一样消停的,尽管外面的买卖人都没收工,来的客人也就那么几个,她,就心不在焉地上去唱了……"

八

淑贞穿着及膝的水洗色斜襟袍子,不像绸缎旗袍那般修身,学着母亲一样在腰侧的衣襟里别一块手帕，姨娘也没有让她拿下。上了台闭嘴鞠个躬，下面的客人没什么显眼的，看了这个半大丫头一眼，继续做自己的闲事了。

"书房内终日里，苦读闷坐，出门来，一路信步到凉河，岸边翠柳生倒影，鸳鸯戏水荡清波，喜鹊枝头喳喳地叫，景色宜人难表说……"

正唱着，大门口的光影就被遮住了一块儿，跑堂的大概见是个不够体面的先生，便没见叫喊。一曲唱完，淑贞才发觉台下鸦雀无声，像是没了一个客人。

姨娘想是急了，就缓了一句："两位爷还要什么茶点吗？"

仿佛被惊醒了梦，所有的人突然都站了起来，跑堂的全都站在台下一动未动，本就没多少客人，掌声和叫好声却让淑贞觉得自己是在四海升平的舞台上。

淑贞被姨娘拽下了台，姨娘貌似比她更感到内心欢喜，纷纷向寥寥的几桌客人抱拳作揖。淑贞被搞得晕头转向，突然被一只手从背后牢牢地抱住了脖子。

侯老板想是喝多了过来的，嘴里一股酒气，肥粗的胳膊环在淑贞的脖子上，好像一拿下去就会沾她一领子的荤油。淑贞刚想去咬，就被另一个人夺了出去。那位先生三十出头，穿着粗布褂子，鹰鼻剑眉，个子不很高却矫健挺拔。淑贞正不知该作什么声，姨娘一把又将她揽去了身后。

粗布褂子先生说起话来底气倒很足，"侯老板定是刚才喝得多了，扶错了东西。"

"寡人没喝多，弟弟小看了酒量。"

"没喝多就是弟弟招待不周嘛，没有管足够，莫非，弟弟是个小气人？"

"弟弟说的哪家话，这妹妹唱得清凉，我已经醒酒了。"

"醒酒了？"

侯老板明显意识到了什么，马上回："这……好像又没醒。"

粗布褂子先生扭头对姨娘说："管家的，我这哥哥该是你也相识，陈某名青山，第一次陪哥哥来，听说小东茶社的茶下工夫不偷懒，遗憾今天哥哥喝多了，没办法仔细坐坐，钱拿着，以后往陈某账上签。"说着，把钱袋子撇了过去。

姨娘好生客气一番，终于送走了两人，惊魂未定地说："这陈先生粗布衣服，没见体面，又有关里口音，如若不是侯爷喝多了，该是他挡不住的，但难说这侯爷看上我家淑贞了，今后小心着点。"

说着，掂着钱财走了。

这段戏结束了，我却立在原地，半天看着大门走了神儿。

天气已经凉了，剧务送来热水，我才醒过神儿。隔着杯子口升腾起来的蒸汽，我似乎真的看到戏院大棚的门口，被一个影子硬生生地挡上一块儿。

来探班的男人是苏乔。

九

淑贞第一次和青山对话的段落，我是在苏乔的公司里写出来的。本可以在小说中含糊地带过，遇到剧本，便需要铺展和探索，费心透了。

他看了我的小说，邀请我去他公司坐坐，于是鼓励我好好写剧本，腾出空间供我创作。他如今做房产销售公司，口碑极好，刚刚开始接触房地产开发，正是需要钱的时候，对于影视投资，本是看下热闹的事，却在招商宴会后决定合作。

记得那日在他的办公室喝茶，员工走进来递了一份文件，询问是否有疏漏。拿给老板的文件自然是检查数遍的，拿来询问，明明只是形式上的请示，看起来洋洋得意，该是等待老板的夸奖。苏乔在简短的夸奖后，便签字同意印发了。可令我感到惊讶的是，随后苏乔却拿起电话，打给了人事部，给予了该员工5元钱的罚款，理由是没有用单面的废弃打印纸作打印样稿；随后又提出奖励200元，因为方案提早一周完成了。他在挂掉电话前，特别嘱咐人事专员要把奖惩缘由分别写清楚，公布出去。

这就是如今的苏乔，他一面在拍卖会上发表情怀，一面已经成为一个彻头彻尾的商人，事事拿捏，一丝一毫都掂量。

高中毕业后的苏乔选择了出国，临走时我们已经因为投稿和读稿的关系类似熟人，之前每每在操场上遇到，他会大声地打招呼，招来与我同行的女生的雀跃和羡慕。他临出国的时候，我已经读到高二，收到他寄来的书籍，纸箱子里附着一张白纸，字写得并不很好看，只有短短的两句："远渡重洋，带不走，也不要让它们寂寞。苏乔。"

后来，听说苏乔寒暑假也难能回来，选择在外打工，吃了不少苦。

我想，这一切都使一个少年快速地打磨为男人，学会了圆滑世故，学会了追逐名利，这都是可以理解和原谅的，甚至他学会了见利忘义，我也并不奇怪。

然而苏乔是善良的，他让自己具备了一个商人该有的全部，却狠狠地夺出了一小块，让情怀栖息。这样的人，依然是可爱的。

他给我递过一杯普洱，压低声音说："这几年饭局增多，熟茶养胃，小心烫。"

我看着他手指上隆起的关节，徒生一股心酸。我多么感激上苍安排的这一切，苏乔就活生生地在我眼前，完好无损，这是我在梦中都不敢奢望的情节，多少遍望眼欲穿也触不到的想象，如今真切地发生了，温暖那般实际，甚至连他脸颊上由于青春期留下的一粒疤痕都让我的眼睛舒适，以至于使我怀着安宁的心，继续写下去。

"陈先生今日找我，实在让学生意外。"

"淑贞姑娘自称学生，有什么道理呢？"

"我觉得不该说。"

"姑娘是准备说的，不然不会这样说。"

"陈先生虽然昨日着便装，话里话外却处处被侯老板担待，想必除了权贵或大师，也没有别的可能。"

"那陈某到底是权贵，还是大师。"

"陈先生第一面虽有疲惫色，却气度不凡，本应是个大师的，又一手矫健的力气，令人惊喜，淑贞猜来，是个懂文知书的权贵。"

"年纪不过二十,底气从何而来?"

"淑贞日日在人来人往的北市场茶楼里生长,想看的话,什么人都会看过。"

"你猜错了。"

"我猜对了。"

"你猜对了。"

"真是吓死学生了。"

"我今次来招惹你这姑娘,只是觉得和你投缘。"

"先生别藏了,如若不说原因,您便白求。"

"恕陈某有难言之隐,你要顾念陈某有恩惠于你,莫撒娇了。"

"淑贞万万没有撒娇,只觉同病相怜,做生死之交,该知无不言,若先生有疑惑,淑贞愿意做誓。"淑贞说着,便拿起一旁的剪刀,剪下了辫子。

"你又为什么这么下力气?"

"如果淑贞向第三人透露一字一句,就同这辫子。"

"好!你我二人投脾气,姑娘先说,陈某定有问必答。"

"先生对我又有什么好奇的。"

"姑娘喜欢哪些诗句?"

"最近尤其欣赏宋代文字,尤其是南宋的,即将亡国之时所创最好。"

"人生自古谁无死,留取丹心照汗青。"

"先生不问身世,是之前已经调查详细,还是并不好奇呢?"

"你已经明镜在心,干吗要问呢。陈某需要一个懂事理的追随者,更是依靠者,姑娘是个知心人。"

"先生定是用淑贞去逃避那些烦透人的应酬,再抛去一个不关心其他事的浪荡印象。"

"姑娘不关心陈某关心的是什么事吗?"

"当下形式,有心人无非几个所向,先生气概,一看便明了。淑贞心里有数,若是对的,自不必说,若是错的,不怕将错就错。"

"陈某内心苦闷,看来遇到了缓解的药。"

"淑贞只是同先生志向一致罢了。先生千万沉住气,炎黄血脉坚韧,血浓于水,阳光定普照大地。"半晌,淑贞仿佛想起什么伤心事,接着说:"可惜家父性情脆弱,政见无处实现,又遭那日本的官员利用,犯上了大烟,于前些年去了;母亲也悬梁随着走掉,不然也会看到心愿实现的。"她说着,走到窗前,又突然回头冲着陈青山微笑着说道:"不过,如今旅馆变作茶楼,先生反而可以做顺理的休身之地。一切都是因缘。"

"陈某何德何能,六哥被拘禁起来杳无音信,偌大个奉天自那找不到一个可信的同路人,今日,难得上天赏来一个妹子。"

"先生所说的六哥,难不成是那位早年在东三省呼风唤雨领兵打仗的,乳名里有个六字的姓张的先生。"

"陈某可否代六哥同妹妹握下手!"

"淑贞莽撞,想请陈哥哥抱住。"

十

苏乔递来纸巾,让我擦眼泪,说:"秋天干燥,别皴了。"

"开机仪式的时候为什么没有见过天娇小姐,之前见过的几个选拔的演员也没有你。"

"我和这个戏的一个参与者是闺蜜。"我喝掉半杯热水,感到脸颊发烫,"何况是我姥姥的故事。算是被临时抓来的。"

"不会是编剧吧。"

"你认识立朵?!"

十一

苏乔约我去唱歌,电话里说:"立朵,我有一个惊喜给你。"

拗了几下我便答应去了，毕竟，这个男人是苏乔。临走的时候我找出天娇送的那瓶"尼罗河花园"，怕是已经过期，便用在了围巾上，香味倒是一如从前。

苏乔在KTV楼下接我，说是有朋友也在，对不起我竟让我自己跑来。我看他被风吹得煞白的脸，又一阵动心，便什么也不说，低着头跟在身后了。

进了门看到阴暗的室内有个人窝在沙发上，顿时心中震颤。对方站起来后，我便看到了天娇的脸。天娇见是我，脸上突然神采奕奕，扑过来抱住我，像过生日的孩子突然拆开礼物发现惊喜。

我猜是苏乔有心，知道原委后挂念我们许久未见，安排了团聚，觉得温暖。我掐掐天娇的脸，发觉她又瘦掉一圈，骂了句"亡命徒"。

天娇异常兴奋，嚷嚷着："你们是怎么认识的，立朵立朵，我都不知道的，SURPRISE吗？"

我看她光脚站在地毯上，又忍不住训她："天娇，快把鞋子穿上，苏乔是我的高中学长，你也不该这么不见外的。"

"你又念我，好久不穿高跟鞋，脚趾难过。"然后又扭向苏乔，"苏总，呃不，苏乔哥，你白天跟我说起，我就知道你一定认识立朵的，怎么也没想到是旧识。你俩，有没有什么粉红色的往事啊？哈哈。"

我觉得脸红得生疼，只能举杯说为我们的团聚干杯。

天娇明显是意外的，我从不喝酒，任谁劝也不行的。她对我挤眼，一饮而尽。

其间天娇和苏乔都唱了很多的歌。天娇一副深情的嗓子，曾经她恋爱一旦失败，就找我陪她唱歌。边唱边喝，每每喝酒就沉醉亢奋，用她的话说，就是人格发生变化。她一个人从头唱到尾，我听得入神，便在沙发上沉沉睡去，醒来时天亮，天娇就会像变了一个人，精神饱满地拉着我去吃早餐。麦当劳的早餐蛋堡，她可以一口气吃掉三个，类似大病初愈。

于是，我回到家任凭爸妈对夜不归宿的事情再怎样问，都只是闭嘴不说，但心里是觉得舒坦的。

天娇去卫生间的时候，苏乔凑过来说："你和天娇，是天生一对的姐妹。"

我惊喜他的说法，自然要问为什么。

"如果你找到出口，一定是天娇的样子，而天娇一旦成熟，也便是你的轮廓。你们就像是播种在两个世界里的同一颗种子的两种可能性。"

我去卫生间找天娇，看到她正对着镜子擦晕开的睫毛膏，卫生间的光线打在她的身上，使她看起来那样充满光彩。她知是我来了，依然继续照镜子，若无其事地说："立朵，我真的想你了，没有人像你一样训我。"

我知她又在撒娇，嘱咐她少喝些，担心她明天的拍摄怕是扛不住的。

她说："你千万不要又睡去，我感到酒精已经有些上头，搞不好一会儿对包房里那个帅哥做出什么伤天害理的事呢！"

她边像男人一样将一整条胳膊搭在我的肩上，边张牙舞爪地大笑起来，把迎面拐进来的一位打扫卫生间的阿姨吓了一跳。

在回包房的路上，天娇问我为何要喝酒，见我不出声，便开玩笑地说："难道苏乔就是当初你情窦初开无关风月只关真心地暗恋过的那个他吗？"

"哪有什么暗恋。"

"哪个少女不怀春。"

我不敢看她，说："你个丫头，人家本不想投资，大概见编剧是我，动了友谊之心，我实在不能拒绝他的酒。"

天娇甩来一句"那好吧"，便笑着扭起腰身走在了前面。

我内心觉得歉疚，她信我从不撒谎，可关于苏乔，我一再对我唯一的朋友隐瞒甚至说假话。

回家的路上天娇睡在苏乔的车后座，苏乔先把我送回附近的家，我对他自然是放心的，却担心他酒后驾驶遇到麻烦。回家后打电话给他，大概是电量用尽了，已经转接到服务台。洗漱后依然坐立不安，我便打给天娇，响了很久，却是没有人接听的状态。这一夜，时梦时醒，梦里的天娇还是少女的模样，奔跑在北市场的街道上，回头冲我招手，我仿佛追得上她，却见她越来越远。惊醒时天色已蒙蒙亮，看到天娇的短信，说"宝贝我爱你"。

"我唯一的朋友，我也爱你。"

十二

整个北市场闹得沸沸扬扬，说把头儿的小东茶社中秋要唱大戏。谁都知道中秋各茶馆里摆筵席，要是有人不屑，就会被扳着肩头凑近来说，奉天的权贵全被请去小东了，还有日本人呢，压轴的是个刚满十八的丫头，男旦女旦都唱得贼正经，传说啊，是跟当年的李皇后学过戏的。

人们以听说过这个丫头的身世为荣，似乎知道得多些便与众不同。说小东原来是个像样的旅馆，旅馆老板早年收留了一个格格，长大后生下的就是这丫头，不信没事儿的时候你去小东门前溜溜，保不准就看见人儿了，那真是个格格的长相，身侧还别块儿手帕，你可千万别告诉别人，她跟大人物是相好儿的。

陈先生把整个中秋的场子都包了下来，特别差人送来了稀奇的果子和洋酒，还先给小东上上下下打点了红包，搞得妥妥的，只说是当心招待，都是奉天有头有脸的号儿。

小东老板来过，拉过姨娘问来原委，大概是知道冲淑贞的面子，便躲得远远的。姨娘可是乐得合不拢嘴，说了好几遍"指着我这外甥女，能过上好一阵子好日子"。

淑贞之前在门口的剃头匠那里修整了剪掉辫子的头发，后来发现那叫得志的半大小伙子还会烫洋发型，就隔三差五地光顾。他居然猜得出淑贞是跟那奉天落子皇后学过戏的，好心地关照她千万别唱那《爱国娇》。淑贞当然知道其中深浅，不为别的，只为少给陈先生添麻烦，那爱国戏把日寇骂得厉害，应作更实际的用途，用在鼓舞斗志的时候，不能逞一时之快。

前些日淑贞生辰，陈先生亲自送来一把黄梨木的纸扇，白花花的扇面上只字未添，说是要淑贞自己想想，一起添上心意。他走后淑贞提笔画了一片荷塘，一只俏皮的青蛙正跳向中央，一言一语都没有写。

中秋的戏台上，淑贞便持着那把纸扇，在最是火候的时候被姨娘报上台,一炮而红。

那场面一定惊吓到了整个北市场,来做客的岂止是奉天有头有脸的人啊,简直就是整个东北的权贵们最大的集会,穿制服的军官、日本人、金发碧眼的洋人,手上戴10颗金镏子的有钱人更是比比皆是。当时,剧场中的权贵们无论是懂戏的还是没听过戏的,个个儿全神贯注,茶碗里的热茶水一次一次地变凉,跑堂的腿儿更是跑断了,姨娘头一次发现自己也有掌控不来的场面,散场后的几天都是一副呆头呆脑的模样。

谁都知道了小东茶社的淑贞姑娘是陈青山的人,那个陈青山可了不得,当了几年兵就下海经商了,如今才几年,做上了军队的粮食生意,没准还碰军火呢。

中秋大戏的当晚,陈先生被淑贞留在房间中喝酒,她展开那把扇子,说:"这把美人儿的心思,如今可以来猜。"

陈先生皱着眉头呆愣了片刻,突然大笑起来。淑贞便知,他懂她了。

他轻轻揽过淑贞的肩膀,在她的耳边小声念起诗来:"闲寂古池旁,青蛙啊,跃进池中央,扑通一声响。"

她懂他虽爱国之心坚定,却会对俳句做客观的欣赏,有的是好的分寸,如若有朝一日太平安康,他也不会是那个偏激的人。而淑贞也是在倾诉于青山,她艾淑贞固然身为一名戏子,对他的爱不比爱国之心清淡,也同时执掌着分寸,不会叨扰他结发妻子的安宁,更不会毁了他心中的壮志。温柔乡固然多情,然国土才是英雄冢。

"自此今后,淑贞就是先生的人了,我这清白身子,今晚就交给您。"

"给我讲讲,你是如何下定决心的?"

"如今淑贞也不想瞒先生了。最开始淑贞看先生不是个猥琐讨厌的人,令人敬佩,身份又当得起淑贞的靠山,加上自身也能够帮到先生,便有心跟随。可时至今日,这中秋团圆之夜,淑贞对先生打心眼儿里不舍,更留得住先生,还有什么可疑问的。"

"陈某有家室,虽说远在老家多年未顾得上照顾,只差人送去足用的财物,但也应当先告诉你。"

"先生这年纪,如若不是残疾,也肯定做父亲了。"见青山皱眉,淑贞赶紧接着说道，"当今年月，生死都没有把握，及早在一起就是了，不想那些个。"

"这样便不要称我先生，该到了叫我青山的时候。我固然大出你若干，你这心性却不见得比我小一分一毫。"

"借着酒劲儿，这样的夸奖话我接着。"说着，淑贞捏下衣襟上的手帕，挡住嘴唷笑道："当年先父说笑，'作为一个禀赋超长的人的父亲，实在是件麻烦事儿，要放低天资的辈分，跟女儿论起友谊。'"

"你这宝贝，使我比那些壮志难酬的同僚，多了多少好运。"

姨娘来敲门，捧来了冰糕和五花糕，还有两碗冒着热气的青丝玫瑰油茶面，给床铺上铺了一块锁边儿的红布，吩咐人送来了绸缎的新被，知趣地说了好些吉祥话，青山一一给了赏钱，她才出去掩好了门户。

淑贞终于羞红着脸被青山揽进怀里。

苏乔遇到这样的戏，就出去抽烟。从上次和立朵团聚开始，他几乎无事就陪在剧组，有事的时候能电话处理就尽量不离开我的身边。他知道我缺乏安全感，要身边有人才会睡得安稳，我也懂他实在温柔地待我，一个生意人情愿倾注这么多时间，还有什么比这更贵重呢。

我们相爱了。

一个上午见不到苏乔，我就觉得心慌。中午的时候看到他的电话进来，一颗心都落了地。他在电话中说："20世纪50年代，有几位奉天落子名角去了辽宁省戏曲学校当老师，他们后来培养出来的几百个学员中，有不少人会唱奉天落子，我几经周折，给你请来一个老师，正在路上，马上就到。"

他不送我礼物，却知道我最急切的需要。我一招一式不想愧对姥姥，至少也要把样子摆好。大家夸我演得越来越像样，只有我自己知道，这心中满满的全部是真情。

戏里的黄梨木扇面是戏外的苏乔画上去的，我一直放在身边。

至于这把纸扇，却是立朵杜撰出来的。我曾在阅读小说时问她缘由，她说故事里的人总需要一些符号表白心意。我听不懂，取笑她写得有心机。她就解释道："如今我们生在和平年代，对任何一个国家的文化都可以做欣赏和宣教，懂得多反而要拿出去炫耀，很难拥有那样的忧愁。那是一对乱世中用公平之心热爱诗词歌赋的鸳鸯对太平年代的寄托。"

我当时逼迫她给我一个交代，说："姥姥的外孙女没有那把贵重的纸扇，你快给我解释。"

她对我这些胡搅蛮缠感到无奈，但好在每次都耐心应付。她说："战争后总会有特殊的年月，天下太平，人心却极度缺乏安全感，他们钻牛角尖，不允许一点其他的思想影响来之不易的生活，更别说刚刚被打走的人的东西，那把纸扇怕是会惹来敏感，便被得志偷偷地烧掉了。有什么比好好活着更能纪念往事呢？"

"姥姥去世后，姥爷就经常这样说，天娇，没想到我念起过的小事，你全部记得。"

立朵当时对我说："天娇，在那个特殊的年代，你的姥姥改名换姓，不仅是为了避免戏子的名声惹来麻烦。她姓了陈，还因为，她的后半生，要一直背着青山的灵魂活着。"

十三

我依然日日去苏乔的办公室改剧本，却已经好多日没见到他了，偌大的办公室顿时变得冷清，于是我又回到家里。妈妈看我在她眼皮底下对着电脑继续用掉光阴，觉得不理解，买来两盆仙人掌放在旁边，顺带小心地提起了相亲的事。她说上次没见上面的那个大夫的妈妈，看过我的照片觉得合适，如果能成，结婚后就在东北大学给我安排个团委的工作，总之我的条件也够格，那工作稳定又省心。

我装作没听见，如果是从前，就会说些搪塞拖延的话，可当下两件事用掉了我全部的心思，一个是苏乔，一个就是需要继续推敲的复杂的近代史。

那个风雨飘摇的年代，国不成国，城不成城，人也经常不成人。每个人的命运和名誉都受制于此。

淑贞在北市场彻底红了，连理发的得志都要进门做头发才不至于让淑贞被人围去。她如今出门改良的旗袍外穿着貂皮褂子，戴着皮毛帽子，脖子上和耳朵上永远金光灿灿的。有些权贵背地里骂她红颜祸水，不然一个陈青山拉拢好了，该是多好的伙伴，如今却见不到他的影子。爱国的学生却对这样一个浑身珠光宝气的戏子毕恭毕敬，都来源于她能把一曲《爱国娇》唱得群情激昂，甚至一些党派的集会她也莫名其妙地得来消息秘密前去鼓励。

政见一致的人心中，似乎达成了默契，仿佛一团同根同源的火分别燃烧，马上就要汇集在一起毁掉一个黑暗的王朝。每个人的心里都预感到，这里将迎来最复杂的形势，甚至是关乎危亡的最后关头。越在这个时刻，陈青山越表现得招摇，他带着淑贞同去故宫赏雪，一行数辆最好的车，从穷人的乞讨处经过，有意扬尘而去，把低头说着可怜话的乞丐吓一大跳。一旁经过的激进的学生看着车队嘴上骂着混账走狗，低下头给乞丐买了几个包子，用力地拍拍乞讨人的肩膀，又看着车队的方向投以极其微妙的感激的神色。

1945年春，苏联人打走了日本人，在沈阳火车站建造了一个一比一的坦克模型，奉天改号沈阳。那时，淑贞24岁，青山41岁。

他们已疏于相见，淑贞懂得家国命运到了关键时刻，除却好好地留在北市场便只剩相思。那张温情脉脉又坚定非常的脸，和他们共同的大心愿，牢牢占据了她的头脑。

她更加频繁地唱戏，秘密救助共产党的伤员，还收了几个天资和脾性都不错的徒弟，整个北市场的家国情绪正在暗暗地滋长。有国民党的军官来小东茶社找青山，说他曾经是奉系军阀的部员，便是国民党的好汉。淑贞心里清楚，他们怕青山进了共产党的队伍，为对方增长力量。她当然是更加聪慧的，回答说："艾淑贞在沈阳，陈青山可能在远处吗？"

她时刻记得青山的嘱咐，好好地活着，只要她在，他除非死，否则一定回来。

她在，他便在。

十四

"苏乔,你知道吗,清朝那么多的皇帝,我为什么偏偏喜欢皇太极?"

"因为我的宝贝天娇,有一个满族正白旗后裔的姥姥。"

"还有呢。"

"因为皇太极住在沈阳?"

"还有呢。"

"猜不出来。"

"小时候爸妈还在一起,我们一家三口来沈阳看故宫,我高兴极了,就去学校缠着历史老师给我讲那些典故。那是一个年轻的女老师,一年四季都穿着各式裙子。然后我就听到了关雎宫的故事。"

"'关雎'?哪两个字。"

"你是沈阳人,都不知道吗?"

"可我们都不常去故宫的,大概都觉得在家门口,它也不会跑,随时想去都来得及。"

"关关雎鸠,在河之洲。"

"窈窕淑女,君子好逑。"苏乔把我抱在怀里,然而我却想好好地讲这个故事。

"沈阳故宫里的关雎宫住过一个宸妃,名字叫海兰珠的。皇太极非常爱她,以至于她生了孩子,儿女已经很多的皇太极欣喜若狂,说这是皇第一子。那时候皇太极经常出去打仗,海兰珠在沈阳守着小皇子,日日盼着他平安归来,不久后,却守来了小皇子不幸夭折的噩梦。海兰珠哭啊哭,她是多么爱这个孩子啊,这是她和她爱的男人的第一个孩子。渐渐地,海兰珠的身体越来越不好,死的时候也没等到她的男人回来。你知道吗,一个统治着如此大疆域的君王,拥有天下,却在最爱的女人死后,也早早地去了。"

"他们多相爱啊。"

"是啊。可是这世上,有什么是夺不走的呢,又有什么是不会离开的呢。"

"天娇,你既然感到不安,我们又为什么不能公布恋爱的消息。"

"再等等吧。我讨厌别人讨论我的生活,或者误传我的工作来自男女关系。至少,我会因此少听到很多意见,而夸奖对我来说,没有意义。"

"那立朵呢,为什么不可以知道。"

"等立朵相到了动心的对象,再告诉她也不迟,我不想她因为我恋爱了,而感到一丝一毫的疏远和若有所失。"

"你和立朵这样关照,让我疑心你心里爱情和友情的分配不公,不怕我今后吃醋?"

"我们是闺蜜,你出现之前,她是这个城市里我唯一的亲人。"

"等戏拍完,你搬到我那里去吧。"

"好呀,我们一起奋斗。"

"不,我希望你好好地待在家里,我每天都能够看到你,瞧着你把早餐吃进去,清楚地知道你有没有好好卸妆再去睡觉,我的每件衬衫都是你熨的,我们一起养胃,一起戒烟,买一些植物,回家后我看到你就在那里,窝在沙发上看着韩剧傻笑,告诉我你多么想我。"

"一直在家里?"

"每分每秒,我丝毫辛苦都不让你吃。"

"你当真?如果我不喜欢呢?"

"那还是听我的。"

"苏乔,我们今后,一定会面临争吵。到时候,你千万别忘了我现在的样子。"

"傻话。"

十五

"立朵,你说这世上,什么是缘分。"

"在意就是缘分。"

"我刘闯是个俗人儿，你们作家说的话，我听不大懂。我就琢磨，这个年代科技太发达，缘分似乎变得没那么难找，可我觉得，你扔掉电脑电话，没有微信微博QQMSN人人网相亲网，你们碰到了，徒生默契，觉得舒服，才是缘分。"

"你见不到天娇，就学起她折磨人？"

"你知道吗，昨天我签了一个很大的活儿，有了它，我就可以把工作室搬到更大的地方，添点儿器材，平面也能自己做了。我高兴啊，请几个以前乐队的哥们儿在荷东喝了好些酒，然后又找了个串儿店喝了不少老雪花。我高兴啊，我想她啊，然后我干了件特傻的事儿。学生那会儿天娇用的那个电话号你还记得吗？你不记得，天娇可能也不记得，我，记得。拨过去一个老爷们儿接的电话，我对着那个老爷们儿说，我爱你。"

"刘闯，在别人眼中，你和天娇是那种传说中的异性知己。"

"你不是男人，你不明白。一个正常男的，又不是没小姑娘喜欢，干吗天天围着一个女的转，担心她冻着，担心她穿那么高跟的鞋崴着，甚至担心她过马路的时候心情好不好。你不会了解男女之间的友谊，如果亲密，能够维系，大多是这个男的喜欢那个女的，当着她的面又不敢放屁。"

"其实这些，我都知道。对于天娇，你该了解，她漂亮，勇敢，精力旺盛，嘴刁心软，却那么没有安全感。她喜欢听甜蜜贴心的话语，喜欢往人群里钻，热爱承诺，希望拥有足够的物质条件增添安全感。"

"我呢？我总是把关心的话说得像骂人，送我把刀我想说感谢，张嘴冒出来的却是淘宝20块两把。我没有房子、车子，买不起卡地亚的戒指，甚至连'我喜欢你'，都说不出一个字。"

我专注地看着这个大男孩，想知道这个城市中这样的男人到底少不少。同时感到自惭形秽，我又比他好到哪去。

刘闯临走的时候站在路边帮我拦出租车，眼睛一直盯着别处，像在自言自语。他说："2012都快到了，我们爱了那么久的人竟然不晓得这世上多个人爱她，如果知道，至少会增加些温暖呢。"

十六

"苏乔,我怀孕了。"
"戏拍完我们结婚。"

十七

　　女人天生一副制造生命的身体,怀孕之于女人的感受,是再聪明的男人也无法参透的。一个女人告诉一个男人,我怀孕了。男人的反应总是十分说明问题。女人在说出这句话时,神经已经自动调整至最敏感。
　　有的男人会反问,你确定吗。有的男人会先装作没听到,自己消化一下再做最因人而异的反应。有的男人很好,终于说出有关婚姻的规划,尽管这个女人未必要生下这个孩子。有的男人很糟,大概会问,谁的。哪怕之前所有男人的所答,都不一定是心里话,或者会不会半个小时之后变卦。
　　而最哀伤的便是,女人怀孕了,无法通知到男人。
　　再哀伤一点的便是,女人怀孕了,确定这个男人会欢喜,却无法通知到男人。
　　1948年春,淑贞已然很久没有见到青山了,春节后偶尔几次匆忙的见面,也只管互诉相思或黏腻着,来不及讨论其他。街头巷尾的人都在说,国民党主力军要从沈阳撤到锦州。淑贞意识到环境发生了变化,失眠和忧虑一齐袭来,加上时常厌食,明显消瘦了很多。每个月都来的那个事没到也无暇多想,只当是循环紊乱,尽量调理。
　　5月,淑贞终于见到了青山,他穿着有褶皱的短上衣和便装裤子,头发和胡子明显许久没有整理,眼中却熠熠闪光,说起长春即将发生变故,要立刻前往，此行又不知什么时候归来，任何人来问些问题，千万不要惊讶，装作心有秘密守口如瓶才会在危难时候保命。交谈中青山见淑贞脸色微恙，气息吃力，特意嘱托了姨娘记得照看。临走前，青山拉着淑贞去街口的照相馆拍了一张合影，似乎想再说些什么，却又觉得多余终归作罢。

青山离开的第二天，淑贞得知自己怀孕了。

十八

姥姥的10年忌日。姥爷住院了。

剧组已经休息了好几天，对内说是近几天气温过低，机器无法正常运作。我很容易地请到几天假，匆忙地坐上了回锦州的动车。

按照我们如今的进展，苏乔理应用他惯用的祈使句要求随我来，然而他只是匆忙地把我送去车站，告诉我回来打电话。虽然我更不希望他见到我拼命逃脱曾经的生活，但他的不要求，着实使我感到难受。

十九

影视公司的人说，资金不够了，看看能不能删改剧本。苏乔说，立朵，我顶不住了。

沈阳的冬天冷到人的骨头缝儿里，第一场雪就会停留到冬末春初。由于天气的制约，拍摄变得缓慢，摄制组的精密机器比演员更怕冻，加上预算做的不成熟，经费一点点被消耗，所剩不多。

苏乔特别警告影视公司老板和我："资金问题不要让演员和其他一些合伙人知道，恐怕没有意义，影响情绪。我会想办法。"

他已经为此奔波多日,很多不该做的事也都在亲力亲为,带着我四处见一些曾经的合作伙伴,省内省外,疲惫不堪。

二十

回到家乡的数日,苏乔并没有主动打电话给我,我也由于一种较劲的情绪一言不发。也劝过自己大概是他怕我由于家中事故悲伤繁忙而不想打扰。

姥爷的离世并没有让我和妈妈过度伤怀,只觉得他终于履行了对姥姥的诺言,努力地活着,八十多岁的高龄离开,并没受多大痛苦,如今和姥姥葬在一起,一定会含笑九泉了。

告别仪式出乎意料的隆重。两三天的时间,我和妈妈还有一些亲戚都在招待前来哀悼的来自四面八方的人,十有八九是陌生面孔。老邻居说,一个死人被这么多人挂念,做邻居的都觉得积德。妈妈说姥爷一向待人谦卑,帮助人历来全力以赴,这才是继承遗志。

墓地在锦州的帽儿山上,据说是辽宁省最好的地方,很多辽沈战役的将领也葬在那里。姥姥多年前叮嘱,如果去世,墓碑上要用她建国后的名字。她10年前下葬,姥爷又特别要求别的地方不去,就葬在帽儿山,位置和级别千万不能含糊。临最后姥爷还补了一句,意思是记得把那张照片也放进去。而墓地,他当时终归没有去。

夜里我拥着妈妈入睡,像小时候一样把脚放进她的膝盖下。她给我让让被子,很想说会儿话。

"我被收养的时候刚满6岁,你姥姥那时已经四十多,你姥爷也已经四十,没有孩子。带我过去的婶子说,他就是你爸的远房大哥,以后你要叫爸,然后就看见了她。只记得长得特别年轻,没几个那么白净的,穿着个暗红色的小翻领上衣,头发留到耳朵下面,头顶用细黑卡子别着,梳得一丝不苟。她见到我就递过来一块饼干,掏出块儿手帕给我接着,举手投足可好看了。她盯着我好像想起了什么心事儿,就被姥爷叫着去研究我的床铺了。那会儿刚刚过了春节,咱东北有二月二'剪龙头'的习俗,你姥爷忙坏了,她自己带着我去了商店,买了我这辈子第一件套绒的衣裳。"

二十一

"立朵,男人是不是总在得到以后,就变得不再宝贝人。他们知道女人跟了谁就认了谁,越爱越深,男人便下定心意她不会走,渐渐怠慢。"

我许久没见到天娇,她突然来到我家,说是刚从家乡回来,姥爷去找姥姥了。晚上照样睡在我的右手边,问些莫名其妙的问题。我估计她说这些,大概又是因为入戏太深,就哄她说:"青山有家国大任,淑贞怎么会不清楚,他最后在妻儿和淑贞之间,究竟也做了感性的选择,对人说重要的消息只有同床共枕的人知道,把安危的保障给了他爱得更多的人啊。"

"如果在当今呢。就算那些越有钱越没时间的男人们总有冠冕堂皇的原因,也不该这么自私,事事只从自己的角度考虑,他们以为女人想要更好的生活,想要自己的男人有更多的钱,可女人一旦认定他,渐渐要得多的,反而是在一起的时间,和微小繁多的关怀,有时甚至是一条短信,一句晚安。"

我却想起前几日同苏乔在飞往深圳的飞机上,他看着邻座一对依偎的学生,感慨地说:"他们再大些,更多的时间要用来奔波和成长,尤其是男人,肩负好多,经常是拿着刀没办法抱你,放下刀,又没办法保护你。"

我看着他一时失语,就像今夜对着天娇,发觉无论是谁,要经营一场感情,不是只有相爱那么容易,有太多谁也不好解决的东西。

二十二

电视剧再次开机,却突然从之前缓慢拖沓的节奏跳进了比开始更忙碌的状态。还好整部剧已经迎来尾声，所有人都精力集中，甚至没有人提起即将到来的春节的事。我同样全力以赴，隐瞒着怀孕的消息，想着快些结束才好安心调养身体，认真地和苏乔讨论婚事。

此时的沈阳是又一种冷，冬季的最后一股寒气从地下向上返，从脚心蹿上来，赶也赶不走。接下来需要拍摄夏季的戏份，树木尚未恢复样子，于是我刚从锦州回来没几天便随摄制组集体南下。

1948年7月，举国紧迫。整个沈阳的每一双眼睛都将目光看向锦州。街面上不再有穿制服的人来往，淑贞的腹部微微隆起，已经不奢望见到青山，只日日诵经祈求平安。9月29日，东北野战军切断了辽西走廊，锦州成为全世界关注的焦点。

那天得志来到小东茶社，嘴上说是淑贞生辰时没见邀他理发，怕是他偶尔出门没赶上叫他。他对淑贞说："既然留短发，就要仨俩月修剪一次。"

淑贞连自己都没有心思挂念，哪有工夫招待他。如今的得志二十出头，已经长成高大结实的爷们儿，稳重老实，也能挤出些闲话哄她了。稍稍的工夫，淑贞就被得志按在了椅子上，乖乖地就范了。

正做着头发，又有穿便衣的人来找淑贞，问的事情似乎有关一批黄金，领头的称自己是青山从锦州叫来的同志，与青山断了联络。语言上你来我往，他们看从淑贞这里实在问不出什么，便悻悻地走了。

得志悄悄地说："肯定有人在北市场安插了眼线，这阵子我看见一些人专门盯着你们小东茶社，大概是针对你的。"

淑贞陡生一股恐惧，又突然想通了一些事情。

当年青山跟随少帅，改旗易帜后不久便退役经商，用相对安全的方式为日后储备资本。后环境发生变故，这批财富固然成为被惦记的目标。青山知道，如果淑贞掌握着黄金的消息，定会成为有朝一日淑贞继续活命的保护伞，而淑贞的软肋只有陈青山，如若有人用青山威胁淑贞，淑贞定是会动摇的，这样两人全部无法活命，唯一的办法，便是让他人知道淑贞掌握着消息，而事实上隐瞒着淑贞。

淑贞感到心头一暖，青山在家国与她之间费尽心思，在承担大业的同时，为她的命留了一席之地。她突然感到有使命在身，她要保护青山，自己留在北市场从某些角度上看，反而是青山的危险。这个果敢的女子，当即决定秘密离开北市场，去和她最重要的人并肩战斗。

淑贞走之前向爱国的学生和徒弟们做了安排，让他们在自己离开几天后散布艾淑贞出国的消息，期望着自己找不到青山的时候，青山也不要回来这里。

得志终于在一个夜里牵着辆马车，伴着大肚子的淑贞，向锦州走了。

二十三

之前一段时间紧凑的奔波基本白费，苏乔把公司用做项目开发的贷款拨出一大块继续进行电视剧的投资，投资份额占去了所有投资的一大半有余，我懂得他在做生死一搏。而之前撂下的事务，劈头盖脸地砸向他。

我的工作告一段落，剧本已经全部改完，剧组暂时离开了沈阳，我无处可去，唯有日日窝在家里一部接一部地看电影。从票房大片到捷克小制作，一一找出来细看，记录妙不可言的台词，对故事背景和历史来源甚至到较真儿的地步。偶尔发呆，想起最近遇到的人和事，恍如一梦，却使内心成长快速。对于看过的作品，也有了温故知新的收获。一种声音从内心传来，仿佛躯壳裂缝，和花朵盛开，令我在手足无措的同时，躁动起来。

二十四

终于到了锦州，到处都是炮火声，几经周折得志和淑贞到达了得志在锦州的远亲家，淑贞已经是下身流血不止，歇息了一天，便昏厥过去。

醒来时听说孩子已经没了,淑贞终日以泪洗面。

养了许久的身子,得志从未停止四处打探。入冬的时候听说,仗打完了,解放军解放了沈阳。

淑贞深信不疑地感觉到不能回沈阳,青山一定没有离开锦州。她猜他也许受了伤,在哪个防空洞里惦念着,等能行动时便回北市场找她,或者他听说了她出国的消息,正在某处焦急地等她的消息。

隆冬的时候,得志回来,埋着头,从怀里掏出上次淑贞见青山时交给他的黄梨木扇子……

二十五

终于熬到了戏拍完的时候,虽然我身为编剧,最紧张的人却是苏乔。推广和后期同时进行,我在心中盘算,等最紧张的时期过去,一定要和苏乔回一次母校,好好讲一讲,曾经有一个少女,用了很多年的时间惦念他,以至于他呕心沥血投资的这部剧本,本是为了对他的情意而做的最后的祭奠。

我与天娇又是许久未碰面,哪怕几次重要的活动上,她也只是片刻露脸。她穿着大红色或金色的礼服,浓重的胭脂,有着演员具备的瘦。她在镜头前和媒体前优雅地说话,得体地夸奖每一个人,周到而有分寸,仿佛练习过。我们没机会交谈,事后她也不接我的电话。

我能感到她的彷徨和疲惫,我知道她需要我的时候自然会出现。

二十六

"立朵,来医院找我吧。"

二十七

接到天娇的电话时,天才刚刚亮。我胡乱地穿上衣服去医院找她。见到她瘦小的身体蜷缩在长凳的一边,苍白萎靡,脸上没有一点胭脂,仿佛经过一夜的奔波,即将崩溃。

"立朵,我和苏乔吵架了,我想打掉他的孩子。"

犹如晴天霹雳,无论是前半句还是后半句。我把在医院门口买的热豆浆递给她,我们一人一个捧在手心里,好半天没有说话。

门诊室的门口人来人往,姿态神态各异。我的脑子里迅速地构思着一切情景,也终于把大概想清楚了。我克制着颤抖的胳膊抱住天娇,她于是颤抖着肩膀哭了起来。我在那一刻选择天娇。

"我一早就知道我和苏乔之间风暴在所难免,只想着朝夕更加贵重,却没想过,一切来得这样快。我无时无刻不在为矛盾的爆发担忧,而很早之前,我便开始为作何选择犹豫。"

"你们是从什么时候开始的,既然难得开始,为什么不努力地维持下去。"

"从他说要给我一个惊喜,带我去见你的那个晚上开始。我们相爱,猜疑,疏离,同居,然后经常生闷气。直到昨天晚上,我坦白的规划并不符他的心意,他终于冲我发了脾气。这是他第一次对我发脾气,我们以后的相处也不会比现在更好。"

我没有说话。

"电视剧的推广,是他允许我的最后一件工作。我试着改变他的想法,他却同时试图一点点地瓦解我的人生观,完全没有商量的余地。他说汽车尾气、辐射、地沟油、高跟鞋,都有可能伤害他的孩子。他还说坐完月子就什么都不要做了,孩子需要好好照顾,母乳喂养和无时无刻不在身边都很重要。他还说,我必须学习外语,学习国学和养生,学习科学地教育孩子,如果有兴趣,跟着阿姨学做菜也可以。我没有来得及参与他的创业，他如今基本完成，专权顽固，不肯让步。他完全不是在开玩笑，他那么认真，像当初说他爱我一样。"

"苏乔在国外的时候受过苦，回国后一步一个脚印，懂得积累财富的艰辛，他对你的安排，完全是在保护你。"

"可是立朵，如果有朝一日我按照他的规划生活，我终会失去所有主见，和发表主见的权利。但这一切归纳都是没有意义的，唯一的结论，就是相爱不代表适合一起生活。"

"那孩子呢。我们总会听到别人说，孩子是无罪的。他本来应该顺理成章地来到这个世界上，却成为你们实验婚姻的牺牲品吗？"

"我坐在这里，认真地想了一个晚上。我怎能因为怀孕便嫁给一个令我心生疑惑的男人，然后给我的孩子一个日渐不和谐的家呢。他应该被最合拍的父母共同疼爱，不会有任何一个时刻感到艰涩，在他的世界里，所有家人、朋友、陌生人相亲相爱，各自努力，偶尔团聚，不会有置身人群却一个人活着的孤独，因此也不会有机会像他妈妈曾经那样，紧迫、惶恐、敏感、贪婪、患得患失、饥不择食。"

天娇在说这些的时候，已经停止哭泣。我知道她在叙述的同时渐渐冷静，坚定了决心。

而我，却泣不成声。

二十八

"天娇，我们相爱过吗？"

"我们在一开始彼此吸引，疯狂相爱，似乎比任何一对情侣都好。"

"我们为什么无法相处下去，我对你不好吗？"

"苏乔，你是商人，你的好更实际。我是女人，我要的好更细腻。"

"那天我在送你回家的路上，你执意要来看浑河，我那天已经很累，却不知不觉真的到了这里。你像个撒野的孩子，跟着音乐唱唱歌便吻了我，你把我刚刚诞生的喜爱全部引爆，一发不可收拾。如今，又是你，阻止我们继续爱下去。"

"你爱上一开始的我，却在今后的日子里试图塑造我，你如此顽固，让我怀疑你是否只是着迷这个过程。而我，在一开始爱上你，同样只按照自己习惯的方式索取。我们只是太自私。"

"天娇，我们为什么要对感情做这么多的分析，继续或者不继续，我把主动权交给你。"

"我们不多说了好不好，苏乔，问我一句吧。"

"我们还有机会吗？"

"没有了。因为我打掉了你的孩子。"

这是我做完手术的第三天，趁立朵有事，我偷偷出了门。说完最后一句话我感到从未有过的撕心裂肺，别过脸去抹眼泪，在右侧的后视镜中看到苏乔试图触碰我，最后还是收回了手，重重地叹气。

二十九

我才知道天娇之前租的房子早已经到期。从医院出来，我要天娇暂时住在我家里，她怕我的家人无法接受和理解，给我带来麻烦，便让我陪她去租了一套公寓。她打电话给我的妈妈，说她阑尾炎手术刚刚结束，想借走我陪伴几天。

她手术后不可以出门，我帮她买来新的棉被和内衣，还有一些必需的卫生用品和厨具。她嘱咐我千万不要同苏乔提起任何关于她的事，只说等身体恢复要自己去交流，顺便再取回自己的东西。

我偶尔因为工作的原因被叫去，看到苏乔强颜欢笑，觉得俩人都格外可惜。他有两次提起天娇，欲言又止。

夜里睡觉，我不断地帮天娇掖被角，觉得她更像一个襁褓中的婴儿。

"立朵，我终于理解一些情感。姥爷去世前，在病床上同我聊天，说起姥姥对青山，令他觉得世上没有再重情义的女子，一个唱戏的私生女，聪慧识大体，之后那么心疼一个死人，拿出十之一二对他，他就觉得十分满意。他日日守着最爱的人，一起吃饭，一起变老，她能得他照顾，就已经是世上最好的生活。哪怕姥姥总背着他盯住一张照片消耗一个下午，他也只当是自己的女人有个不愿醒来的梦而已。"

"我也经常思量，究竟什么是爱，又怎么算圆满。"

"立朵，你找到答案了吗？"

"快了。"

"立朵，你知道吗，姥爷预感到生命即将走到尽头，才跟我提起我爸妈的事。说当年正是计划生育如火如荼的时候，爸爸家里只有他一个子嗣，唯一的孩子十分希望是个男孩。妈妈顺从爸爸的希望，一次又一次地打胎，也完全出于自愿。立朵，你说，我可以理解成，爸爸和妈妈，纵然相爱，只是不适合在一起吗？"

"一定的，天娇，他们一定深深爱过彼此，就像你和苏乔，用了一种更激烈的方式来反驳对有缘无分的失望。"

"姥爷说，姥姥去世前夕，似乎有一阵清醒，问他为什么这个时候还不问她是否爱过他马得志。"

"他怎么说的呢？"

"姥爷说，'你我共度一生，就是我马得志要的，没有废话。'"

"天娇，姥爷才是那个最聪明的人，他收获了心中最波澜壮阔的爱情。"

三十

我和苏乔，终于还是没有在一起。那个我在心中设计了千万遍、畅想了无数次的合理的遇见，也许相遇后彼此不再孤单的人，原来一直不是我的天。

我成为合格的演员，在活动上真诚感谢老板，在主持人的圈拢下拥抱赞助人，并且懂得将他们教给我的对主旋律的认可，说得仿佛是我出演这部戏最大的动机，并且对我出演自己姥姥的事三缄其口，准备留作日后更重要的爆料。而苏乔，对别人赞扬着我的美丽、达理、天赋，以及我们的默契，谈起今后的合作，依然像个充满性情的人。

　　立朵突然不见了，电话始终在关机状态。她的妈妈也只是说："那天早上留下字条，说是去旅游，勿念。我们报过案，调查后人家说没事。"

　　刘闯该是对我的近况一无所知，我们许久没有联络，我经常回忆是不是上次分别又是制气，而我习惯性地忘记了。在忙碌的空余想起他，很想打去电话，又对自己说，繁忙是好事，或者，大概，他有了女朋友。

　　春天终于来了，电视剧终于上映，反响超出预期。我回去妈妈身边休息，每逢晚饭后，就挽着她在小区的广场一圈一圈地散步，看到熟人，都夸她有个好女儿，妈妈也只是开玩笑，说当初还是应该把我扔掉，不然哪来这么多的不省心。

　　许久未检查邮箱，一上来便看到了刘闯的信。

　　"亲爱的，这已经不是我一开始就想写给你的那封信了。从我预备着向你倾诉时起，我们都渐渐地发生着变化，抑或说成熟。有时不知道这是否是好事，但活着就是这样，无法逃避喜忧参半。我前阵子做了一件傻事，告诉过立朵，但我决定不跟你说了，你一定取笑我，或者以为我喝多了。但我的酒量真的很好，喝酒完全是个发泄的借口，不像你。以后少喝点，因为你一喝酒就发疯，容易被别人占了便宜。呵呵。记得我毕业的时候，广播站成员一起喝酒吗。你一定又不记得。那天你嚷嚷着要把我灌醉，结果自己先不省人事，我背你回女生宿舍，你却闹着去看看学校小树林的松鼠。然后，你就吻了我。再然后我半个月忘不了那一刻，他们说，我喜欢你，都这样了还不知道，像个傻叉。当我知道我喜欢你的时候，你知道我多高兴吗，我终于给自己对你的好找到了理由。那感觉就像偷偷借钱买了吉他，两三个月省吃俭用时，突然在懒得洗的牛仔裤里发现了50块钱。不，比那更惊喜。后来我为乐队写过一首歌，你还说好听的，其实是想着你时写的，你真是没心眼儿。你看看我，干吗跟个女的似的，唠叨这个。写这封信我不知道你能不能看到,如果你又忘记了这个邮箱的密码,就让它做个秘密吧。如果看到了,何天娇,你给我听好了。我爱你。无论你什么样子,什么境遇,我永远在这里,你去玩吧,跑多远都成,你自己做主,一回头,我肯定在这里。还有,我26周岁,还等得起。还有,肯定是最后一句,你的近况我都知道了,好好养身体,你还是你。还有,绝对是最后一句,你的那些嫁妆,要不要一直放在我那里?"

我妈过来问:"干吗,大晚上的收拾什么行李。"

我说:"我得回去。"

我妈问:"出什么大事了。"

我说:"忘了点重要的东西。"

三十一

"天娇,听得到吗?"

"立朵,是你吗,你在哪儿?"

"我在丽江,从西藏过来,我想你了。"

"嗯。"

"天娇,你怎么哭了,我很好,一会儿就给家里打电话,我这里信号不太好。"

"立朵,我们的戏火了。"

"那恭喜你。"

"立朵,你为什么要走,连我都不告诉。"

"想走就走了,我还要埋掉我的秘密,然后变成另一个人,让你替我高兴。"

"立朵,很多人在找你。"

"我在写我的新书,就叫《两生话》,你喜欢吗?"

"你说什么?你什么时候回来,立朵。"

"不一定,如果我开心,我就嫁给这里的茶楼老板,他说所有的神灵都在天上看着,尘归尘土归土,大家都有归宿。"

所有人都会找到归宿。刘闯一定已经温暖了他爱的人,苏乔也该通过这部剧得到了回报。最疼痛的事件后,总会发生质变。就像天娇说的,无论那幸福有多远,去了才会开始幸福。天娇和我,依然不可分割,我深深地感到我和她的脚下,都生出了花朵,她像多少年前一样,把沉重的都扔在路边,决绝地跑起来,一路上因为她,香气四溢。

三十二

刘闯陪我回到锦州为姥爷去世百天做纪念,听公墓的工作人员说了一件事。

"之前有台湾人来找艾淑贞的墓,并没有找到,又说要找马得志的墓,我们就把他们带来了。听里面一个姓徐的年轻人说,他本姓陈,当年他太奶奶带着他爷爷从大陆到台湾找太爷爷没找到,等听说之前太爷爷并没有跟着国民党到台湾的时候,却回不来了,于是在台湾扎了根,改了他太奶奶的姓。他说他爷爷生前嘱咐一定要去找父亲陈青山,找到了,就把姓改回去,那是他爷爷的母亲的遗愿。他还说,'如今我终于找到这里,却只有马得志和改了名字的艾淑贞的墓了,但陈青山,也算找到了。'"

公墓四处的树木都已经欣欣向荣,喜鹊一点不怕人,在我们四周觅食。近处一个烈士的雕像旁,摆着花圈,大概是他的子女敬献的。妈妈说:"又要有一批新少先队员去纪念馆宣誓入队了,你那么大点儿的时候,还是领誓的呢。你记得吗,那天你姥爷姥姥在旁边观礼,你怕你姥姥听不见,拼命地喊,旁边的鸽子全飞起来了。明天,带刘闯去看看。"

我看着这一切,感到幸福。墓碑上两行字深深地刻在一起,"父马得志，母陈思青，永垂不朽"。

三十三

　　我又对天娇撒了谎。我在丽江，独自走在路上，毫无畏惧，四处聊天，这里到处都是茶楼，我身边却哪里有什么茶楼老板。
　　但下一秒，谁知道呢。我30岁，前半生还没结束，后半生更没开始。
　　我感到轻松。很多年前纠缠我的那个梦，终于随着心中那个花朵盛开般的声音，被抖落在路上，埋进了雪山。天娇重新出现在我最近的梦里，她快乐地跑在我的前面，让我知道光明的方向在哪里。
　　我想起我在雪山上许过的愿，它从高原出发，经过沈阳到锦州，从锦州穿过海峡，甚至到达台湾，开花落英在每一个有炎黄子孙的角落，迅速地传达，那就是和平与互爱。
　　然后我又望向沈阳的方向，我永远坚定不移地知道家在哪里，才能无所畏惧地来到这里。眼前，就真的看到了一片大海，春暖花开。

尾　声

　　我埋头在北市场附近的一个茶楼里，窗外的沈阳城银装素裹。亟待重建的北市场安静地躺在脚下土地上，皇寺里的经幡鲜艳非常，若干年前的矮楼被写上"拆迁"的字样，充满着希望也充满暗伤。它是沈阳城民族工业的摇篮，是清朝第一个庙会的所在，是曾经全中国最繁闹的一个地带，它见证了太多改变历史的抉择，也孕育了太多或大或小的故事，从过去到未来，从东北王到给戏班送包子的老张，从西塔鲜族风情街到市府广场，从一再的兴废中，我都感到它的绝无仅有不可替代。

一个走神眨眼的工夫，我仿佛看见一个穿着旗袍的女子，向北市场的牌楼中徐徐走去，一步一莲花。

这个下午，我接到一个去丽江的朋友打来的电话，在卓展买了一瓶"尼罗河花园"，到茶楼后回了妈妈的一个短信，正等着一个做主持人的闺蜜同我去新三合盛吃饭。迫不及待地敲下字。

城市里，人口众多，每个人都有缺陷和私心，人与人之间的爱的形式更加无数。立朵的爱，是放手与自我救赎；天娇的爱，是不惜一切代价为朋友创造前途；苏乔的爱，是不吝啬来之不易的财富；刘闯的爱，是给予爱人最大的自由默默守护。还有淑贞、得志、青山，甚至立朵妈妈、天娇妈妈等等。每个人都贡献着主观上最珍重的部分，哪怕客观上你爱的方式不一定致使对方得到幸福，然而爱归根究底只有一种，那就是付出。比如，我们走过万水千山，爱却始终保存在一个地方；比如，只有一个北市场。

万泉密码·爱无疆 罗 健

上善若水,大爱无疆。

万泉畔、水塔下,流转出月光波动,演绎着樱花传奇……

一　东瀛来客

1

　　明月当空，树影婆娑。月光从水塔顶部的小亭中投射下来，照亮了一个年轻人的脸。刹那间，那白皙清秀的面庞竟有了光华流转。

　　咕噜噜。

　　清澈的液体从一个葫芦倒入了那年轻人的口中。

　　好辛辣。

　　云天把葫芦从唇边移出，望了一眼那圆圆的月亮，眼前浮现出了一个美丽女孩的面容，那女孩身上穿着淡粉色的连衣裙，在月下显得婀娜多姿。不知为何，云天的嘴角开始微微上扬。

　　月亮真圆啊，茗玉，我们分开快一年了吧，你为了理想离开了这座城市，而我也为自己的梦想在这里努力着，一天又一天。已经习惯了在有月亮的夜里，到这里轻轻地喊一声——茗玉。

　　可是始终没能习惯身边没有你，茗玉。

　　这个城市很喧闹很繁华，我习惯了夹着书与笔在建筑大学无人的角落里计算，只是为了能够暂时地忘记你。我喜欢倚在被你称作"爱情塔"的水塔下面那棵树旁，仰望夜空，就是我们第一次看月亮的那棵树，那是因为，在这里，我能用心看见你。

　　清秀男孩想着。他望着月亮的眼神逐渐迷离起来，继续向口中倒着酒。

那一次，丽娜偏要在同学面前和我撒娇，缠着我带她去东塔玩，大家揶揄我们是才子配佳人。但又有谁知道她只是你拜托我照顾的表妹呢？看着美如夏花的丽娜，我问自己：她怎么可能是我的佳人呢？虽然她很漂亮。我轻笑了一下，似乎看到了18岁那年的你，依偎在我身旁看月亮。看到了我第一次亲吻你时，你娇羞的样子。茗玉，你知道吗？你离开的背影，已经轻易将我的快乐带走了。

努力去习惯没有你的日子，也习惯了喝酒，学会了无休止地设计图纸，也学会了独自一人在月下独酌。但，真的能够习惯吗？

茗玉，你什么时候才能回到我的身边？

云天将最后的液体滴入口中，晃了晃，丢在一旁。摇摇晃晃站起身的他并不知道，此刻，大洋彼岸的恋人正用笔在信纸上向他倾诉着相思。

2

一架印有日本航空标志的空客A320钻出了云层，逐渐降低高度，开始接近目的地中国沈阳，再有20分钟它将结束本次航程，在桃仙国际机场降落。

一位酷似泷泽秀明的俊秀青年目光始终在一张照片上停留。那上面是依偎在一起的一对青年男女，灿烂的笑容与照片泛黄的背景形成了鲜明对比。就要到那里了啊，是啊，无论如何，这座陌生的城市已近在咫尺了。

"先生，请您收好您的物品，做好降落准备。"

空姐的提醒打断了他的思绪。他一时没有回过神来，目光直直地定在了空姐的脸上。

"有什么需要帮助吗？"空姐殷勤地问。

"哦，不，没有……请问沈阳现在天气怎样？"

空姐微笑，"沈阳目前天气晴朗，祝您有一个好心情。"

"谢谢。"青年的发音带有浓重的日语口音，但却礼貌得无懈可击，"听说这是座卓越的城市。"

空姐脸颊泛出了光彩，"是的，我为这座城市感到骄傲。"

长发青年于是不再说话,将目光转向了窗外的茫茫云海,一种情感在上升——"爷爷,沈阳,我来了。"

3

云天脚步轻快地走在鹏程桥上,手中拿着一封信。一年来他就没这么开心过。茗玉作为中国医大的交流学生去麻省理工医学院已经快一年了,云天和她一直都是书信联系,除了要避免高额的国际长途通话费以外,在网络高度发达的今天,更重要的原因是茗玉喜欢在真实的纸张上表达自己的情感,她说她在信纸上写下的每一笔都凝聚着对云天的思念和爱恋,而云天捧着她的信就相当于捧着她的心,捧着她在波士顿生活的一切。这次茗玉在信中说,由于她的各项成绩优秀,很有可能会提前完成学业回国,如果顺利的话,再有两个月她就要回来了!

云天沉浸在与女友重逢的憧憬之中,却不觉一个身材高挑、面容姣好的女孩正挡在桥的尽头。

那女孩见云天魂不守舍地前行,不觉扑哧一笑,"云天,中彩票啦?看把你乐的。"

"哦!丽娜,你怎么在这里?"云天的思绪猛然被打断。没想到在这里居然遇到了她。

钟丽娜笑意盈盈地上下打量了云天一番,"我闭月羞花温柔无双的表姐、你亲爱的老婆大人就要回来了?!"

"嗯。"云天按捺不住兴奋,"这下可好了,我们三个终于又可以在一起了,我也不用再替她照顾你这个缠人的家伙了。"

"是啊,你再也不用照顾我这个缠人的家伙了……"女孩幽幽说道。

云天没有意识到对方的情绪似有失落,继续道:"丽娜,新年我们三个一起出去玩好不好?本以为茗玉明年才能回来呢。"

"好啊,当然好。"漂亮女孩的语气似乎摆脱了刚刚的失落,"我要你们陪我去冬游万泉公园!"

"嗯,一言为定。"云天坚定地说。

"那……我先闪喽!"钟丽娜笑嘻嘻地挥手离去。

4

　　毫无征兆地，一个消息在建筑大学女生中风传起来，国际学院来了一个叫宫本靖的日本留学生。其实在当今这个时代，在沈阳高校中看到一些外貌异于国人的洋学生早已是稀松平常的事情，但为何一个日本留学生的到来会引发建大女生这么大的轰动？因为这位同学长得实在是太帅了，和日本影星泷泽秀明极其相似，但与泷泽秀明不同的是，他的眉宇间还多了几分日本武士特有的坚忍气质。

　　秋日午后的阳光格外温暖，建大图书馆自习室的学生们昏昏欲睡。正在这时，一阵乐铃突然响了起来。

　　"喂，云天，下午自习我不去了，你继续刻苦好啦……嗯嗯，明天是周六了，中午我请你去老边饺子馆吃饺子，再给你介绍一个新朋友……嗯嗯，拜拜！"云天挂断了钟丽娜的电话后，无奈地摇了摇头。

　　怎么感觉最近丽娜这么反常呢？自从小玉来信说快要回来以后，她似乎就开始有意无意地与我拉开距离，连雷打不动的一起上自习的习惯也改变了，这次居然还要拐带我出去吃饭，也不知在搞些什么。

　　结束了《结构力学》的枯燥计算，云天离开了图书馆。

　　经过体育场时，一场足球比赛吸引了他的注意力。

　　建大体育场坐落在五里河体育场纪念碑的南侧，纪念碑是用那个闻名中外的体育场爆破后遗下的钢梁构建而成的，上书"刚强"二字，向人们展示着国足首次冲进世界杯的强者精神。此时，那里已经聚集了不少学生，一面印有"国际学院"字样的红旗正在空中猎猎飘扬。

　　"加油! 国际学院! 加油! 宫本! "一个身材高挑的漂亮女孩此时正混在场边的一群女孩子之中，对着场上的一名队员声嘶力竭地喊着，那不正是钟丽娜吗?

　　云天眯起了眼睛，顺着钟丽娜手舞足蹈的方向看去，一名穿着守门员球衣的长发俊秀青年此时正单手捧球站在留学生队的大门前挥手示意他的队友压上跑位，颇有大将风度。

　　原来他就是女生传说中的宫本靖。

5

　　老边饺子是驰名中外的沈阳特色风味，选料讲究，久负盛名，从清朝道光年间创制到现在，已有160多年历史。

　　老边饺子滂江街店坐落在沈阳市大东区滂江街的北侧，云天望着对面龙之梦建设工地热火朝天的繁忙景象，不仅有些出神，什么时候自己绘在蓝图上的摩天楼也会成为真正的建筑呢？

　　"嗨，云天！"在饺子馆牌子下一个女孩正拼命地向云天招手。

　　"嗯，丽娜。"云天笑了笑，他发现在女孩旁边还有一个男孩正向自己微笑致意——那不是宫本靖吗？

　　吃着美味大餐，云天很快和宫本靖熟络起来。原来，宫本在家乡札幌的时候就知道万泉公园是沈阳名园，到沈阳后便一直想去看看，今天有了时间，丽娜这诡计多端的丫头便把他找过来当免费导游了。

　　"云天，这饺子真好吃，有什么典故吗？"宫本靖抬起头。

　　"典故当然有，那可是'中华名点'耶，是吧，云天？你知道的最多了。"钟丽娜抢答后忙把球踢给了云天，说完还得意地向他挤挤眼睛。

　　云天侧头看了聒噪的女孩一眼，转向宫本靖，"老边饺子创始人就姓边，叫边福，本是外地人，在逃荒中意外得知了一个神秘的制饺秘方。后来他逃到沈阳小津桥安顿了下来，开起了'老边饺子馆'。由于他依照秘密方法做的饺子肥嫩香软而不腻人，名声便渐渐响了起来。而这秘方据说是传子不传妻，这一招使得老边饺子成为独树一帜的沈阳名吃。"

　　"哎，云天，你还真给力啦！"钟丽娜听完故事兴奋地说，"待会儿去万泉公园你能讲得更精彩！"而宫本靖此时则一言不发，仿佛已经沉浸在那遥远的故事里了。

　　云天看着兴奋的女孩，这些天的困惑仿佛有了答案。

　　这个活泼的小丫头现在对这日本青年的事情这么上心，分明是对他有好感，也难怪她这些天神秘兮兮地，今天能够把宫本靖带出来一起游玩，看来她最近的战果还是不小的。

　　想到这里，云天又想起了茗玉，特别是就要再次踏上这特别之地的时刻，云天特别想她。但这一次去游玩万泉，云天却不是和自己的女友一起，和自己的爱情也无关。

二 秋游万泉

1

万泉公园原名小河沿，因"万泉河"得名，又因"万泉垂钓"成为盛京八景之一而名声大噪。

响晴的午后，天空呈现出一派澄净的湛蓝色，万里无云。万泉公园此时湖中碧波荡漾，白舫游弋；岸上芳草萋萋，古木苍然。

云天、钟丽娜和宫本靖这俊秀的两男一女走在如画的风景中，仿佛也成了画中的风景。

"啊，这就是被沈阳历代文人墨客所看中的万泉胜景吗？"宫本靖环顾四面的水榭亭台，有些惊叹。

"水阔添新涨，沙平散晚烟。断云拖雨去，明月正当天。河上雨初过，风微起细波。徜徉不归去，为爱晚凉多。"云天见此景不禁想起了茗玉教给他的那首盛京名士缪公恩所作的《万泉河纳凉》。他望着清澈的河水，慢慢地说："呵呵，现在这万泉河中的莲花正值花期，朝开暮闭，所以那两岸的垂钓客每天晨光乍现便早早来到这里，支起钓竿，除钓鱼外，更有欣赏莲花开花之意。"

"垂钓客？"宫本靖望着河边或摆弄鱼桶、或收线放线的人们惊讶地问道，"难道这就是传说中的盛京八景之万泉垂钓？"

"没错。"云天肯定的回答又引起了宫本靖一阵赞叹。而钟丽娜则静静地跟在他们身后听云天讲述，一反常态地老实，显然也是被吸引住了。

也难怪他们会对万泉的景色着迷，此刻举目回望万泉的林木，葱茏茂密，浓郁欲滴，树龄百年的奇松怪柏遍地皆是，绿中透蓝，碧里浮霜；在林木覆盖不到的地方，艾蒿丛生，盛草没膝，草中耸立着如禽似兽的怪石。一座造型别致的水塔赫然屹立在远处的草木之中，塔身十二根立柱直刺苍穹，煞是壮美，使人深信世间真有传说中描绘的那种神居仙境！

"早听说这里是沈阳第一座真正意义的公园，云天君能否详细介绍一下？"宫本靖一入此地，早已觉得如沐清泉，于是又开口问道。

云天望着远处的那座水塔出神了，似乎没有听到宫本靖的问题。此时他的眼前又浮现出了茗玉美丽的笑颜，呵，茗玉，我的恋人，我又来到了我们的定情之地，可是"爱情塔"旁却没有月下佳人，甚至连月亮都没有，也没有酒……你可知道此刻我有多么想念你吗？

"云天君？能否详细介绍一下此地的来由？"宫本靖见没有回应，又问了一遍。但当他把目光投向云天出神的方向时，却顿时表情凝固了。

"云天？"钟丽娜见云天望着万泉塔出神，心中隐隐猜到了他的心思。

"哦，宫本，不好意思。"云天回过神来，而宫本靖的目光却仍然定在那座水塔上，也不知是否听到了云天的话语。

2

三人信步到了公园西侧，只见一座古香古色的四合院隐藏在葱郁之中。

"这是末代盛京将军赵尔巽的公馆，建于1905年前后，由前门楼、正房、厢房和后花园组成，占地面积500多平方米。"云天望着山门紧闭的将军府，有些遗憾地说："可惜这院子目前封闭，无法进去参观了。"

"名园买夏数荷钱，别墅谁营兜率天。半可亭空鸿雪溇，不堪花木忆平泉。"钟丽娜居然轻声细语地吟起了诗。

云天听到这首张之汉的《万泉河杂咏》，陷入了沉默。茗玉的笑颜又浮现了出来。

小玉，上次听到这诗还是你在这里吟读的呢，这次丽娜这小丫头居然也脱口而出，应该是你什么时候和她一起来这里玩，顺便教给她的吧？

此刻宫本靖却也默然不语，表情严肃，似乎正在思考什么。少顷，宫本靖的俊目突然直视云天，"对不起，刚才远处的那座水塔是我们日本人当年设计建设的吧？"

"不，这塔的设计和建造都是由我们中国人完成的。"云天望向宫本靖，停顿了一会儿后开始缓缓地说："1933年，当时奉天市政公署成立自来水筹备处，次年开工修建万泉公园水塔，建成后此塔日送水量1.5万吨，是沈阳最早的供水塔和水源地。不过，你对这座塔好像很感兴趣？"

"我在日本查阅过很多奉天的史料，见过这塔的照片。刚才见云天君望塔出神，就猜想你对这水塔的建筑设计一定别有思忖。"宫本回应道。

"原来如此。"云天笑了笑，并没有去附和宫本靖的猜想。他在心中暗想，这座塔对于我的真正意义，你又怎么可能懂得呢？

而云天并不知道，这座塔对于宫本靖来说，意义也是非同寻常。

3

当云天等人从将军府步行至公园西门时，钟丽娜漂亮的眼睛亮起来，望门高呼："动物园！我小时候爸妈带我来这里看动物的时候就是从这个门进的！"云天见她又大惊小怪，便将目光移向宫本，却意外地发现，宫本的神情与钟丽娜一样兴奋。

"宫本，想起你的家了吗？"云天突然想到了什么。

"这大门和札幌动物园的简直一模一样。"宫本兴奋地说，"一样的弧线造型，一样的流畅风格。"

"是啊，今天的万泉公园在沈阳历史上有一个阶段是作为动物园存在的，这座大门当年是由日本设计师设计的，最后作为中日友谊的见证永久坐落在了这里。"云天望向宫本靖，眼神变得温和起来。

"哇，中日友谊！太有意义啦，云天，宫本，我们在这里合个影吧！"钟丽娜开心地笑了起来。宫本靖蓦然回首看见小丫头在阳光下美目盼兮的样子，不由感到心中一颤。

三 意外的秘密

1

10月的沈阳依然天高云淡，但偶尔不期而至的降雨及降温却宣示着冬天的临近。上次游园回来后不久，云天便去了一家楼盘的施工现场实习，人影也不见。不过现在由于宫本靖的存在，钟丽娜还是觉得每天过得都非常开心。她明白，自己其实早已喜欢上了这个既礼貌又漂亮的日本男孩。

宫本这个家伙，一天到底在想什么呢？钟丽娜有些揣摩不透这个漂亮男孩的心思。虽然经常有女生或公开或委婉地向宫本靖表达爱慕之意，但得到的却全是礼貌的拒绝。钟丽娜是唯一一个可以与宫本一起在校园里出现的女孩，而这也使她成为了建大女生的公敌，她甚至能够感到宫本靖对自己也是很欣赏的，但却又隐隐觉得自己与他之间存在着某种看不见摸不到的屏障，这使他们之间的关系始终无法再前进一步。

怎么办呢？人都说女追男隔层纱，可我和这家伙之间的纱怎么这么难捅破？看来非要本小姐出大招耶！

万泉公园游乐场的"疯狂老鼠"正狂野地在曲线奇诡的轨道上东奔西突，从中不时传来"老鼠"上游客的尖叫声和车与轨道的撞击声，那疯狂的态势，真是契合它的名字。

宫本靖和钟丽娜此时正在这班"疯狂老鼠"之上，宫本靖感觉这个项目带给自己的刺激完全不及那丫头在自己身边的尖叫。也不知这丫头究竟是胆大还是胆小，到了游乐场便非要缠着自己玩这个东西，结果上了轨道车又开始大喊大叫，宫本靖对此甚是无奈。

"宫本！我要被甩出去了！啊！"随着轨道车开始转弯，钟丽娜又开始喊起来。

"放松你的心情，不要向下看！这是可以战胜的困难！"宫本靖的声音几乎淹没在游客的各类喊叫之中。

终于，铃声响起，轨道车停了下来，游戏结束。

"太过瘾了，宫本，下次我还要玩这个！"瘫在座位上，被宫本靖硬扶下来的钟丽娜居然又来了精神。

"对你的精神表示钦佩。"宫本靖一本正经。

"喊……"钟丽娜不以为然。

两人边说边笑，一路走到了太极广场。这小广场是按照太极八卦图修建的,中心是由不同色彩分割修建成阴阳鱼形状的灌木丛,两丛灌木中自北而南分别安放着一个大理石球以代表鱼眼。广场四周用黑色条石自北向南逆时针镶嵌出乾、兑、离、震、坤、艮、坎、巽的图形,代表天地诸意,再外侧的一圈则是供游人休憩的石凳。

"易有太极,始生两仪,两仪生四象,四象生八卦。"宫本靖凝神于眼前的景象,缓缓说出了《易经》中的一句话。

"哇,你也知道无极生太极、太极生两仪啊。"钟丽娜兴奋地说,"看不出来,你们日本人对我们的文化了解得还真不少。"

宫本靖听了这句话之后,突然想到了一件心事,便随口答道:"没什么,这是我爷爷教给我的。"

"快看,那边的景色好漂亮!"钟丽娜蹦跳着,并没发现男孩脸色的变化。

宫本不禁转身回望,映入他眼帘的是一片如油画般繁乱的色彩。

万泉的10月是属于色彩的时间,夏日葱茏茂密的林木,此时已落英缤纷。那层林尽染的绿色此时已悄然变为浓郁的深红、活泼的明黄和高贵的银白,散落在林木盛草能够覆盖到的所有地方,错落有致,美不胜收。

"你看这里的深秋多美啊。"钟丽娜望着那一片缤纷的色彩,俯身从中拾起了一根狗尾巴草。

"是啊,北海道的秋天也是这样美丽,这里的景色好像札幌的圆山啊。"宫本靖的目光开始有些游离,他想起了札幌的秋天和家乡的爷爷。

钟丽娜见宫本靖的神情便知道他在想什么,便将手中的狗尾巴草在他面前一晃,撒娇道:"佳人当前,你还那么想家呀。"

宫本靖看着面前这个美艳如花的女孩,不由轻声用母语吟道:"天も花に酔へるか雲の乱れ足。"

"你在说什么呢?"钟丽娜对宫本靖突然说起日语感到讶异,他还没在她面前说过母语呢。

"呵呵,这是我们日本诗人野野口立圃描写樱花的著名俳句。"宫本的俊目流转着异彩,"翻译过来就是'天也醉樱花,云脚乱蹒跚'。"

"俳句?"钟丽娜有些好奇。

"它是我们日本的一种古典短诗,由17字音组成。"宫本靖解释道。

"嘁,我以为是什么呢,就是古诗啊,我也会很多唐诗的,比如'青青河边草,一岁一枯荣'什么的,再说现在明明是秋天你怎么说起樱花……"

"丽娜,你真的是一个很好的女孩子。"宫本没听出这丫头胡诌诗词的破绽,他看着面前这个洋溢着青春活力的漂亮女孩,心中一阵悸动。

"真的吗?"钟丽娜心中小兔乱蹦,他是要表白吗?这么快他就中招了耶!

"嗯,在我看来,你好似春天圆山美丽的樱花,我能感到你绽放出的热情与美好。"宫本靖的俊目此时似乎含着某种东西。他从小家教极严,能接触到的女性全都温婉敦厚,丽娜的出现使他感到新奇,甚至颠覆了他以前对女性的认识,他不知道自己是否已喜欢上这个活泼漂亮的女孩了。

"你说我是你家乡的樱花,你就好像沈阳的白杨树,俊秀挺拔,我好喜欢你,要我做你的女朋友好不好?"宫本对钟丽娜的真情流露终于使她鼓起了勇气,说出了那句埋藏在心里许久的话。

"什么?"宫本靖对钟丽娜的表白感到始料未及,他可能会喜欢她,他从没想过自己的另一半应该是什么样。不过即便他认为他们可能会开始一段恋情,那也绝不应该是现在,在他的世界里,远有比男女之间的小情爱更重要的东西,他时刻清楚地知道自己到沈阳求学的真正目的是什么。

"我们恋爱吧,好吗?"丽娜美目光芒流转,心想:中招吧,帅哥。

宫本靖此刻矛盾极了,他望着钟丽娜那双能够穿透他的心的眼睛,内心一阵阵地收紧。一种冲动让他想立刻抱起面前这个漂亮的女子,与她共赴爱河,但此时脑中却突然响起了另一个声音——宫本靖,你忘记你的使命了吗?你要如何面对你的爷爷?

宫本靖闻声如遭雷击,颀长的身子随之一颤,他终于避开了钟丽娜的目光,转过头去,缓慢却坚定地向钟丽娜摇了摇头。

"为什么?"钟丽娜的眼神变得难以置信,不会吧,这也能失败?

"对不起,我现在还不能喜欢你。我……"宫本靖心慌意乱。

宫本靖的回答让一向心高气傲的钟丽娜难以接受。

他竟敢拒绝我？要知道建大想追本小姐的男生能有一个连！钟丽娜什么时候受过这种待遇，想到自己主动出击居然闹个灰头土脸，羞愧、恼怒和失望的情绪似百川汇流般一齐涌向了她的心头。宫本靖尚未把话说完便听到了女孩转身急速奔跑而去的脚步声。她边跑边努力地深呼吸着，告诉自己千万不能哭，她一定要跑到一个别人都看不到的地方再放声大哭。

从小就听说小日本不是好东西，为什么自己还要像扑火的飞蛾一样去自取其辱？既然早该知道日本男人凉薄残酷，自己真是昏了头了，才去那样主动表白。钟丽娜也不知自己跑出了多远，刻有春夏秋冬的四季柱似乎都从眼前闪过去了，前面就是万泉河了。后面似乎传来了宫本靖的呼喊声和奔跑的喘息声，那么自己就不应该停下脚步，钟丽娜坚持着向前跑，但眼泪却不争气地模糊了眼睛。

慌乱中丽娜在经过河岸的时候被什么东西绊了一下，居然一头栽入了万泉河。

"有人落水了！"河岸四周的垂钓者、游客开始惊呼起来。

只见一个长发俊秀的青年飞快地脱下了他的外衣，飞身跳入了河中，将刚刚落水的女孩抱了上来。

"好……冷……"落水的钟丽娜受惊不浅，说话断断续续，毕竟10月的万泉河水寒意十足。

宫本靖将他扔在岸上的外衣包在了钟丽娜的身上，然后也不顾自己仍然全身湿透，抱起她便向万泉公园北门跑去。

"你别管我，放开我！"钟丽娜看清眼前抱她的人是宫本靖后，开始乱动手脚，试图挣脱他的怀抱。

湿漉漉的男孩根本不理会她的挣扎，抱着这个同样湿漉漉的丫头，一口气跑进了北门外的解放军四六三医院。

2

11月的沈阳，秋风萧瑟，冬意日隆。

一个年轻的身影隐没于一栋复古建筑后面的石阶上，身影的主人此时正高昂着那张清秀的脸，目不转睛地看着建筑工人们对建大"八王书院"

复古建筑进行施工。他在静静地等待着那个人的出现。

云天此刻的心情是复杂的，离校的实习使他最近与钟丽娜疏远了很多，也许自己在潜意识里对她也是一直在回避吧，云天对这一点并不确定，以至于宫本靖出现后，他感到了前所未有的放松。可是，即便是普通朋友，自己是不是对丽娜也太疏于关心了呢？更何况她还是茗玉的妹妹，她出了那么大的事情自己都不知道，以至于收到茗玉来自大洋彼岸的责问，他才意识到自己这个亦兄亦友的角色扮演得并不好。

钟丽娜落水后其实并无大碍，在医院稍作调养就出院了，但在接下来的日子里却表现得非常消极。往日爱说爱笑、活泼开朗的那个小丫头不见了，取而代之的是郁郁寡欢、终日愁眉不展的钟丽娜——集体活动一律不参加，就连课也不怎么上了，整日待在寝室里不出来，几个星期下来，人瘦了整整一圈。云天觉得在她身上一定发生了什么事情，否则她不会表现得这样反常。但无论自己怎样问，她都说没什么事，就是落水受了惊吓，过段时间就好了。云天对此很着急。

于是，他决定约见那个人问个清楚，那个丽娜落水时在场、出院后却不再相见的人。

"云天君，我们又相见了。"一句略带日语口音的话语让云天的视线从复古建筑的现场转向了身后那个彬彬有礼的帅气男孩。

"宫本，你好。"云天的回应亦十分礼貌。

几个星期没见，云天惊讶地发现宫本靖的变化也很大，虽然依然帅气干净，但眉宇间那种特有的坚忍气质不见了，取而代之的是满满的忧虑。

"云天君，我知道你为什么找我。"宫本靖直视着云天，"必须承认，是我伤害了丽娜的感情。"

"哦？"云天对于宫本靖的直率感到十分意外。

"我们在错误的时间做出了错误的事情。"宫本于是将当日在万泉公园发生的种种一五一十地告诉了云天，同时也将他在接下来的日子里见不到钟丽娜、记挂她安危的焦灼心情一股脑儿倒了出来。云天似乎明白在这两人身上产生变化的原因了，但他对眼前这个日本男孩做出的行为却不能完全理解，如果他对丽娜有意，那日为什么要当面拒绝呢？如果他无意，为什么他又在接下来的日子里如此自责，以至于满目忧伤？

"为什么？"云天和宫本靖两双俊目相接，云天想从宫本靖的眼神中找到自己想要的答案，而宫本靖则从云天的眼神中看出了他的迷惑。

不知过了多久，宫本靖终于将视线转到了远处枯黄的稻田，"云天君，你听说过阿倍仲麻吕吗？"

"你说的是晁衡吗？"云天也将目光转向了那一片茫茫的枯黄。

"对，是他，晁衡是他在中国的名字。"宫本靖眼神游离地继续说着，"当年他随日本遣唐使来中国留学，后在唐朝任从三品秘书监兼卫尉卿。离开故土多年后，他想回国探亲，大唐皇帝玄宗特许，并命他为回访使者。可惜船在归程中遇到飓风，迷失方向漂到南海一带，他不得不返回中国，继续在长安任职到逝世，终年73岁，再未回归故土。"

"他是一位伟大的求学者，也是我们中日两国友好和文化交流的杰出使者。诗仙李白曾作诗《哭晁卿衡》纪念他。"云天想起了他曾查阅过的一个资料，那里记载了建筑大师张锦秋为晁衡设计的一座仿唐结构纪念碑。

"看来，云天君对阿倍仲麻吕了解得很多呢。" 宫本靖长吐了一口气，将头转了过来，目光灼灼地看着云天说，"如果我说我们宫本家族也有一位阿倍仲麻吕，云天君愿意相信吗？"

"宫本，我不明白你的意思。"云天的眼睛眯了起来，开始打量面前的这个日本人。

宫本深吸了一口气，好像终于下定了决心要把这个压在自己心头的秘密说出来："那是我爷爷的哥哥，宫本健太郎，一位因为喜爱中国文化而来沈阳求学的年轻医生。他在1940年到奉天的满洲医科大学进修，从此再也没有回到日本。"

"哦？那他现在还在沈阳吗？"云天满腹疑问。

"不，1943年他死在了奉天。我们全家都不知道他究竟遭遇了什么，所以我这次来沈阳有一个重要的家族使命，那就是要找到健太郎当年在奉天身亡的真相，我一直在努力寻找当年他身边可能知情的朋友，因为我爷爷的时间已经不多了。"宫本语气开始急促起来。

"那你现在有什么进展吗？"云天颇感吃惊，宫本靖的秘密超出了他的想象。

"毫无进展……"宫本的头低了下去，可是旋即他又扬起头来，以日本人特有的执著高声说道，"不，我一定能够成功！爷爷正在等着我！"

云天看着神态坚定不移的宫本靖，似乎明白当日他拒绝丽娜的原因了。

"云天君，世上没有所谓的失败。挑战时没有失败，放弃时才是失败。作为男人，我想你懂的。"宫本靖目光坚定地看着云天，似乎在用眼神表明他不惜一切代价完成使命的决心。

云天迎着宫本靖的目光与他对视，他明白宫本靖引用的那句京瓷株式会社创始人稻盛和夫的话所表达的意思，良久，他慢慢说道："宫本，我想我明白了。"

言毕，云天转身离去。

宫本靖看着云天的身影逐渐隐入了稻田，这时，一阵寒风划过，风中传来了云天的声音——"如果你想见丽娜，这件事由我负责。"

四　宝发园的聚会

1

又是一个阳光明媚的午后。虽然室外的温度已经降至零度左右，建大图书馆此时却暖意融融，热网循环的暖气和窗外高悬的暖阳合力传递的热量让临窗而坐的云天的额头沁出了汗来。此刻他面前书桌上摆的不是被同学戏称为"千年不变"的《结构力学》或《混凝土砌筑技术》这类建筑书籍，取而代之的却是一封航空邮件和一张照片。

云天望着那张照片，久久地出神。

那是一张翻拍的黑白照片，照片上是在一座造型别致的水塔前依偎在一起的一对青年男女，灿烂的笑容与照片泛黄的背景形成了鲜明的对比，照片的右上角印着"宫本"和"婉清"龙飞凤舞的手写体字。

照片上的那座水塔云天简直是熟悉得不能再熟悉了，那是万泉塔。

这张照片是宫本靖提供给云天的，也是宫本靖寻人的唯一线索。

上次自己与宫本靖的会面结果最终使钟丽娜原谅了他，不仅如此，丽娜在得知真相后还主动和宫本一起走街串巷去寻找那模糊的线索，两人的关系似乎比原来更亲密了。据宫本家族掌握的情况，婉清是当年宫本健太郎在奉天的恋人，也是他身亡之前最信任的人，她当年是张学良将军建立的同泽女子中学的学生。宫本靖认为，只要找到婉清，就极有可能了解到当年祖辈在奉天身亡的真相。

不过令人沮丧的是，大家的努力毫无结果，地方民政部门根本没有这个名字的登记。三人有婉清的照片，也有她的名字，但那照片记录的却是70年前的画面，上面的妙龄少女如今早已是耄耋之年，照片已基本没有参考价值。唯一有用的是婉清这个名字，在民政部门的调查未果后，三人便在同泽女中旧址所在的怀远门一带寻访经历过那个时代的老人，但却一直没有人表示认识婉清。

钟丽娜有时会对宫本靖表达自己的怀疑，怀疑这件事是否会有结果，毕竟人海茫茫，找到婉清无异于大海捞针，更何况时过境迁，也许她早已不在人世也未可知。云天对第二种可能性也有疑虑，从照片上看，那婉清至少已有十六七岁，换算到今天，她已是接近90岁的老人了，什么可能不会发生？但每当她表现出失望或灰心时，宫本靖便会在脸上浮现出那种日本民族特有的坚毅神情："我一定能够找到她！一定能！"

云天很佩服宫本靖的执著，虽然他不太理解宫本靖不找到结果就不恋爱的思维方式，但他知道，在如今这个充满诱惑的世界，能够一直坚持做成一件事，并坚信自己能够完成，很难。像他这样意志坚定的人已经不多了。

云天收起了照片，又将目光转向了那封沐浴在阳光中的信。

信是茗玉寄来的，云天每次看到那娟秀小字，内心总是感到暖暖的，就像此时将光辉播撒在他身上的冬日太阳一样温暖。茗玉这次来信在他心里激起的涟漪不亚于一次海啸，她这次在信中明确了她的归程日期。云天难以控制自己的欣喜之情，他甚至开始憧憬与茗玉重逢是怎样的情景了。

茗玉曾望着风和日丽的大海告诉云天，他就是宁静的深海，而云天对此也颇以为然。云天最喜欢的一首歌就是黄磊的《我想我是海》，每次听到那句深沉的"我想我是海，宁静的深海，不是谁都明白，胸怀被敲开，一颗小石块都可以让我澎湃"的时候，云天都会想起茗玉当年那句话，他明白今天恋人的信就是那颗让他胸怀被敲开的小石块，它让他如此激动，如此澎湃——除了确定归期之外，茗玉在这封信中提及了一件非常重要的事情，她要云天代替自己参加姥姥的寿宴，代表她去表孝心。虽然钟丽娜在早些时候向云天提到过茗玉姥姥要过88岁大寿了，但显然来自茗玉这封亲笔信的委托是出乎云天意料的，其中意味着什么，云天是能看得出来的。

　　宴会地点定在位于小什字街的宝发园名菜馆，云天和钟丽娜相约一同打车去赴宴，丽娜上车后就聒噪个不停："云天，见我姥姥可是大事，嘿嘿，你准备好了没呀？"

　　云天看了看手舞足蹈的小丫头，笑了一下，没有回答。

　　"看把你紧张的，连话都不会说了哦！"

　　云天索性将目光投向了车窗外，不去理会她。可笑，我有那么紧张吗？也许吧，嘿，云天，你怎么这么没用啊。他望着窗外自嘲地想着。

　　出租车此时正行驶在浑河大桥上，窗外的浑河水域茫茫，两岸泛五里河地区的摩天楼群景色极其壮观，近处的皇朝万鑫酒店奢华大气，远处的茂业中心直插云霄。出租车司机见云天出神地看着窗外，开始得意地介绍道："这皇朝万鑫酒店的停车场可了不得呀，那真叫自动化立体式停车场，咱们去那存取车根本不用进场，存取全是由升降机自动化完成，都不用亲自到地下去，听说这是东北唯一，厉害呀，咱们沈阳现在发展得真是越来越快了！"云天本来见这一片壮丽景色就顿感心胸开阔，又听到司机这样说，紧张的心情瞬间一扫而光。

2

　　当云天二人到达宝发园名菜馆的时候，众人都已经到齐了。

　　宝发园名菜馆的门庭不是特别豪华，装修却很典雅、古朴，饭店的楼梯和回廊各处几乎摆满了沈阳各个时代的老照片，盛京时代、奉天时代、红色时代尽在其中，无声地显示着这个百年老店与众不同的底蕴。而衣着朴素的姥姥给云天的第一感觉则和这里的环境一样——低调却很有故事。

云天的到来得到了包房内所有人的欢迎，就连今天的老寿星也满面笑意地让他落座。他礼貌的举止更得到了大家的赞誉。很快大家就进入了正题，开始觥筹交错，为老寿星唱起生日歌来。云天沉浸在这种祥和的气氛中，看着席间人们脸上发自内心的笑，感觉到自己正逐渐融入这个家庭。

"煎丸子来喽……"传菜员的一声喊吸引了大家的注意力，"本店招牌四绝菜已经全部上齐，请各位细品慢用。"

"服务员！起酒先！"钟丽娜一只脚踏在包房一角的啤酒箱上，忽又疑问道，"什么是四绝菜啊？"

"这位姑娘，一提我们宝发园，首先得说'四绝菜'啊。所谓'四绝菜'，即'三熘一煎'。'三熘'指的是熘肝尖、熘腰花、熘黄菜；'一煎'指的是煎丸子。"传菜员边启啤酒边眉飞色舞地说着，"要说这'四绝菜'就得提一段咱们宝发园的传奇故事。咱们宝发园是沈阳的风味老店了。它是清朝宣统年间由河北人国喜玉在我们这创办的，当时店面设在奉天小东城门小津桥。为了能在奉天长久站住脚，这家店用料讲究，真心待客，可是不知为什么，生意总是不温不火。直到民国年间才起了变化。那一天早晨饭店里来一位二十多岁，身穿乳白色西服的男青年，跑堂的忙问道：'先生，您吃点什么？'青年人笑道：'我是慕名而来，就请厨师做熘腰花、熘肝尖、熘黄菜、煎丸子吧。'国喜玉掌勺，菜做好后端上桌。青年人对每道菜都细细品尝，频频点头称赞，'不错！味好、色正、型美，真是四绝啊！'并请国喜玉到前堂来，把10块银元放在餐桌上，说'这钱是给你的'。说罢，起身而去。旁边两位老顾客凑到国喜玉面前说：'掌柜的，你知道刚才走的是谁吗？他是少帅张学良啊！'国喜玉闻言真是又惊又喜，从那以后宝发园'四绝菜'便名闻遐迩了。您这包房点的熘肝尖、熘腰花、熘黄菜此前均已上齐，这最后一样煎丸子上来后，四绝菜便已齐全。除了菜有四样之外，我们宝发园这四种菜还有四绝，这四种菜的制作选料新鲜、刀口精细……"

"火候恰当、操作迅速。"今天一直被众星捧月却没怎么说话的寿星老太太突然接过了传菜员的话，这让大家颇感惊讶。

"哎哟,这位老寿星,您真是高人,讲起我们家的'四绝菜'比我说得都明白,嘿,真了不得。"传菜员翘起了大拇指。

"姥姥,您……怎么都知道呀?"钟丽娜的问话也代表了在座众人。

"呵呵,其实这宝发园四绝的秘密我也知道,不过今天你们先吃菜,我先不说。"老太太突然起了兴致,还卖起了关子。

"姥姥,你快说嘛,你不说我怎么吃呀?"钟丽娜有些迫不及待,她说完之后还回手捅了捅云天,云天明白她的意思,便说道:"姥姥,您就给我们讲讲吧,我最爱听故事了。"

"是啊,妈,您就别卖关子了。"儿女们也开始纷纷表达意见,气氛顿时热烈起来。传菜员见这一大家子人其乐融融,便轻轻地关上了包房的门,转身离开了。

门关上以后,寿星老太太开始讲了起来:"这'四绝菜'的秘密都在一个'嫩'字上,熘腰花脆嫩、熘肝尖滑嫩、熘黄菜软嫩、煎丸子焦嫩。"

老太太话音刚落,钟丽娜便带头鼓起掌来,"哇,精彩!姥姥你说得我都要流口水啦!"

"呵呵,那大家就快吃吧,你们吃菜,吃菜呀。"老太太举筷示意大家吃菜,显然十分开心。

"啧啧,真是太好吃了!"大家边动筷子边七嘴八舌地赞美起来。

"妈,我记得小时候好像听你说过你读书时在班里有几个要好的朋友,叫什么,什么名字,好像和这四绝菜也有点关联?"茗玉的妈妈看着丽娜夸张地吃相,突然想起了什么。

"咳,我那时是说,我们四个女孩被人戏称为'清扬婉兮'四姐妹,好比宝发园的四绝,那都是陈年旧事了。"老太太笑着说道。

"清扬婉兮?姥姥,这个名字别致呀。"云天对这个称呼很是好奇。

"也没什么的,就是那些无聊的同学把我们每个人的名字中取出了一个字,牵强附会拼到一起的而已。"老太太看着云天,和蔼地回答道,看来她是很喜欢面前这个小伙子的。

听闻老太太这句话,刚刚还静听姥姥说话的钟丽娜突然叫道:"咦?姥姥,不对呀,在你的名字里,这四个字哪个也没有啊。"

"你这小妮子知道什么，你姥姥是'文革'时后改的名，原来她叫婉清，当然带着'婉'字。"钟丽娜的妈妈瞪了钟丽娜一眼，似乎对女儿的大惊小怪有些不满。

婉清？难道她就是自己和钟丽娜、宫本三人一直遍寻不得的那个婉清吗？云天不禁将目光转向了钟丽娜，却发现她的那双美目此时也正以同样惊讶的眼神望向自己。

"姥姥，你……"钟丽娜似乎起身要说什么，却被云天藏在桌下的手拉住了。云天的眼神此时分明是在告诉她："有什么事，以后再说，不要破坏今天的气氛。"

"丽娜，你怎么了？"大家对钟丽娜的欲言又止有些疑惑。

"没什么，我是说，姥姥年轻时候的故事挺有趣的！"钟丽娜此时已经明白了云天的意思，顺手拿起一个酒瓶给大家倒起酒来。

3

初冬的万泉公园，游客开始变得稀落起来，三个年轻人此时正聚集在四季广场上的石柱旁讨论着什么，每个人的神情都显得异于平常。

"真是踏破铁鞋无觅处，得来全不费工夫啊！"三人中的红衣女孩兴奋地说道。

"嗯，丽娜，姥姥她老人家把所有事情都说出来了？"云天问道。

"是啊，云天，你都无法想象我姥姥见到那张照片后有多激动，当时她要立刻见到宫本靖，直到我反复解释现在都深夜了，保证明天上午一定让她见到，她才勉强同意。"钟丽娜说得绘声绘色。

"哦？姥姥第二天见到宫本了吗？"云天看看钟丽娜，又转头看看宫本靖。

钟丽娜见云天望向自己，便撅起了小嘴，有些生气道："姥姥竟然把她的故事只告诉了宫本一个人，她说她要单独和宫本家的孩子谈，把我支走了！更可气的是，宫本这个家伙在见我姥姥以后居然也不告诉我，非要见到你之后再一起说。"

说完，钟丽娜狠狠地瞪了宫本靖一眼。

宫本靖对她耍小脾气根本未予理会，直接将头抬起转向了云天。

"是的，云天君，命运是多么的神奇，我也没有想到最后居然以这种方式找到了我要找的人，而且这个人还是丽娜的至亲。"宫本靖似乎有些感慨，"老人家见到我以后，异常激动，抓着我的手反复念叨着，健太郎，健太郎，你的孙子来了，你的孙子来了呀……这就是命运啊……"

"宫本，你找到你要找的答案了吗？"云天期待地看着宫本靖。

"嗯，云天君，真相是那样令人唏嘘啊……"宫本靖的表情变得严肃起来，开始向云天和丽娜讲述姥姥婉清的故事。

五 婉清的往事

1

1942年，奉天。

婉清静静地立于一派姹紫嫣红中，春天的万泉园百花齐放，争奇斗艳。花丛的尽头是一座气势恢宏的水塔，造型别致，如一只漂亮的野鹤在百花之中驻足停留。

她在等一个人，她和她的健太郎相约在这里。

她静静地等待着，不由回忆起那一天，她在这里，万泉塔下遇到了她一生中第一个能让她心动的男人——有着一双清澈并深藏着执著与善良的眼睛的日本男人。

那时一只受伤的小猫蹒跚地跑到塔下刻有"思源"二字的水源地喝水，遭到了水务管理员的大棒驱赶。婉清和一个日本男子共同救下了那只小猫，当时受伤的小猫并没有从受惊状态中恢复过来，它拼命挣扎，尖锐的爪子还把那男子的手都抓破了。可是那男人并不以为意，反倒从随身的医药箱中拿出了棉签和碘酒，耐心地给小猫的伤处上起药来。

男子充满爱心的君子行为给婉清留下了良好的印象，随后，他们自然而然地聊了起来，婉清这才知道他叫宫本健太郎，是来奉天满洲医科大学的求学者，而当健太郎了解到婉清是同泽女中的学生的时候，则表示要送她回学校。于是，两人边走边聊，魁星阁、杨宇霆宅、孔子庙、大帅府、盛京皇宫、东三省总督府依次从他们身边掠过，可他们却浑然不觉，直到两个人走到了大西城墙下，发现南侧的同泽女中此时都已浸沐在夕阳的余晖中了，彼此才都意识到已经聊那么久了。离别时健太郎给婉清留下了地址，并表示希望有机会能够再见，于是两人在城墙下依依惜别。

"婉清，对不起，我来迟了。"宫本健太郎气喘吁吁的声音传了过来，打断了婉清对他们第一次相遇的回忆。

婉清看着这个日本男子上气不接下气的样子，不禁扑哧一笑，与他约会都有十几次了，但是迟到却还真是第一次。

宫本健太郎见婉清一笑莞尔，便知她对自己的迟到并不介意，但他却不能原谅自己，继续说道："迟到是不可宽恕的错误，如果我更早一些出门，即便赶不上有轨电车，那么跑到这里也一定不会迟到的！"

"健太郎，我都不在意，你又何必如此呢，我知道你也是不想迟到的。"婉清过来挽起了宫本健太郎的胳膊，"陪我去看桃花吧。"

"桃花……"宫本健太郎闻言脸色和缓了下来，慢慢解释着迟到的原因，"婉清，今天我出门的时候遇到点意外，所以耽搁了赶电车的时间。"

"怎么了？"婉清心情不错，拉着宫本健太郎一起隐没进了万泉塔下的桃花丛中。

宫本健太郎似乎有些忧心忡忡，但当他看到婉清在桃花下是那样开心，便收回了已到嘴边的话，简单地说道："也没什么，今天医科大学里面进驻了很多帝国军人，进出门需要盘查，耽搁了一些时间。"

其实，宫本健太郎对他出门时发生的那一幕一直觉得不可思议，那个自称直属关东军司令部的军官怎么可以那样粗暴地对自己说话？先是不准自己离开学校，在自己据理力争后，他才被勉强放行，但却被要求以后离开学校要向他打报告，自己只是一个进修的医生，为何要向军人报告？

"健太郎，你说花儿的生命是多么短暂，但它却能够在那么短的时间里绽放出那样夺目的美丽，这就是生命的美丽啊。"婉清似乎对宫本健太郎的话并未在意，只是凝视着一朵桃花，陷入了遐思。

"婉清，在我们日本有一种花，叫做樱花。它的生命很短暂，我们那里有一民谚说'樱花七日'，就是说一朵樱花从开放到凋谢只有七天，它开放的时候异常妩媚娇艳，但是它在经历短暂的灿烂后便会随即凋谢，死在最美的一刻。"宫本健太郎幽幽地回应道。

婉清被宫本健太郎描述的意境所感染，觉得有些发冷，"健太郎，我不要樱花，我不要那种带有死亡的美丽。我喜欢桃花的美丽，同样娇艳，但却温暖。"

"傻姑娘，樱花的死是壮烈的。在这个世界上，万物循环反复，任何事物都有终点，但当它存在的时候，它给人们留下了最美的印象，它的生命就有了意义，那么它最后凋谢也得其所了，实现了圆满，樱花是幸福的。"健太郎高昂起了头，目光炯炯地望向穿破桃花丛直刺天空的万泉塔。

"不，健太郎，你过来，我要你和我永远待在桃花丛里。"婉清向宫本健太郎伸出了手臂，急得都快哭了。

"呵呵。"日本男子见面前这个俏丽的小姑娘这副样子，便也伸出手臂，握住了她的手，一跃和她一起滚入了桃花丛中。

两个人于是并排躺在桃树下的草地上，仰望着头顶的湛蓝的天空、粉艳的桃花及如闲云野鹤般的万泉塔。

"健太郎，你是来我们奉天进修的医生，应该更懂得生命的可贵，以后不要再和我说什么死呀、美呀的。"婉清用力握住了身边男子的手，悄声说道。

"嗯，婉清，你说得对。作为医生，我要尽最大努力为生命去除痛苦，他们的健康就是我的圆满。"宫本健太郎感到了婉清的手在用力，便将头转了过来，目光深邃地望着她说道。

"嗯。"婉清于是不再说话，闭上了双眼，似乎在用心感受着春天的美好。

宫本健太郎见婉清此时的样子，不由得痴了。她那如同凝脂般的俏脸上睫毛弯弯，鼻子精巧，微翘的嘴唇似桃花般粉嫩，本就可爱极了。而偏偏有几瓣桃花还落在了她的脸颊上，与这张如画的容颜相映共美。

宫本健太郎的心似乎被什么东西撞得厉害，他并不知道，此时他面前的画中人正在心里暗暗许下了心愿——"健太郎，以后我就在这座塔下等着你，无论你迟到多久，我都等着你，直到你娶我为妻。"

2

夏日的奉天，知了聒噪个不停。

婉清这几天心情烦透了，没有宫本健太郎的消息快一个月了，他不再来同泽女中找她，在万泉塔下也再见不到他的身影，他就这样在奉天消失了，就好像他在婉清的生活里从来没出现过一样。婉清三天前去了一次满洲医科大学，可医科大学门前的日本兵根本不让她进门。离开医科大学后，婉清漫无目的地走在医科大学北侧的浪速广场上，目光依次掠过四周的大和旅馆、横滨正金银行奉天分行、奉天警察署、三井洋行、满铁奉天地方事务所、关东军总部、满铁附属医院及广场中心的日俄战争方尖纪念碑，心中想着："健太郎，健太郎，为什么你不来找我呢？为什么你连封信都不给我写呢？我都要急疯了。"

当婉清再次见到宫本健太郎的时候，已经是1942年的深秋了。

这一天，她毫无征兆地收到了一封没有署名的信，信上只有六个字——今晚，万泉塔下。婉清认出了那熟悉的字体，那是宫本健太郎的字迹，是她芳心暗许的健太郎的，是她朝思暮想的健太郎的！

秋夜的万泉园，风很大，婉清的长发随风飘动。一个日本男子将她搂在自己宽大的臂膀中，默默无语。

婉清默默地看着她的健太郎，心疼极了。

他瘦了，满面愁云，原本英气勃勃的脸上明显少了那份属于他的清澈与文雅，多了许多忧虑与疲惫。

浓密的夜色笼罩在万泉河上，也笼罩着万泉塔下的密林。远处应该是灯火辉煌的"日本租界"吧，那些遍布各类日式、欧式建筑的"春日町""千代田町""浪速通""富士町"从来都是夜夜笙歌，与本是盛京皇城的奉天城东部有着鲜明的反差。但由于没有灯光的干扰，万泉园上空的星空此时反倒显得特别明亮。

面对满天繁星,宫本健太郎轻声在婉清耳边说:"多静谧的夜啊,大奉天的夜色真美。"

婉清紧紧地搂住宫本健太郎的腰,"是啊,健太郎,奉天很美,星空很美,但当你出现以后,我觉得奉天充满了阳光,你为我的生活带来了阳光,而你的光芒与众不同,你让我看到了人类最圣洁的一面。你作为医者的爱心,彻底征服了我。"

"可是,婉清,我现在恐怕不再是圣洁的天使,我在满洲医大的医学研究很可能是罪恶的!"宫本健太郎激动起来,"我想我已经知道他们要我干什么了。"

"他们是谁?要你干什么?"婉清迷惑不解。

"他们就是帝国关东军,要我研究一种生物病毒。"宫本健太郎望着夜色中万泉塔的黑黝黝的影子,恨恨地说道。

婉清吃了一惊,身体下意识地脱离了宫本健太郎的怀抱,站到了一旁。

日本医生知道那是她恐惧的一种本能反应,但还是有些沮丧。他走到塔下刻有"思源"字样的水源纪念碑处,望着倒映着星空的清泉说:"我和你一样害怕,我本以为我的研究能够有助于脊髓灰质炎的预防,我以为医科大学实验室是研究为生命去除病痛的药物的……我没想到……这种病毒杀伤力极大,也许只要那么一滴病毒培养液落入这样的水源,奉天全城的人都会被夺去生命。"

"离开满洲医科大学,我们一起走吧!"婉清走近那个痛苦的日本医生,轻轻地从后面抱住他的腰。

"走?"宫本健太郎转身将女孩搂入怀中,"到处都是帝国皇军,我们能走到哪里去?"

婉清抬眼望向她的心上人,发现他正与她对视的目光中透出了一种无奈的神情。她知道,她的建议注定是无法行得通的。

婉清紧紧地拥着宫本健太郎,嘤嘤地哭了起来,"健太郎,我好害怕。"

宫本健太郎也紧紧搂着他心爱的女孩不做声,良久,他的目光突然变得坚毅了起来,盯着远处说道:"不要怕,什么都会过去的!"

3

奉天的冬季，寒冷刺骨，1942年的第一场雪来得令人猝不及防。

位于千代田公园西北方向的浪速广场此时银装素裹，广场四周各色风格的建筑已经被统一披上了白衣，被它们环绕的圆形广场和广场中央那座方尖塔在反射了阳光之后此时更是白得炫目。

这样的景色远远望去就好像各类披着白大褂的医生围拢在一个铺盖着白布的圆形手术台前，而那方尖塔则是一把尖锐的手术刀，正在刺入那白布下的躯体。

婉清打了个寒战，被这样的想象吓了一跳。

这已经是她连续第五天在这里观察满洲医科大学的动静了，由于宫本健太郎再次被限制在了这个以高医学水准闻名亚洲，实则却充满罪恶的西式建筑群里，婉清只能跑到这里以遥望的形式寄托她的思念，幻想着能隔着栏杆见上他一面。

本来由于同泽女中与浪速广场路途甚远，她只能一个星期来一次的，但自从五天前她意外地发现满洲医科大学门前驻军出现了异动，她便每天都来观察变化。

连续五天了，门前的关东军守卫更迭频率比之前快了一倍，而且站岗的士兵都带上了白口罩。与此同时，婉清每天都能看到运载动物的推车进进出出，运来一批批活的牛、马、羊、猪、兔等哺乳动物，运走一批批死的，经过深度消毒的动物尸体。

婉清知道，宫本健太郎所说的"活体动物实验"已经开始了。那么下一步会是什么呢？健太郎曾告诉自己这项研究计划的最后一步叫做"铰链"，具体是什么内容他还不得而知，但一旦他掌握了下一步动向，便会设法给自己传来消息。那么也许自己此时应该回学校耐心等待了。

4

婉清回学校不久就再次接到了宫本健太郎的信，天知道那个她朝思暮想的日本医生是通过怎样的手段把这封信寄出来的。

宫本健太郎在信中告诉婉清，他已经弄清了"铰链"二字的含义：关东军要找一处面向中国病患开放的医院，在对中国病人医疗处置过程中，把病毒注射到病人体内，然后把病人投入到住有其他患者的病房中，让他成为一个传染源，去传染第二个、第三个……就如同铰链一样，一环接一环，环环相扣，最后使整个病房的病人全部都感染上这种病毒。研究人员在传染源进入病房后就会封锁病房，持续对每个病患的病毒感染情况进行观察记录，直到他们痛苦地死去。医院具体选址在哪里目前还不清楚，不过这位尊重生命的有良知的日本医生在信的末尾写道："亲爱的婉清，我现在有一些重要的想法要去付诸实施，如果成功，悲剧就会得以避免。届时，我将带你一同离开奉天，去帮助更多处于病痛中的人们。请你一定要相信我，等着我。"

婉清小心翼翼地把恋人的信藏好，脸上泛起了光彩。她相信她的健太郎一定能够成功，因为他是从不食言的一个人，无论付出怎样的代价，他都会努力去履行对恋人的承诺。

5

1943年的元旦就要到了，婉清匆匆行走在挂满标语的街道上，怀中揣着一天前宫本健太郎托人带给她的字条，内心充满忧虑。大概是由于过节的关系，此时的奉天街道人烟稀少，唯有写着"庆祝大奉天成为亚洲经济最强城市！""王道乐土，共存共荣"等各色标语在风中猎猎作响。

她刚刚去过满洲医科大学，那里的变化印证了她的猜想。以前如狼狗一般在大学门前守卫的关东军士兵不见了，进进出出的运送动物的车也消失了，大门内外冷冷清清的，她可以断定那个罪恶的计划已经转移到某个地方开始付诸实施了，但是他们究竟会到哪里去了呢？

呵，健太郎，你现在还好吗？

健太郎给婉清的字条上只有一首诗和一株手绘的三瓣樱花，婉清到现在还不能明白那首诗的含义，可是她清楚那一定是恋人传递给她的重要信息。

> 凤起云霄九万重
> 江天水落月朦胧
> 垂柳依依万泉畔
> 雨小风大夜中空
> 南边细雨伴斜风
> 北方边陲入寒冬
> 前有塔影笼飞雪
> 风云难测雾蒙蒙

这究竟是什么意思？婉清边走边想，既然一时没有头绪，索性放到一边。与这首诗相比，那幅娇艳欲滴的樱花图更让她担心，她清楚地记得健太郎与她在春日的万泉园约会时曾说过的那关于樱花的话。

"不，不，健太郎，你过来，我要你和我永远待在桃花丛里。"婉清还记得自己当时对健太郎的回答，然后那位眼神清澈的日本医生就真的拉住了自己的手，和自己一同融入了那团粉红的花海之中。

但是这一次，健太郎画下这一支樱花是什么意思呢？他还会回来再次拉起自己的手吗？可是健太郎，你是答应过带我离开奉天的呀，我们还要去那些需要帮助的苦难的人身边，给他们去除病痛啊……婉清简直不敢再想下去了，她拼命地摇了摇头，快步跑上了一辆停在马路中央铁轨上的有轨电车。于是那车发出了巨大的声响，开始匀速地向同泽女子中学所在的大西区方向驶去。

6

奉天进入1943年的第一个月异常寒冷，奉天市政府对市内中国人的月粮食配给量再次降低，大批资源被运往前方的战场。已经过去半个月了，婉清还是没能明白宫本健太郎给她的那首诗的含义，不过稍稍令她欣慰的是，奉天各处并没有传出就诊病人离奇患病死亡的事件发生。她猜想，宫本健太郎可能已经成功了。她甚至开始有了微弱的希望，去憧憬她的心上人突然有一天风尘仆仆地出现在她的面前，对她说："婉清，我成功了，现在我们一起离开奉天，去帮助需要我们的人吧！"

可是那一天她终于没有等到，一月中旬后的一天，一份报纸在不起眼的角落刊登了宫本健太郎被关东军处决的消息。其时，婉清和同学们正按照奉天市政府前一年底颁布的《学生勤劳俸公法》在小河沿一带劳动，她闻讯之后猝然扑倒在冰封的万泉河畔号啕大哭，直到昏厥……

7

宫本靖是含着眼泪叙述完这个故事的。他将身体转向了远处的万泉塔，嘴唇嚅动，似在祷祝。云天沉默地看着宫本靖，久久不做声，而红衣女孩在一边则已哭出了声来。冬日的万泉公园是如此寂静，在三人之间异常压抑的气氛中，只有钟丽娜的啜泣声还能证明时间仍然在流动。

良久，云天终于开口说话了："宫本，从后来发生的事情来看，当年健太郎应该成功了，他实现了自己的诺言，虽然我们不知道最后他采取了怎样的方式，但他的确用自己的生命避免了灾难的发生，挽救了无数的生命，他是一位伟大的医生，也是一个伟大的人。"说完之后，云天把手搭在了宫本靖的肩上，试图让这位日本男孩的心情平复下来。

"我知道，作为宫本家族的长男，家族高贵的品质使他一定会信守承诺，去实现他的'圆满'，即便付出生命也在所不惜，爷爷曾说过他从小就是一个具有大爱的人，我为他感到骄傲，同时，我也一定会让健太郎爷爷为我感到骄傲！"宫本靖感到了搭在自己肩上那只手的力度，但他并没有转身，而是将自己的手搭在那只手上，目视远方，铿锵有力地说道。

云天一时并没有意识到宫本靖最后一句话的指向。但与他朝夕相处的钟丽娜此时却明白这个日本男孩的意思——无论多么困难，他也要继续调查宫本健太郎最后究竟是怎样挫败了那个罪恶的计划，他要把全部的真相带回日本，带到札幌他爷爷的身边，以荣耀他的家族，实现他的"圆满"。

"宫本，无论前路有多少险阻，我都会支持你，陪伴你一直走下去！"红衣女孩将自己纤细的小手也搭在了那两只手之上。

六 重 逢

1

"由波士顿飞往北京的美国航空AA187次航班将于30分钟后起飞，请各位旅客做好登记准备。"洛干机场的候机楼开始播放登机提示，一位气质典雅、容貌秀丽的黑发女孩拉着旅行箱站立在等待安检的充斥着各种肤色的队伍中，在那箱子的名牌上赫然写着"茗玉"二字。

离开沈阳，离开家，已经这么久了，呵，我终于要回来了。我的云天，你还好吗？我真想立刻就能看到你，你还那么清瘦吗？还有丽娜，你这个调皮的小妮子，听说你还找了一个日本男朋友，这次怎么不用你的茗玉姐姐给你把关了呀？茗玉进入了遐想，她的心早已先于她的身飞回了那沃野千里的故乡，那里有碧波荡漾的五里河，有仙气萦绕的棋盘山，有饱含翠绿和芬芳的世博园，有享誉全球的世界文化遗产故宫、昭陵和福陵，有泛五里河地带酷似芝加哥的现代摩天建筑群，当然还有恬淡、别致，具有文人气质的万泉塔。

万泉塔……我的"爱情塔"……茗玉的思绪回到了五年之前。

万泉塔下，云天和我。

那时的他的眼眸就像水一样清澈，从塔下望过来的时候，我感到有一股清泉流过了心房。

"小玉，你看，你看。"他着急地将手指向天空，却说不出一个所以然，到底要看什么。

"什么呀？"我巧笑倩兮。

"你看这里呀，快呀！"他居然抓起了我的手，将我的手指向了水塔的上方，却仍然不说出要看什么。呵呵，他好大胆！

"呀！月亮！好漂亮呀！"我看到一轮圆月正从塔顶升起，从我们的指尖划过，皎洁的月光从塔顶端的镂空小亭洒了下来，将灰暗的塔身照成一片莹白，美丽极了。

月光照亮了他清秀白皙的脸，我在他的眼中看到了跃动的火花。

毫无征兆地，他就那样将我揽入怀中，重重地将嘴唇印了过来。

"云天，你……"我试图挣扎出云天的怀抱，但感觉身体失去了所有的力道，只能任自己软软地靠在他的怀中。

"我喜欢你，小玉，你就是我的明月，点亮我未来的明月，就像它，像它一样美丽无双。"他温柔地在我耳边说。

我不回应，只是痴痴地望着他，他如水的眼神早已将我吞没。我不知道素来沉静的他哪里来的勇气，这样大胆地捅破了我与他之间的最后一层窗户纸，但我知道，从此以后，我的未来和他再也不可能分开。

沉浸在美好回忆中的黑发女孩并没有注意到一架印有美国航空标志的波音777客机此时已经静候在候机楼窗外的停机坪上，它将为她插上归乡的翅膀，在28个小时以后将她带回到梦开始的地方。

2

建大图书馆外雪花纷飞，馆内温暖如春。

云天坐在馆内自习室桌前，一个红衣漂亮女孩正在他身后转悠。

"丽娜，茗玉回家后感觉怎么样？"云天此时正专注于面前一个小物件的雕琢工作，问话的时候居然连头也没回。

"还好了，她的时差还没倒过来，现在正睡觉呢。"钟丽娜从云天身后转了过来，一屁股坐在了他对面。见云天还是不理她，便又补充了一句："你这两天没去找她，她可不爽喽。"

云天没有回应，他专注于他的事情，似乎根本没听到。

"云天！不是我说你，你看看你，一天天的鼓捣这个东西，到底在搞什么ABC呢？"丽娜的语气有些气愤，似乎对云天的爱答不理很介怀。

"你不懂的。"云天拿起一把小刀在那小物件上刻着什么，仍未抬头。

"哼！等到茗玉不理你的那天你就美啦，到时候有你受的！"钟丽娜不能忍受云天的无动于衷，把嘴凑到了云天的耳边，大声喊道。

被女孩突然调高的音量吓了一跳的云天终于放下了手中的小物件，把目光转向了这个抓狂的女孩,笑笑说道:"不会的。"

"嘿,反正是我帮你把好话说尽了,她才勉强消了气,你要怎样感谢我呀?"钟丽娜仍然是煞有介事的样子。

"宫本的事我不是一直在帮你吗?你……"云天的话说了一半,突然想起了那件一直困扰着他们的事,于是便戛然而止了。

"哎,那首诗我已经交给茗玉了,等等看她有没有好办法吧。"钟丽娜这时也安静了下来,显出了忧色。

在得知姥姥婉清当年那段曲折的往事后,三人便踏上了继续寻找线索的道路,可是却没有任何进展,他们在向前走的第一步就遇到了瓶颈,宫本健太郎所参与的研究组最后究竟转移到奉天的哪一家医院了?根据姥姥的说法,那应该是一家面对中国病患开放的医院,但这条件太模糊了,当年奉天符合这种条件的医院不在少数,再加上事情已经过去了这么多年,调查的难度可想而知。于是,三人又把目光聚集在宫本健太郎当年给婉清留下的那张字条上,他们认为那首诗一定蕴藏着某种特别的含义,这种观点也得到了姥姥婉清的支持,但遗憾的是,无论三人怎样去解读,都没能找到什么有价值的线索。于是钟丽娜想到了擅长诗词的姐姐,把希望寄托在了刚刚归国的茗玉身上。

"茗玉……"云天似乎被钟丽娜的话突然点醒,是啊,云天,你怎么了?作为自己最亲密、最思念的恋人,你怎么可以把她忘记呢?

3

雪花静静地飘着,被风划过的虚空好似它们蹁跹的舞台。霎时间,天地之间全部笼罩在一片白茫茫之中,白色的大地,白色的房屋,白色的树林,白色的冰河,白色的沈阳。

茗玉轻轻地停下了脚步,被冰雪覆盖的地面刚才被踩出的"咯吱"声随即停止。

细细的雪花静静地落在了茗玉的头上、肩上,旋即消失不见。

天气好冷。

呵,这就是干燥、寒冷、长达六个月的沈阳的冬天啊,她默默想着,开始环顾四周，夏日摇曳的柳树此时挂满了亮晶晶的银条，常青的松柏堆满了蓬松松的雪球。

一座巨大的水塔赫然映入眼帘，均匀环绕塔身的12根柱子直刺苍穹，原本灰白的塔身如今已披上了一件白披风，好似一位负剑的白袍将军取琴在风中端坐，在飘飘洒洒的弹奏中，白色落花尽情飞舞，煞是壮观。

"万泉塔……"她喃喃道。

居然不知不觉就走到这里了，她从没想过和云天分别后的第一次约会又会是在这里，虽然这里对于他们的意义是那样的特殊。

回到沈阳已经三天了，云天却踪迹不见。那晚他来桃仙机场接机是那么疯狂，居然就把我抱起在空中转了几圈，不管众目睽睽，也不管我还背着行李，好大的力气。但匆匆一面过后，这两天他却全无消息，到底在搞什么？据丽娜说他要送我一个大大的惊喜。好吧，且看他今天如何解释。

"小玉！"熟悉的呼唤响起，茗玉看到一个清秀的男孩正在塔前的太极广场那边向她跑来，依稀还是当年那塔下的少年的样子。

呵，那是我朝思暮想的云天啊。

"云天……"于是她也向男孩跑去，两个人终于在塔下的松林中拥在了一起，他们脸上带着湿润的液体，也不知是融化的雪花还是激动的泪水，抑或两者混而有之。

"你怎么没带伞呀。"云天缓缓将他的恋人放下，问出这么一句。

"你不也没带？"茗玉随口反问道。两个人对视着，又开始不约而同笑了起来，大概是觉得一年没见了，第一次约会第一句话居然是这样的。

"你很想我吗？"茗玉凝视着云天。

"嗯。"男孩不假思索地回答道。

"哼，我看未必，都回来好几天了，在机场匆匆一面过后，你就玩起了人间蒸发……"女孩有些半怒半嗔。

"这个……小玉，你听我说……"云天试图去拉茗玉的手来解释些什么，但伸出去的手却被她挡到了一旁，虽然知道云天不见她一定会有原因，但茗玉一时之间也有些小小的恼怒，这一挡，挡出了她回国几天来对云天的困惑。

"咦？这是什么……你带的什么？"茗玉的手落下的时候恰巧打到了云天的胸口，感觉似乎碰到了什么异物。于是，她顺势将手伸进了云天的外衣内侧口袋。

那是一打信纸。纸上一排排细密的娟秀小字表明了它的身份。

"我给你的信？"茗玉惊奇极了。

"一年了，每个有圆月的夜里，我都带着这个到这里来，一开始是一封、两封、三封，一直到现在，你写给我的信都在这里。"云天安静地回答道。

"云天！"茗玉感到视线被模糊了。

"带着它们就能感到你在我身边，你说过捧着你的信就相当于捧着你的心，我当然要把你的心放在我的心口。"云天幽幽地说道。

云天，我的云天，我朝思暮想的云天呀！茗玉的眼泪终于不争气地流了出来，要不是因为女孩子的那点矜持，她早就扑到他的怀中了，那一点点小恼怒此时早已丢到了九霄云外。

"嗨，小玉，你怎么了？"云天手足无措地给女孩擦着眼泪，"快，看看我为你带来了什么？"

云天拉开了他的背包，从中捧出了一个被报纸包裹着的小东西。

"这是什么呀？"茗玉好奇地扭过头。

"闭上眼睛，数三个数。"云天此时却卖起了关子。

"1，2……"茗玉乖乖地数着，却感觉嘴唇突然被什么温润的东西压了上来。

"呀，你骗人，好坏！"茗玉惊叫着才发现自己被云天骗了，可是当她睁开眼睛却看到一个小物件摆在了自己眼前。那是一座小小的水塔，充做塔身的圆筒的一面还雕刻了一个桃状尖形拱券式小门，门上方居然还有一块印刻着"甘泉滂泽"四个字的小牌匾。

"这是……万泉塔？"茗玉惊奇地看着刚刚偷袭自己成功的云天。

"嗯，早就想做这样一个模型送给你来纪念我们定情的地方了，本来没那么急，但你说你要提前回来，所以我……""所以你这几天就赶工把它做了出来，没来见我？"云天的话被茗玉打断了。

云天没有回答这个问题，但他的眼神已经说明了一切。

茗玉终于拥向了恋人的怀中，情感已如洪水决堤。

七 诗画密码

1

临近冬至的沈阳，下午四点以后，天色便已浓黑如墨。

沈阳地铁滂江街站入口处此时伫立着一对青年男女，女孩身着粉色外套，漂亮的黑发挽在脑后，美丽端庄，而那男孩则一袭白衣，白皙清秀。

"云天，我真没想到姥姥居然有那样曲折的过往。"茗玉轻轻说道。

"是啊，当时我们都很震惊。"云天将女孩的两只手都握在了自己手中，"茗玉，你的手好凉呀，我给你暖暖。"

茗玉抬眼看到恋人眼神写满关切。

"云天，有你真好。"茗玉任由恋人握住她的手，"在波士顿时，我经常会在约翰·汉考克大厦下面的地铁站换车，每当那个时候我都特别想你，因为以前你总和我提起那栋大厦曾获得过多个建筑奖项，总之你是那么喜欢那栋楼，所以当我每次经过那里，都会多看一眼，就会想象你和我同在地铁站里的情形会是怎样。"

"现在我们不是已经同在地铁车站了吗？"云天微微一笑。

"嗯，真没想到，仅仅一年，沈阳的变化就会这么大，地铁不知不觉间走进了人们的生活中，而我对于我们第一次在地铁站里同行的期盼，竟然就这样在家乡实现了，只是可惜这里没有你喜爱的约翰·汉考克大厦。"茗玉幽幽地说道。

"嗯，约翰·汉考克……在功能上，独创项目的执行上都十分杰出，它今年再次获得了AIA 'Twenty-Five Year'奖。"云天抬头看了看屹立在地铁站旁的龙之梦摩天群的双子塔，语气坚定地说道："总有一天，我要设计一栋真正国际领先的摩天地标，让它屹立在我们的沈阳！"

茗玉看着恋人认真的样子，不禁握紧了他的手。

"茗玉！云天！"一声高呼吸引了这对恋人的注意力，此时马路对面一个高挑漂亮的女孩正向这边夸张地招着手，而站在她身边一同招手的长发青年则显得姿态优雅得多。

"丽娜和宫本……"对比反差如此之大的举止使云天与茗玉不禁相视一笑。

2

明亮的路灯下，一家饭店的牌匾清晰可见，上书端端正正的三个大字——协顺园。

还不到晚上5点，饭店便已爆满，但慕名而来的人却还在络绎不绝地往门里进，为了品尝这里的招牌菜"回头"，他们愿意在这里一直等到有人买单空出座位。

云天、茗玉、钟丽娜和宫本靖此时已在这家饭店的一隅落座，热烈地展开了讨论。

"大家可别看这协顺园饭店门脸儿不起眼，这可是沈阳最著名的回头馆，已经是拥有百年历史的老店了。"钟丽娜眉飞色舞地介绍着，"这里的回头色泽金黄，皮焦馅嫩，口味鲜香，是沈阳八大风味小吃之一。"

"看你这小妮子那饕餮之态吧。"茗玉见表妹的样子便忍俊不禁地笑了起来。

"姐姐，我从小就是这样，你也不是不知道。"钟丽娜做了个鬼脸。

"回头来喽……"店员打断了他们的对话，将一大盘子色泽光亮、香气扑鼻的回头摆在了他们面前的餐桌上，同时在桌上摆好了醋和蒜。

"原来回头是这个样子的……"宫本靖惊奇地说道。"回头"这个名字，丽娜已经不知在他面前提过多少遍了，而且每次说的时候都一副要流口水的样子，大大地吊起了他的好奇心，一直想知道那究竟是怎样一种美味。直到今天回头上桌，宫本靖才发现这是一种与锅贴类似的呈长方形的用油煎制而成的面食，但其较之锅贴要稍大，包的馅也多，两头不封口，而且向中间褶回叠上，看起来很是诱人。

"呵，别光看了，都快吃吧。"云天一招手，四人开始大快朵颐。

今天的聚会师出有名，刚刚归国的茗玉不负众望，凭借对诗词的造诣成功地破解出了当年宫本健太郎要给婉清传递的真实意图！于是，云天和宫本靖决定为茗玉庆功，同时借此机会商量下一步的行动。

"其实如果当年姥姥再能前进一步就会发现那首诗的真正意思了。"茗玉放下了手中的筷子，向大家说道。

"唔……"丽娜口齿不清地说，"可是，姐姐，我还是没明白，你是怎样判断出那首诗的含义是'奉天医大南方塔侧'呢？"

"其实这是一首藏头诗，只不过关键字排序并没有都在第一顺位罢了。"茗玉拿出了那个字条的复印件，将它摆在了餐桌之上。

"哦！原来如此！"宫本靖仔细看着那个复印件，恍然大悟。

茗玉看了看宫本靖，点点头说道："是的，它的排序是１２３４１２３４。"

"也就是说，从这首诗的第一句取第一个字，第二句取第二个字，以此类推，一直到第五句又复取第一个字，重演前四句的规律？"丽娜睁大了她那双本就很大的眼睛。

"这样解读的话，果然就是凤天依大南方塔测。"宫本靖点了点头。

"是的，不过你这小妮子居然用了那么久都没看出来。"茗玉对丽娜半嗔道，"亏我教了你那么久诗词。"

"姐姐你这么说就不对了呀；姥姥用了一辈子都没想明白呢。"钟丽娜不服道，"哼，你的诗词还是姥姥启蒙的呢。"

"姥姥……"茗玉闻言似有所触动，"我想她老人家应该一直都在执于这首诗的表面意思吧，由于这首诗是万泉情境的描写，源于万泉的美好回忆阻碍了她更进一步的解读，这就是所谓当局者迷了。"

"哦……"钟丽娜似有所感，"可是奉天医大在哪里呢？东北方向又如何寻找？"

"这一定是健太郎爷爷献出生命之前最后工作生活的地方，这里一定会有所有秘密的答案！"宫本靖抬起头，目光灼灼。

"据我所知，奉天医大全称为奉天医科大学，1912年成立，当时是东北地区医学教育的最高学府，位于小河沿万泉公园北侧。不过在30年代，它便已更名为盛京医科大学，其附属诊室当时面向中国人开放。宫本健太郎写信用其故名，我猜测其有隐藏真实意思的想法。"云天望着激动的宫本靖，继续平静地说道："这所学校的原址正是今天的辽宁省肿瘤医院，至于诗中提到的南方塔侧所指过于笼统。我们知道，在奉天医大原址南方只有一座塔，那就是万泉水塔。"

"万泉水塔？"宫本靖浑身一震。

"嗯，但'塔侧'却有些令人费解，所以，我和茗玉想到了那幅樱花图。"云天目若朗星。

听着云天的叙述，大家不由都把目光转移到诗右侧的那幅樱花图上。

那是一枝手绘的樱花，虽然宫本健太郎不是专业画家，但大家还是能够看到画上那枝樱花挺拔盛开的傲气，三片花瓣色泽饱满，异常美丽妖娆。

"宫本，你看出什么问题了吗？"现在云天开始变得目光灼灼起来。

"等……等一下……"宫本靖凝神看着那幅樱花图，似乎感到哪里有些不妥，此前他已反复看过这个字条上的手绘樱花，并且推测宫本健太郎除了借此表达决心之外，还在用樱花暗示着与他研究成果相关的含义，因为医学研究是他用生命去做的事业，那就是他的"圆满"。

但现在究竟是感觉哪里不妥呢？

片刻之后，他紧锁的眉头突然展开，"云天君，我想我已经明白了！"

八　尘封的谜底

1

2010年12月22日，冬至。

这一天，整个北半球都是白天最短、日落最早、夜晚最长，位于北纬41.8度、东经123.4度的沈阳自然也不例外。

夜幕下，在万泉公园高耸的水塔旁一栋即将拆迁的三层旧楼里，一个白衣青年时而跑上跑下测量着尺寸，时而又在纸上紧张地勾画着什么。

"云天君，手电筒留给你，我去楼外等你。"宫本靖感激地看了一眼正在忙碌的云天，转身来到楼外。他呼吸着凛冽的凉气，看着旁边万泉塔被月光投射到地上的巨大黑影，感到身体中的某种精神似乎正在得到锤炼。面前的这栋在外墙上标着"1934"的神秘建筑，就是他受爷爷宫本健次郎所托要寻找的最终目的地，是记录着他的健太郎爷爷最后秘密的地方，虽然身上流淌着宫本家族的血液使他对这次艰苦的寻找始终报以必胜的信心，但他明白，如果没有云天、茗玉和丽娜几个中国朋友的帮助，他是不可能这么快找到这里的。

那日对樱花图的顿悟使他解开了对于这栋建筑位置的最后谜团。从宫本健太郎的画上看，那支樱花的叶为倒卵形，花蕾粉红，花瓣尖内凹，边缘带有红晕，显然是春季叶前开花的日本早樱。但这种樱花一般为五瓣，可是奇怪的是，画上的樱花却是三瓣。宫本靖推测，这三瓣樱花应该是一种数字暗示，这种想法恰好与云天不谋而合，他们共同认定宫本健太郎为他们指向的目标是万泉塔旁的那栋三层建筑。

宫本靖坚信追求"圆满"的宫本家族的长男不会那样悄然无声地离去，他一定会在那里给后来者留下所有谜团的答案。

按图索骥，最终出现在大家面前的是一栋新古典主义风格的三层老楼。时光的流逝并没有带走这栋建筑华丽精巧的外观，可见它当年一定有过显赫的岁月。然而即便如此，如今空空如也，已经遍地荒草的待拆废墟哪里又会存有当年哪怕一丝的蛛丝马迹？

众人在楼中的搜寻以失败告终，除了遍布的灰尘、切断的电线和穿行其中的蟑螂什么的，没有任何人类活动的痕迹，显然它已经被荒废太久了。

"宫本，放弃吧……这里什么都没有……"钟丽娜灰心地看着宫本靖，而茗玉的沉默则代表了她对妹妹看法的支持。

搜寻行动使老楼中那些不知多少年的积灰沾满了两个女孩的头发和衣服，这使她们看起来样子很是滑稽。但宫本靖却无法笑得出来，难道自己真该放弃了吗？虽然心中信念从未有过改变，但眼前的事实却开始将结局的天平无情地倾向了失败。

"宫本，你忘记稻盛和夫的那句话了吗？"自进入老楼后一直保持沉默的云天终于说话了。

"世上没有所谓的失败。挑战时没有失败，放弃时才是失败。"宫本靖不禁自语起那句名言。

"嗯，不要放弃希望。"云天鼓励地看着宫本靖。

"嗯，加油，云天君！"宫本靖迎着云天的目光，感激地喊道。

从那天开始一直到冬至，云天和宫本靖天天都会到这栋楼中勘察，一来就是一整天，云天要弄清楚这栋建筑的平面布局和立面结构，他始终觉得这栋建筑哪里有些不对劲。

"可以了，宫本，我们走吧！"突然响起的话语打断了宫本靖的回忆，他看见那个白衣青年熄灭了手电筒，怀抱着几卷纸从楼里走了出来。

"云天君，谢谢！"宫本靖接过其中的一部分纸张，与云天一同离开了这栋黑黝黝的建筑。

2

2010年12月24日，平安夜。

这一晚，建大校园灯火通明，但却人烟稀少。学生们今晚大多去校外约会、开派对狂欢了，只有少数人还留在校园内。

空空荡荡的图书馆自习室内还有四个年轻人没走，其中一人正望着桌上的图纸，一会儿锁眉沉思，一会儿又抬手在旁边的纸板上计算着什么。而其他三人则默立在他旁边，静静地看着他的一举一动，没有发出一丝声响。

那三人正是茗玉、宫本靖和钟丽娜，而被他们围在其中的男孩则无疑就是云天了。

无论是茗玉、宫本靖还是钟丽娜，都把希望放到了云天的身上，他们期盼着奇迹的发生。

自从看到那栋楼的第一眼，云天就觉得那栋楼有什么不对劲的地方，当大家第一次搜寻未果后，那种不对劲的感觉就变得越来越清晰，最后他终于捕捉到了这种感觉的来源——那栋楼的存在不符合结构力学的设计！

无论最终结局怎么样，大家对云天都是非常佩服的，这个清秀瘦削的建筑系高材生居然在几天之内便根据实物勘测复制出了那栋三层老楼的建筑图纸！现在他要根据力学计算找到这栋楼存在的合理性，而这答案极有可能就是最终秘密的所在。

十几分钟过去了，自习室内依旧鸦雀无声。这几张复制出的图纸能提供什么呢？即便能够提供出点什么，又有多大的可信性和说服力呢？

忽然，云天拍案而起，"找到了！在这栋楼的楼梯口下面，肯定有一个四平方米左右的密室！"

"密室？你能肯定？！"宫本靖惊喜地问道。

"我完全可以肯定。"云天非常自信，"你们看，从这几张图纸看，这栋砖混结构的楼房地下部分存在着严重的缺陷，若是普通的条形基础，这栋楼的地基承载力便会存在不足。如果按照这个图纸施工的话，那么，这栋楼连30年都坚持不到就会倒塌的。就像一个人，是不可能保持单腿站立很久一样。很明显，这栋楼当年的设计师，肯定要在某个地方为它设计一个支点。然而，这个支点是什么呢？如果我是它的设计师的话，就会在这个楼梯口的地面下建一间密室，以此作为支点。事实上，当年那位设计师应该也是这样做的……"

宫本靖兴奋得满脸通红，他自己的想法也终于得到了印证——健太郎爷爷一定把用樱花指代的研究成果和最后的真相放在了那间密室之中！

"可这样的密室，当年关东军怎会不知道呢？"钟丽娜仍然有疑惑。

宫本靖看着这个令自己心动的女孩，接着云天的话分析说："根据姥姥的回忆，当年关东军的实验室转移到了盛京医大某处，而这栋楼却在万泉公园中，离那里还有一段距离。而且根据这栋楼的位置，我猜测当年它应该是隶属奉天市政公署水道科的，日军应该没有怀疑过这里，在健太郎爷爷发现这栋密室并把自己秘密放置在那里之后，一定是在别人未察觉的情况下，将这间密室隐藏起来了。我猜测这就是关东军后来也没有发现这间密室的原因。"

"可是，你怎么知道后来关东军没有找到那间密室呢？"钟丽娜闪动着她那双漂亮的大眼睛，似乎还有疑惑。

"因为姥姥说过，后来并没有人感染什么致命的病毒，日军那桩计划失败了。根据宫本的推测，那份研究成果应该与这间密室有关，甚至可能就在这间密室之中，如果当年关东军找到了这间密室，那么他们就会取走研究记录而继续他们的罪恶行动。"茗玉向妹妹解释了这个问题。

"应该是这样的。"云天点点头。

"原来是这样,云天,你真是太伟大了!"钟丽娜激动地嚷道,这句话也喊出了宫本靖和茗玉的心声,宫本靖对这个中国男孩的才华及其在处理事情中表现出的冷静佩服得五体投地,而茗玉则为自己的男友感到骄傲,她知道他为了专心研究这栋楼,刚刚拒绝了城建地产的面试邀请,就凭这种精神,他就值得她去爱。

3

接下来的事情变得容易起来,三层老楼的产权归自来水管理处,而那里的负责人恰是云天的师兄,在他的支持下,挖掘计划得以顺利实施。

铁镐刨到坚硬的水泥地面上,粉尘四溅。老楼一楼楼梯口下已经被云天和宫本靖两个小伙子挖出了一个方方正正的浅坑。

咚、咚……从楼梯口下传来了铁镐撞击铁器的声音。

"是铁板,太帅了!"楼梯口外的钟丽娜一跃而起,而站在她身边,举止矜持的茗玉也不禁伸头向里张望。

"找到了!"宫本靖欣喜若狂。

"宫本,我们一起用力,把它撬开!云天擦了擦头上的汗。

厚厚的铁板被慢慢地撬开,露出了黑森森的密室洞口。宫本靖脱下外衣,第一个走了进去。

密室里黑得伸手不见五指,紧跟在宫本靖身后的云天将手电筒递了过来,一道白雾时间照亮了这间不足四平方米的小密室。宫本靖呼吸着带有霉味的空气,借着手电筒的光亮慢慢搜索着。

"在这儿!"宫本靖看见在密室的角落里放着一个小铁盒。

"先拿出去吧。"云天向宫本靖做了一个离开的手势。

从密室带回来的小铁盒被众人轻易地掀开了盖子,看来当年宫本健太郎并没有在这个盒子上设置什么机关。

"哇,有个本子!"钟丽娜捂住了自己的嘴。

"还有一封信。"茗玉看到那个厚厚的记录本下面还压着一份被折叠起来的信纸,表面已经完全变黄,"难道这是他写给姥姥的……"

宫本靖小心翼翼地将记录本和信捧出,这份健太郎的遗物对于他来说就如同圣物一般。他开始仔细地翻阅起了那个写满日文的记录本。

"果然是一种病毒的研究记录……"宫本靖翻了几页后便得出了结论,接着他又打开了那封折叠着的信,轻轻地读了出来:"亲爱的婉清,如果你有可能见到这封信的话,在你读信的时候,我已离开了人世,对不起,我没能实现带你离开奉天的诺言……"

宫本健太郎的信将四个人带回到了67年前……

1943年元月,关东军的"铰链"行动即将开始。

在设在盛京医科大学内的研究室里,从满洲医科大学转移过来的研究人员已经进入了病毒人体试验的最后准备阶段。

宫本健太郎看着忙碌的同事们,心情异常复杂。他们为了这项研究夜以继日,做出了很多牺牲,但他们又有多少人会知道这项研究的罪恶本质呢?作为这个研究项目的负责人,自己也是刚刚在几个月前才完全知晓这个项目背后隐藏的罪恶——这是一项生物武器研究计划,项目组的资金支持全部来自于关东军司令部,军方希望这种生物病毒的问世能够迅速打开他们在中国内地战场的胶着局面。然而,这种生物武器投放战场之后,必将导致大量中国军人及平民在被折磨的痛苦中死去。当然,这些中国人的生命在他们眼中根本不值一文。

怎么可以这样漠视无辜的生命!这就是他们宣传的"王道乐土,共存共荣"吗?热爱生命的日本医生感到自己受到了欺骗,愤怒至极。

不,我决不能让这种生灵涂炭的悲惨情况发生!宫本健太郎原本打算通过不断改变宿主培养抗原的方式使这种病毒慢慢减弱毒性,最后达到对人体基本无害的效果。但军方实施计划的脚步突然加快了,自己已经没有时间去那样做了。现在只能直接毁灭病毒培养液和病毒样本了,可是如果这样做,自己一定会被军方当做叛徒处死,再也无法实现为更多的人去除病痛的理想,也无法履行对恋人婉清的承诺了。

宫本健太郎的内心矛盾极了,他漫无目的地在研究室内踱来踱去,最后将目光定在了挂在墙上的樱花图画上,那画上的樱花开得极盛,热烈、纯洁而高尚，然而，画面上盛开的花朵旁却已经出现了落花，凋落的花瓣，不污不染，十分干脆。"呵，严冬过后是它最先把春天的气息带给日本人民啊……"

"人生短暂，活着就要像樱花一样灿烂，即使死，也该果断地离去。"日本医生暗暗对自己说，"婉清，请原谅我，为了更多无辜的生命，我想我已经找到实现'圆满'的方式了……"

躲过了其他人视线的宫本健太郎，悄悄地来到了曾记录着他的爱情的万泉塔下。塔旁一栋三层洋楼此时正处于维修状态，楼中空无一人，他轻易地进入了其中的密室。

病毒研究资料已经整理好了，却始终无法找到机会亲手交给恋人保存，如今只好和致婉清的信一起放在这个偶然发现的隐蔽处，毕竟那也是大家心血的结晶，就留在这里给理智的后人去研究吧；给恋人的字条也已经托人送去了，不知她能否参透我的意思呢？我将会把这个地方密封得严丝合缝，而且我已经想到了一种特别的手段去掩盖它，应该不会有人发现的。那么接下来，该行动了……

"什么？他真的在关东军的眼皮底下毁掉了病毒样本吗？"钟丽娜感觉自己紧张得已经不能呼吸了。

"不知道，信里没有记载之后发生的事。"宫本靖幽幽地说，"不过我能够想象健太郎爷爷最后的时刻一定如樱花凋落般壮烈、灿烂……"

九 再见，2010

2010年12月31日，夜晚。

一轮明月高挂在万泉塔上，一个小小的光点从塔尖向月亮缓慢地飞去，那是一盏孔明灯。

在万泉公园水塔东南方向的一处空地上，两对情侣正分别坐在各自的长条椅上说着悄悄话。

"真没想到，姥姥在时隔67年之后见到健太郎的那封信时会表现得那样镇静，上次她见宫本靖的时候可是激动得不得了。"云天摘下手套，用自己手的去暖恋人的手。

"也许姥姥早就猜到这个答案了，她曾是那样的信任依赖那个人，她早就知道她的恋人会去做什么，只是她不愿意去多想那残酷的事实罢了，那信不过是起到了印证的作用而已。"茗玉叹了一口气，继续说道："这两天宫本靖把健太郎的研究资料做了一个大略的翻译，我发现他们当年的病毒研究非常超前，其中有些成果可能会对解决今天前沿医学研究中的一些争议问题有所帮助。"

"是吗？包括你在麻省总医院实习中遭遇瓶颈的那个问题吗？你说美国人正在研究用病毒疗法攻克癌症？"云天饶有兴趣地问道。

"是的，病毒疗法的关键在于，要确保腺病毒像飞弹一样打中癌细胞，那份研究记录给了我新的思路。"茗玉的俏脸上现出了笑容。

"那可不得了。"云天长吐了一口气。

"云天，城建集团又给你发来面试邀请了，这次你要好好准备，不要错过哦。"茗玉依偎在恋人怀中，喃喃地说道。

"不，我不打算去那里。"云天用胳膊搂住他的恋人，目视不远处的万泉塔说道，"我打算做一名真正的设计师，也许刚开始不会有多少薪酬，如果你不介意的话……"

"云天，我不介意，无论你做任何决定，我都支持你。"云天怀中的美丽女孩抬起她的眼睛，望着她的心上人，认真地说。

"嗯。"云天的内心感到无比的温暖，他温柔地与茗玉对视着，两人脸上都浮现出了微笑。

"茗玉姐姐、云天，你们两个说什么悄悄话呢？"本坐在另一旁的钟丽娜突然起身拉着宫本靖向云天他们这边走了过来。

"就不告诉你这小妮子，除非你告诉我们刚才你在那边和宫本窃窃私语什么呢。"茗玉看着她的表妹，笑嘻嘻地说道。

"哈，我正要和你们宣布这个呢！"钟丽娜调皮地看着姐姐，又充满柔情地望向宫本靖，"还是你说吧。"

"我……"宫本靖看着面前的三个人，突然语塞了。

"你什么你，快说，你不是刚刚求我要我做你的女朋友吗？"钟丽娜气势汹汹，却满眼笑意。

宫本靖僵硬地低下了头，显然已经是默认了。

这个时候，钟丽娜的手机突然响了起来。

"哈罗……哦，是姥姥呀……我们在万泉公园呢……对对，我们刚刚去过万泉塔，还在那里为健太郎爷爷放飞了孔明灯……宫本这个家伙刚刚向我求爱啦，他真会选地方……哈哈，他还说要请姥姥去他的家乡札幌呢……对啊，那就是健太郎爷爷的家乡啊……嗯嗯，那好，姥姥，拜拜喽。"钟丽娜放下电话，向大家说道："是姥姥。"

"别看姥姥表面平静，实则内心还是惦记着这里呢。"宫本靖借机想掩饰一下自己的尴尬。

"你先别说话，姥姥叫得倒亲，我答应你了吗？"漂亮女孩又转过身一本正经地说道："哈，我要考验他，姐姐和姐夫你们要帮我监督哦，他可是个日本人。"

茗玉见此时的宫本靖已是满脸通红，忙解围道："行了，你这小妮子还没闹够呀，别考验来考验去最后人家不要你了。"

"我知道她在闹什么。"云天的俊目眯了起来，似笑非笑地说道。

"什么？"茗玉有些疑惑。

此时除了茗玉以外的三人不禁对视了一眼，又同时笑了起来。

"先不说这个，回去再告诉你。"云天笑毕，站了起来，缓步走到空地北侧一处复古牌楼前，"最近这段时间发生的事情，真是恍然如梦啊。"

其余三人跟着他走了过去，那牌楼的左右立柱上各写了一句话——"看今朝这般光景或许有之，想当年那段情由未必如此。"正中牌匾横书几个大字——"怀古思今"。那字句在月光的映照下甚有一番韵味。

四人见那牌楼上的字句后不约而同地陷入了沉默。

良久之后，云天向宫本靖伸出了右手，"新的一年马上就要来临了，历史已经不可更改，但我们还有未来，把两国友好世世代代传递下去。"

宫本靖将自己的手握在了云天的手上，向他重重地点了点头。

接着是茗玉也把手送了过去，然后是钟丽娜，四只手有力地握在了一起，大家的目光融汇到一处，思维却化作一道光穿越到了远方。那光芒穿过他们头上的牌匾，投向了密林深处挺拔的万泉水塔；穿过太极广场，投向了远处与札幌动物园大门一模一样的西门；穿过昔日奉天的春日町，投向了今日沈阳繁华的太原街；穿过位于千代田公园北方的立有方尖塔的浪速广场，投向了有在工农兵簇拥中巍然挺立挥手的毛主席像的中山广场；当然，那道光芒也穿过历史的迷雾和沧桑，投向了未来的精彩与辉煌。

尾 声

春回大地，冰封的万泉公园在太阳的照耀下苏醒过来。园内的积雪一天天融化，河上的冰也一点点解冻，溪水自上而下流过来，草儿在一点点变嫩绿，树梢上的鸟儿开始争着叫个不停。

一对恋人此时正徜徉在园中静谧的小路上，在他们身边掠过的松柏棵棵都是那样枝干挺拔、碧绿青翠。

"云天，你真棒，没想到你的论文真的在《建筑师》上发表了，那可是全国建筑界公认的最具学术分量和影响力的刊物呢。"茗玉今天穿了一件淡粉色的风衣，春光中煞是迷人。

"这只是个开始而已。"云天自信地回复道。

"其实早在发表这篇论文前你就已经名声大噪了。"茗玉充满爱意地看着恋人，不无戏谑地说道。

"是啊，丽娜那丫头非要把那件事向媒体通报，说什么建大才子凭借一己之力发现了日军侵华生物战的铁证，结果轰动了全国，九一八历史博物馆特地收藏了健太郎的遗物，还做了专题展览。各大报纸对此竞相报道，最后弄得日本媒体都过来采访我们了……"云天提起丽娜有些无可奈何。

"哼，她竟然还带着姥姥和宫本去日本了。"茗玉撅起了嘴，"也不管不顾姥姥都90高龄了，坐飞机怎么吃得消？"

"姥姥的身体很好，没有高血压坐飞机应该没有问题的。"云天抚摸着茗玉的秀发以示安慰。

"不过现在这个时节，日本正是樱花盛开的时候吧……"茗玉望着远方的天空，幽幽道："这对她的初恋和横亘近70年的思念也算是一次最好的纪念了。"

云天静静地看着恋人，并不言语，目光如秋水。

茗玉也不再言语，温柔地与恋人对视着。

冰雪消融，空气中腾起了细密的水雾，阳光下清晰可辨。他不由得觉得这人世间林林总总的爱恨情仇就如那密集的水雾，沧海一粟。白云苍狗，花开花落，年华一瞬。而她则从他的眼神中读懂了，战争和平，浮生微尘，多少人身在其中，却难以自拔，唯有真爱永恒、大爱无疆。

真爱·浑河 白 晔

秦朔没有别的地方可去,他来到浑河岸边,因为这里与她的气息最近。他坐在她昨天坐过的石头上,看着一轮月亮又升起的浑河。

江流宛转绕芳甸,
月照花林皆似霰。

他嘴里念叨着这句诗,耳畔却是她在唱着的法文,音节并不真切,但却是她的口气,还有撩动他鬓发的清香哈气。

一

秦朔打车赶到浑河边，落水女子早被救起。

"120"正把她往救护车里塞，她湿漉漉的长发遮住脸，全身蒙着毯子，只有一只手没被盖住，孤零零地支在担架旁。他紧跑几步站定，从人缝里咔咔连续摁下快门。

这时，天完全黑下来，但浑河却亮。两岸的灯火像春天的繁花，盛开在水中，让宽阔的河面流光溢彩。在绚烂的背景里，那只担架旁的手泛着清辉，更显寂寞甚至凄凉。好在这手型婀娜手指纤秀，似一朵悄然开放的兰花。

徐筱芙拎着带电视台台标的话筒走过来，笑盈盈地说：各家媒体都来了，怎么就你来晚？打捞及时，急救得力，女孩没事了。

这个钟点打车费劲。秦朔敷衍着正想问筱芙现场细节，后背被人用力一拍：大熊，来晚了吧？美女溺水人工呼吸的美差都错过啦！对了，你来早也没用，有徐大记者看着你哪。

秦朔回头见是晨报小杜，没好气地说：你早能咋地？要是你上，没被淹死也被臭嘴熏死。

各路记者都上了自己开的车，秦朔跟筱芙还有她扛摄像机的搭档钻进了电视台采访车。

秦朔和徐筱芙正在搞对象，这谁都看得出了。筱芙在车上告诉他，女孩应该是投水自杀，但很快就被救了起来。浑河大桥下光线杂乱，开始没有人注意到她，目击者说她刚投水就有一个中年男子跳了下去把她拖回河岸……

秦朔听筱芙抑扬顿挫字正腔圆的播音腔，一皱眉头道：说关键的。

啥叫关键呀，我偏不说她是美女，你们都什么品位呀？筱芙说着一把抢下他的相机，看到屏幕上的那朵兰花纤手，她也仿照做了一个手姿，但自己的手指没那么细。于是，她把相机扔到秦朔肚子上：一看手就闻到狐骚味！

秦朔说：美女咋地，那就是可读性！美女、儿童摊事儿叫悲剧，能做援助稿；官和款倒霉那叫喜剧，能做深挖稿。这几样最抓人了，小事也能往大里做。

筱芙想起什么，又把相机夺了过来。

看到她的指环吗？她问。

指环咋了？秦朔脸凑过来顶着筱芙的脑袋一起看相机，兰花的食指上果然套着细细的指环，指环上镶满小米粒大小的亮钻，正面是一颗稍大的钻石，把河里的七彩都吸进来，在自己身上来回反射，发出幽蓝的弧光。

筱芙说：我懂，这个品级的钻石，虽然小，大概也值辆3系宝马车。

哇噻，我给老婆送的钻戒才三千多元，徐筱芙你结婚必须让秦朔这家伙给你送这个。摄像从后座也凑过来。

尼玛让我卖肾呀？秦朔回身拍了一下摄像的圆脑壳。

筱芙又看照片恨恨地说：瞧这折光梦幻的，难怪把她爪子映衬得这般粉嫩妖气。

记者们随救护车赶到医大二院急诊时，投河女子正坐在病床上抹眼泪。

她看起来二十出头，穿着白色病号服，下身蒙着白被单，半湿的披肩发拢在耳后，刚刚被护士洗过的脸上挂着水珠和泪珠。虽然她两只手还在眼睛上揉着，但还是能看出，这是一张很上镜的巴掌脸，不染粉黛的肌肤一派清新的润白，在强光下如半透明的玉，甚至能看见她额头上淡蓝色的血管，在冷调的脸上，微微撅起的双唇就特别明艳，唇湿漉漉的，由里向外透着粉红。果然是美女。

把手拿下来，拍个片子行吗？摄影记者劝道。女子更哭，边哭边抽纸巾肆无忌惮地擤鼻涕，把个上翘的鼻尖揉得泛亮。在她右手抽纸巾的时候，左手还赖皮地把眼睛都遮住。

到底发生了什么？怎么落水的？你从什么地方来？沈阳有亲友吗？叫什么名字啊？你需要怎样帮助呀？记者们很耐心地问。

女子不理，自顾自地浅哭。徐筱芙走过去，一把抓住她的左手——正是戴指环的那只手。这回她的眼睛露出来了，大家赶紧拍照。这是长长的、眼梢有点上吊的那种大眼睛，很媚气，毛茸茸的挂满泪花，但看不出多少悲伤，反倒有几分恶作剧的样子。

你别哭了，大家也是想帮助你呀，你能说句话吗？徐筱芙拉着她的手，话里透着不耐烦。

女子甩开徐筱芙的手，用南方口音又嗲又嚣张地说：人家刚刚寻死一回嘛，正伤心呢，有什么好说的啦？

徐筱芙夸张地耸耸肩，大家也哭笑不得。倒是商报女记者年纪大些，过来抚住她肩膀套近乎：有什么心里话说出来呗，大家替你做主。

女孩抖抖肩继续不懂事儿：你们请回吧，我想静一静可以吗？

记者们见没啥戏了，摁了一顿闪光灯要收队，刚转身出门，也许悻悻的样子触动了女孩，她忽然带着满脸泪珠笑出声来。

喂，你们能做连续报道吗？就是且听下回分解那种？

啥意思？

明天吧，告诉你们我投河的原因，这里可是有个好大的秘密呦。

记者们面面相觑。

徐筱芙哼着大步出屋，记者们也都陆陆续续走了出去。秦朔对筱芙说你们走吧，反正不顺道，我再去看看她咋回事。

你去吧，看到大姑娘就走不动道儿。筱芙说。

秦朔嘿嘿一笑，折身回到急诊楼，进屋把自己名片递给她，这时她已经从床上起来，正在试拖鞋。

嗨，我是晚报的热线记者秦朔。

女子一愣，没接他递过来的名片，只是用眼睛示意他放在床上。

大家都叫我大熊，专替老百姓办事，随叫随到，你今天想不开，是不是有啥委屈事儿呀？秦朔说着伸出手。

女子扑哧一笑，但手一点也没有抬起来的意思。

二

秦朔一无所获地打车回报社。他没车，在大学同学里，他混得算惨的，在新闻圈里，他也算寒酸。他干记者八年，一直都跑热线，专门负责突发事件和民生新闻。这样的记者就是游击队，没人待见，想找你办点事吧，可你没有势力范围，自然油水少。其实秦朔大大咧咧装疯卖傻的劲，领导倒是不烦，尤其是采访中心主任老李拿他当哥们，他有许多机会去当跑机关或行业的"口子记者"，或者写大稿的特稿记者。但这家伙就是不去，没人知道为啥。

此刻秦朔满脑子轻生女孩，他总觉得这跳河事件太蹊跷。他走进报社先去了热线员机房，查看爆料的电话号码，打过去，关机状态，其实这电话他在浑河现场就拨打过，当时就关机了。他又让接热线员详细回忆了电话的口音和内容。应该可以判定，爆料者就是救她上岸的中年男子。是老板和小三的关系？如果是，只需打"120"就行了，何必告知媒体？而且不厌其烦地都打了个遍，显然是有目的并且有充分准备的。

筱芙来了电话：我把她指环的照片发给鉴定专家看了，真是D色钻啊。

那又怎么了？秦朔问。

筱芙急了：告诉你别往捐助上做稿了，见色眼开的熊样，别给你报纸闹了笑话捅了娄子，这可是关键时刻。

我要见色眼开还能看到你？秦朔笑道。

拉倒吧，你报社几百号人有比我靓的吗？你一生最大成就是让我一时瞎了眼。

秦朔听完哈哈一笑。筱芙说得倒不假，起码别人看来，秦朔是配不上徐筱芙的。长相倒还没啥，两人都是大高个，秦朔虎背熊腰筱芙苗条靓丽，但其他软硬件，秦朔就寒碜点：论名气，筱芙工作才5年，但因出镜，社会上都脸熟；论收入，筱芙常有庆典之邀，去几次就超过他的工资稿费；论资产，秦朔去年买了小户型期房，刚尝到房奴的滋味，而筱芙在三好街都有俩门市；论拼爹，秦朔小职员家庭，而筱芙的爸现在就是正局级。这不，她家正要把秦朔往一个很肥的垄断单位调动，刚才说的"关键时刻"，就是指这个。秦朔想起来郁闷得直反胃——这个调动是不由分说的。当他说不想调，她就说不用你操心就擎好吧。秦朔没话了，这年头个人兴趣职业理想什么的跟当官挣钱相比，都拿不上台面了。

秦朔走进采访中心李主任办公室，李主任电脑屏幕上正是兰花手的照片，图片是他路上传回来的。李主任说：写吧，给你留个倒头题。嗯，把这手发大图，信息量足够，既性感又神秘，她在医院的正脸做配图。

好嘞！领导重视秦朔自然高兴，而且角度也不谋而合，说不定能得个A稿呢。他回到自己电脑前，拟好给编辑的参考题目"浑河救出轻生神秘美女"，然后噼里啪啦打出千字稿件。刚发出文件不一会儿，主任回复信息让他过去。

啥叫新闻，新闻就是没听说过的故事。你今天这个故事很有看头，我打算让特稿老谭跟你一起做，挖深挖透……李主任说到这停下来，斜楞他一眼，故作不屑。

李头儿凭啥呀，我就做不好吗？秦朔笑嘻嘻地把烟递上去。

明天她要是把各媒体都找齐，就成了发通稿的新闻发布会了，这不行，老子要的是独家。

这……这小妞不好对付呀。

秦朔行不行你？我要是派出老谭，他今晚就能杀过去，明天别人连她毛都摸不到了！

得得，头儿，你也不让人睡觉了，我这就去绑架她成吗？秦朔说完往外走。

他打车来到医大二院，发现停车场里晨报小杜的人影一晃，秦朔赶紧躲到一辆车后边，再看小杜不见了。妈的，大半夜的准是也来抢独家。他赶紧往急诊楼疾行，来到处置她的诊室里，空空的。急忙找到熟悉的护士长：孙姐，那个女孩转到住院处了？

哪有啊，出院走了。

怎么走的？

刚才来了一个男的，把医药费补交了，就带她走了，我们劝她再观察一个晚上，但她确实也没什么问题了，我们只能尊重患者的意愿。

什么样的男人？

大概四十出头的样子，南方人，看着就是老板，现在的漂亮女孩啊，哎……

秦朔赶紧又拨打那个爆料号码，还是关机。他的心忽然一揪，不会再出什么问题吧？

小杜，小杜！他回身喊道。果然，柱子后边扭捏出来小杜。

人不见了，咱俩去找找。

小杜又问了护士长才相信，两人跑向小杜的吉普车，开起来直奔浑河。到了五里河公园门前，看看表已经过了午夜，浑河大桥下风平浪静，河岸栏杆下依然有情侣闲逛。两人开车顺河沿找到富民桥，调头又开回来，顺流而下穿过沈水湾公园到了蝴蝶一样的三好桥。

大熊，我看你报警得了。小杜哼着鼻子说。

啥理由？

小杜笑嘻嘻说：说你看上的美女被别人领走了呀，告诉警察你有英雄救美的情结呀。哈哈，跟你说吧，美女和大款已经言归于好，此刻正在某张大床上颠鸾倒凤呢。

没那么常规吧……秦朔说。

三

肯定不是大家想的那么常规，可他们到底是什么关系？担架上的手在他脑子里挥之不去，是空谷里等待枯萎的兰花，还是海底捕捉小鱼的花状动物？他胡思乱想的时候小杜说电视台到了，你还是到徐大记者那找柔情去吧。其实他想回家，但看小杜嘟嘟囔囔地不乐意送，也就没说啥。到门前给筱芙打电话，她果然刚编完片子。

筱芙的车并没在文化路立交桥上往西，往西是秦朔的小窝，而是直接向北。她就是这样，不征求意见也不打招呼，似乎她的意见就是他的志愿。

马哥这人啊，总是过不了那股劲，他要是跟你阴阳怪气，你别像个炮仗，离他远点就可以了。筱芙诡秘地说。

马哥？谁是马哥？秦朔问。

就是你们企划部马部长啊，你见过好几次了呀。

秦朔明白了，她说的企划部是让他调去单位的一个部门。筱芙就是这样，在你还没点头的时候，她连具体啥部门都给你设定好了。秦朔心里怨怒嘴上就刻薄：哦，就是他爸是谁谁谁的那位公子哥啊，哈哈，对你还没死心？长得跟一副肠子似的。

人家那叫玉树临风好不？看上我也没招，我甩了你怕你也去投河。筱芙笑道。

哎，筱芙，你蒙太奇呀？好像我已经调完工作似的，这事咱们得好好唠唠。

筱芙板起脸：唠啥？总不能咱俩都鬼一样夜里晃悠吧，你更好，还要加个前缀。穷鬼！

每到谈登高望远的话题，她的结论都这样言简意赅——你不成功，论点论据都有软骨病，还有什么好曰曰的？

筱芙的"好"就是说完拉倒，把车停到车库，她挽起秦朔的胳膊，把头靠在他的肩膀上去开她的闺房大门。秦朔看到那扇大门时就开始提醒自己，一定要注意步幅的跨度，还要看清脚垫的位置。

他第一次来筱芙家时，本来两人路上就激情似火了，都打算酣畅淋漓地宣泄一番，不料他的鞋一脚踏出了脚垫，筱芙忍住娇喘，仔细看看他踩在地板上的脚印，抬眼说：你什么家教啊？后来这样的事又发生几次，秦朔才算长了记性。

筱芙推开里层的门，秦朔松开她的手臂，在门口把她往里推推，才准确地踩在脚垫上换了拖鞋。

玄关这么大，你就不能把脚垫也换大点？

筱芙笑道：得了，你每次来都这句话，明天用录音笔说多好。

筱芙冲了澡，趁秦朔也去洗的工夫，从冰箱里取出一客煲好的牛尾汤，热了，放在有新鲜插花的餐桌上，说我先睡了，你睡我屋或你屋都行。

这话的确要命，就跟老夫妻一样舒服踏实，秦朔听到这话一肚子窝囊气一扫而光，他答应一声，去饭厅吃了汤洗了碗筷擦了桌子，换上去阳台的拖鞋，俯瞰入夜的城市抽了一支烟。回屋又含了爽口水，想进卧室又转回身到饭厅，看看刚擦过的餐桌，蹲下把视线放在桌面一平，果然发现没擦净的水痕，他抽出洁纸，直到把桌面擦热。看着餐桌红木润泽的花纹，他的身体渐渐膨胀起来。

他没去她为他准备的房间，而是进了筱芙的房间。这缺乏预见力的选择后来让他悔断肠子。他钻进筱芙清香的薄被，从背后搂住她。筱芙正睡得半熟，她用手抚慰几下顶过来的硬物，软软地呢喃：明早征用你。

"那一天，我不得已上路……"

枕头下彩铃欢唱，秦朔迷迷糊糊地摸出手机，心里骂着24小时不让关机的李头儿，接听。

大熊，我要你陪我去看浑河。一个甜得起腻的声音说。

尼玛谁啊，秦朔刚要骂，忽然反应过来，他看一眼床头的石英钟，早晨5:10。你昨晚上哪去了？你没事吧？

电话里清亮的笑声：呵呵，我当然有事喽，我想去看浑河，想去纪念一下昨天嘛。

你小声点，看河？看河找我干吗……秦朔捂住手机，生怕惊醒筱芙，但电话里极具穿透力的嗲声还是让筱芙醒来，筱芙没动，依然背身侧卧的姿势，只是窗帘外的晨光在她大眼睛里闪动。

大熊，你不能这个样子啦，你昨晚还说随叫随到的。电话里的她不依不饶。

问她，装什么天真！筱芙挺大声地说，但身体姿势依旧。

电话那头沉默片刻，又倔强道：这个城市我只有你的电话，我现在去昨晚跳河的地方，你看着办吧！电话挂断。

秦朔还举着手机，但一夜都举着的激情渐渐萎靡。

你想怎样？筱芙冰冷地问。

我还是去看看吧，别出什么事儿，再说李头儿还要独家新闻……

你知道你为什么要去！

你说我为什么要去？秦朔反问。

秦朔，你都30岁的人了，她是什么人你也看到了，你有什么资本去玩？

我这不是工作吗？再说我到底怎么了？你不要总提我的资本，我不觉得我就该把脑袋夹裤裆里活着！秦朔说着赤身下床找内裤。

你的这项烂工作结束了，好，我今天就安排你去和新单位领导谈，OK？

筱芙，我有我的兴趣、我有我的自由。这时他已经到走廊衣架取下背心和速干衫。

秦朔，你真到了忘乎所以的地步了，如果现在出去，就不要再回来！

好，我走！

四

他走出电梯，看见了漫天大雾，眼前的物体都隐约成仙，在青色的帷帐里飘飞。他沿着空蒙蒙的街道向雾里走去，已经没心思去河边了，这种情况下去与一个美女相会，对她们都是不公平的。

《在路上》的彩铃又响起，他以为是她。马上接起，却是她。

你出来了吧，是不是快到了呀？

秦朔忽然发怒：我为啥一定要出来？我凭啥要去？

你说什么？你慢点说我才能听懂的。好大的雾呦，河边一个人都没有，我有点怕怕的。大熊，岸边有两只鸭子，都脏兮兮的，还不飞走，好像一个受伤了，另一个给它啄羽毛，啄呀啄呀，就在我旁边，赶它们都不飞走……

秦朔听的喉头发干，他咳嗽一声说：等着。

出租车在浑河大桥桥头停下，河边的雾更浓，百米之外一片混沌，河两岸的摩天楼群都渺无踪迹，就连很近的万鑫大厦也成淡淡的剪影，只有它的金顶飘浮在曦光里。

他从匝道下桥，在五里河公园门前的河边上，看到也在雾里飘浮的她。

大熊，你好慢呦。她蹦蹦跳跳跑过来，一身白色的网球裙衫，头上束着白发带，跑过来时搅动起身边的雾团。

秦朔迎上前没好气说：大早晨的，出来装什么神仙？

听说东北男人很粗，真是不假，好了，看在打扰你睡懒觉的份儿上，我也不计较，快过来看鸭子。她还是一蹦一跳地要来拉他的胳膊，秦朔侧身躲开。两人来到河栏杆前，俯身看河里依偎着的两只野鸭。大点的野鸭显然是病了，不停地呱呱叫，小点的野鸭用嘴梳同伴的羽毛，极认真的样子，而且一声不吭。

你叫啥名字？秦朔眼看着鸭子嘴冲着她。

她像没听到，反问道：它们是什么关系，是母子还是夫妻呢？

秦朔有点恼火，放下背包翻过栏杆，一手把着河沿，另一只手去捞鸭子。她说声小心，蹲下身来，从下层栏杆空隙拽住他的手腕，秦朔被她软软凉凉的手触到，打了个冷战，连说不用不用。她没理会，双手更紧握住他，他半悬的身体又只靠这只手，凉丝丝的触觉已经让他捞鸭子的手心猿意马起来。

当他的手靠近鸭子时，大点儿的扑棱几下翅膀，艰难地向河心游动，把平静的水面划开个口子，小点儿的受惊飞进雾里，但很快又从雾里回来，落到伤鸭的身边，一起叫着。

秦朔回到岸上，两人一起向河心望去。这时雾薄了许多，但能看见一团团的，在水面上平移或滚动，相互撞击和融合，河上像一幅湿漉漉的水彩画，河心岛和近岸的树也依稀看见，都青濛濛含满水分。那两只野鸭顺着水流向下游漂去，他和她也无聊地跟着，鸭和人平行而同步。这时朝阳穿透薄雾，下游三好桥巨大的蝶翅已被照亮，宽阔的河面也被勾出金边。

这河也是挺美的啊。她感慨道。

啥叫也挺美？他问。

我特喜欢水，所以看过很多著名的河。一个城市不能没有一条像样的大河，怎么啦，我说也挺美不行吗？

秦朔苦笑一下：行，你爱咋说咋说。他现在想的是她啥时候抖落自己的秘密，按理说，一个刚投了河的女孩子，叫记者出来不该是超然物外地看河景。

浑河，听起来蛮污浊的，我昨天跳河之前就想，没被淹死之前可别被浑水呛死，不过下去一尝，味道还算清爽，这河名气不大，是不是因为这个名字呀？

秦朔听到她主动说到跳河，终于忍不住问：你不想说说为啥跳河吗？

大熊你放心，我一定会满足你的好奇心，你爷们儿点行吗？

秦朔被她的话、尤其是她那双秋波荡漾的美目弄得有点不好意思，他咳嗽一声：好，我们就说这条河。这条河全长400多公里，从前叫"沈水"，这名字该很响亮吧？沈水之阳就是沈阳啊！它是沈阳的母亲河。另外，浑河也并不浑浊，它的源头叫滚马岭，古时就被称为"那仑窝集"，意树木茂密之地，清代前这两岸到处是原始森林，河上还能行大船，水量充沛。叫"浑河"是从清代开始的，跟努尔哈赤有关系。

好啊我爱听，快讲快讲。她情不自禁地伸出冰凉的手来挽他。你冷了吧？秦朔说着脱下自己的长袖速干衫递给她。

她穿上肥大的衣裳，拍拍他宽厚的胸膛，笑着说：真是个大熊，好玩。为了奖励你要讲故事了，告诉你我的名字——柳闲闲，叫我闲闲好啦。

秦朔虽然摆脱了闲闲的肢体接触，但脸上却呈现微醺的感觉，他也觉得这样对不起筱芙。他说：我讲完，你也得跟我讲真话，行吗？

闲闲没做声看着他，眼睛里已经有了嗔怨。

秦朔脑子里想着她能不能讲真话的事，再眺望雾气将散的锦绣浑河，忽然灵光一闪，对这条河的认知竟然有了飞跃。

他说：这条河叫浑河，是纪念努尔哈赤主持的一场大战。在战役中，努尔哈赤派人把马粪泥沙沿河漂下，把河水搅浑，让明军以为他们的主力正在渡河，而他们则悄悄埋伏在明军身后并突袭……其实，满人就是因为在这条河上连续干了几票大案，让明朝彻底失去关外，也攒下满人入主中原当皇帝的底子，其中萨尔浒之战就是大案之一。你说这条河对历史的影响大不？

萨尔浒之战我知道的，以弱胜强的经典战役，就是在这条河上打的呀？闲闲惊喜地向河的远方眺望。

秦朔绘声绘色讲完萨尔浒之战的过程，看闲闲听得心潮起伏，就问：努尔哈赤6万人打败近30万明军，知道为啥吗？

脑子快呗！对了，还有不怕死。

你说的是谋略和勇气，明军和满人比，勇气一点不差，谋略上明军更是师父级的。决定双方胜败的主要原因，是真和假！

真和假？闲闲大眼睛疑惑地看着他。

秦朔道出自己的顿悟：你看这浑河，它代表自然的规律和力量，它按照自己的轨道温顺地流淌，而且利万物而不争，但谁要是想欺骗它、切断它、根除它，那一定就被它的洪流冲垮吞没，自然的核心价值就是真，假的在它的面前都不会长久。满洲人在浑河上的胜利，其实就代表自然的真。而明朝就太假了，层层贪腐、民不聊生，假话连篇、捷报满天。进剿决策拍脑门，行军大张旗鼓，他们就认为努尔哈赤只能逃散或跪降。明朝本来烂透了的身子，还容不得一点真相。其结果是在浑河上被真相一捅，就成了破碎的泡沫。后来努尔哈赤也膨胀了，也玩上大的假的，宁远之战遇见较真的袁崇焕，被一炮打倒，他这个一代雄主最终也死在浑河的官船上……

浑河的真……柳闲闲看着秦朔，看看浑河，又喃喃地说：浑河真是个老东西，都成精了，它在人类身旁流了千百年，看了多少成败兴衰，什么把戏它还不是一眼看穿啊。

是啊，但我就不明白，为啥人就这么爱玩假的。秦朔说。

你真吗？闲闲仰望着他的眼睛，说话带出的幽香气息弥漫在他的口鼻中。

我可以不说真话，但决不说假话。秦朔说。这是他坚持的原则。

那你说说，我真不真呀？闲闲笑着问，面颊上肌肤在律动，如她身后微风河面上的涟漪，她的眼睛光线迷离。

你呀，像雾，忽忽悠悠。

闲闲一把抓住他的胳膊，胳肢他的腋窝，秦朔想摆脱，却被她死死抓住。就这样，她两手抱着他的右臂，两人继续在河边走着。

告诉你吧，我昨天跳了河，是我堂叔把我拽上岸的，也是他通知媒体的。

他为啥躲开了，而且医院都不跟你去？

我也好纳闷，是让我装可怜吧？嗯，应该是，想让投水事件引起更多关注吧，这样对公司也有个交待。哼！老狐狸。投水的原因嘛，因为我和堂叔昨天在沈阳丢了东西、公司的贵重东西，所以我一时想不开……

瞅你的样儿，也不像是想不开的人啊，丢的啥东西？

下午召开新闻发布会再详细说——钻石。

五

他们走到桥头那刚刚修缮好的万鑫大厦，万鑫紧挨着它的大哥五星级万豪酒店。闲闲说她住在万鑫酒店的原因，就是这里向南的客房能俯瞰浑河。闲闲把速干衣脱下来递给他，端详他好一会儿才说：你刚才的表现我很满意。

什么表现？是借你衣服，还是关于河的看法？

闲闲笑着说下午见，便头也不回地跑进去。

秦朔看她轻盈妙曼的背影消失才继续往前走。这时是七点半钟，筱芙应该醒了，更可能她气得没法睡。他边走边拨她电话，没接，再打，还是不接。走到电视台的时候，他甚至想在这儿等她，但还是到了对面的车站，坐公交车去报社打卡。

刚过九点，筱芙的电话打来，让他马上到电视台对面的咖啡店来。秦朔挺意外，每次吵嘴，都是他几番诚恳道歉才作罢，原打算要被折磨几天，没想到她这么快就主动约见。

筱芙没提柳闲闲，也没上纲上线展开批判，而是开门见山说去面试：你下午就去找陈局长。秦朔，即使我们现在就分手，我也不后悔帮你办成这事儿。

哈哈，下午还有采访啊。

哪天没采访？你到底想怎样？

两人都沉默着喝自己杯里的东西，半天秦朔才说：我不想去，我眼里的好或不好，跟你的不一样。

筱芙抬起头斜楞他一眼：你的意思，我们的价值观不同？

哈哈，没这么严重吧，我也想多挣钱，我也想有特权，但这不是最重要的。

啥重要啊？筱芙嘲弄的嘴角已经快笑出声了。

秦朔看她的表情，忽然有点恼火：重要的是我要按我自己的节奏呼吸。

天，你还想脱离尘世咋的？就凭你……

秦朔打断她：我知道你又想说我不成功，可我不认为开好车住豪宅一帆风顺就是成功，我不喜欢亦步亦趋的生活，我的生活里应该有雷电雨雪、暖阳寒星，还应该有傻傻的童话。你别笑，我想要的是纯真和率性，也许你们看来一钱不值，可这是我的宝贝。筱芙，知道我为啥非跑热线吗？在这里可以帮百姓做点事，更痛快的是可以尽情说真话。这话我从来没和谁挑明讲，我知道讲这个很天真可笑。

天真？你知道你这是弱智吗？

我知道。

那你随便吧。筱芙说完起身离开，高跟鞋踩着主旋律的乐曲，咔咔作响。

下午两点秦朔来到交通大厦，柳闲闲他们的发布会将在这里召开。他进了小会议室，筱芙已经架上摄像机，没看到他似的，而坐记者们对面的柳闲闲冲他眨眨眼睛。

柳闲闲和她的叔叔老柳说出她跳河的原因：昨天，柳闲闲和老柳从机场打车到万鑫住下，又在马路上打了一辆红色出租车到太原街的华堂金店，两人都坐在后座上，随身携带小密码箱放在两人中间，宣传单、说明书、鉴定证书等几捆东西放在后备箱。因为太原街口停车要挨罚，司机就催促，两人只顾下车拿后备箱的东西，等出租车开走，才发现忘了密码箱。后来在华堂金店的帮助下，他们报了案，查看了太原街和万豪门前青年大街上的监控录像，并到各出租汽车公司寻找，还是一无所获。当晚，两人来到万鑫旁的浑河大桥下，觉得丢了这样贵重的东西无法对家族公司交代，柳闲闲就跳了河……

柳闲闲被现场抢救时，叔叔为啥没在？

道路监控录像里为何查不到这辆车？

记者们纷纷发问时，主持人挥挥手臂：诸位记者，请先让老柳把话说完。

老柳清了一下嗓子说：那个遗失的密码箱里，装着100颗钻石。

现场一片惊呼。秦朔注意到，就连一直板着脸的筱芙都张大了嘴。

大家请看，这是丢失的100颗钻石的图片。主持人指了指播放的VCR接着说：它们均来自南非的原生金伯利岩和纳米比亚的冲积矿床，是在比利时安特卫普加工的精品，这其中10颗D色至F色的钻石和3颗红色钻石尤其珍贵，它们的名字依次是：火星、玫瑰之魂、帕卡拉斯、非洲阳光……

在场的记者们顾不上提问了，屏幕里那些光芒四射的大地精灵和它们的命运，已经摄走了大家的魂魄。

会上，有关部门做出排查的布置，并要求红色出租车主动到各自公司说明情况，老柳承诺悬赏10万元，对交出钻石的人给予奖励。美女加美钻的故事也吊足了各编辑部的胃口，留出重要版面和时段，指示在场的记者大作特作。

散会后秦朔等在交通大厦门口，眼巴巴看到筱芙出来。上午筱芙转身离去后，他有种异样的感觉，往常她每次提分手时，都伴随眼泪或吵闹，而这次居然如此平静，这种平静让他害怕，他觉得需要和她好好谈谈，甚至需要检讨一下自己坚持的东西到底有啥价值。

筱芙面无表情地经过他身边，甚至没有怨怒或嘲讽。她径直走到台阶下一辆铁灰色宝马车前，一个瘦高的男子为她打开车门，还伸手挡在门梁处。

车开走了秦朔才反应过来，瘦高的家伙竟是被他称为"肠子"的马部长。

筱芙的电视台搭档从后边过来，他拍拍秦朔的肩，钻进电视台的采访车里。

这时电话响了，响了半天，还是那支歌："路上的辛酸已融进我的眼中……"

大熊，你走得好快呀。是闲闲。

我还有其他采访，而且要回报社写稿交稿。他还在看着远去的宝马。

柳闲闲语气明显失望：家里已经给我订了明天的机票，我就要走了，你不能请我吃一顿饭吗？

秦朔迟疑一下，说：行。

好好，那就说好了，我是要喝点酒的。闲闲雀跃地说。

交完稿子，等李头儿开完编前会回来，根据编前会定的要点又改完，秦朔来到万鑫门前时，已是晚上七点钟了。柳闲闲穿一套闪银光的丝绸小礼裙，露着细长的双腿，脚上是细带高跟凉鞋，也是银色，显得轻灵而性感。

嘿嘿，想吃啥？秦朔问。

我在网上查了，沈阳有个陶朱公馆，好像离这儿不远的，我先声明啊，燕、鲍、翅前两样还可以，不过鱼翅我是不吃的，看小日本把鲨鱼搞的，太残忍了。柳闲闲说的时候睁大眼睛，好像日本人就在她面前割鱼翅似的。

哈哈，我不但鱼翅不吃，你说的前两样也不吃。换换，还想吃别的什么？

闲闲歪着头想，那就去吃飞龙，你们东北特色。

秦朔赖皮地一摆手：换换，想吃东北特色呀，杀猪菜怎么样？

闲闲明白了秦朔的意思，捶了一下他前胸说：呵呵，笨熊，你请客我买单啊。

我们沈阳不兴女的掏钱。

呵呵，沈阳人真爷们儿，我喜欢，就杀猪菜好了！

秦朔领着她顺万豪旁边的小街往里走。看闲闲此时心情大好，他赶紧问：公司是你们家族的，你们丢了钻石，公司是什么态度啊？这话是李头儿让问的，版面专门腾出一块，让他多捞点独家内幕。

我都投河了，你说什么态度？闲闲明显不悦。隔一会儿又说：不过，虽然损失这么大，现在还都在电话里安慰我，而且，公司股份最大的是我伯父。秦记者，还有什么问的？

当然，还有一堆问题，比如钻石的购销途径，尤其是钻石在各个环节的利润之类，闲闲，不方便就不说。

我不方便！柳闲闲竟然站住，生气地看着他。

哈哈，好，那就不问了。秦朔说着把采访本、录音笔从速干衣的兜里掏出，一股脑儿塞进背包里，中间还玩个小魔术，让一支笔瞬间变成照相机，终于让闲闲嘴角上翘。

六

两人在小酒馆里碰杯的时候，老柳顺电话找来，非要拽着秦记者去大酒店重摆宴席，闲闲和秦朔都推脱。老柳临走时把闲闲拉到门口悄声叮嘱：别什么都说。

秦朔和闲闲从小酒馆出来，闲闲的步态不稳，高跟鞋直崴脚脖子，两人喝了8瓶啤酒。

沈阳人都这么喝酒啊？

这算啥，我们都踩箱套子喝，两人喝两箱套子不算啥，过去是塑料箱套，一箱套24瓶。

都这么豪爽，为什么不还我的钻石嘛？闲闲撅起嘴。

放心，我下午去几家出租车公司转悠一圈，都在大排查，而且都知道交出有奖、隐匿有罪，明天各媒体报道一出来，就是铺天盖地的攻势，一般捡到贵重物品的人都受不了这样的压力，会找到的，我建议你在沈阳等两天。

不行，爸爸妈妈不放心，再说还有叔叔留这儿。

你叔叔确实不白给，从这件事的补救措施看，组织策划真叫严丝合缝。

是啊，华堂金店和策划公司都挺帮忙的，昨天他们在万豪的套房里研究一夜哪。

秦朔搀扶着闲闲来到万豪酒店门前。她傍晚等秦朔的时候在这儿买了一套新衣服，要取回，印度门童拉开了大门。

回去好好睡一觉，明天到家给我短信一下。秦朔松开她的手臂，说。

酒让闲闲瓷白的脸上泛出桃红，她看着秦朔，没动：这就算告别？

我不爱去机场送人，隔着闸口挺尴尬的。秦朔嘿嘿笑着说。

闲闲的脸更红：你的想象力里就没有我把你叫进房间吗？

秦朔发现自己的身体开始膨胀。他忽然想起多年前暗访矿难的那个夜里，他和拖着摄像机的徐筱芙向警戒线里爬，封锁消息的当地人拎着警棍在巡逻。那时徐筱芙还是电视台见习记者，她悄声问：我们要是被逮住能怎样？秦朔说他们想瞒报死人的数字，都狠下心了，你说会怎样？徐筱芙颤抖地说：我好怕，想躲到你身体里……

此刻秦朔面对着闲闲，使劲地晃晃脑袋：开什么玩笑，没创意。

你告诉我一个有创意的离别……闲闲有点尴尬地说。

秦朔觉得自己已经四分五裂了，他发现自己真的很差，没一件事能干漂亮。

要不，我们到河边再研究一下，我也和这条真性情的河告个别？闲闲试探地问。秦朔竟下意识点点头，闲闲欢叫一声，从门里边跑边脱掉高跟鞋，光着两片白嫩脚丫挽住他的胳膊：走！

秦朔回身对门童笑笑，接过他递来的鞋，塞进背包里。

好在大厦离河不过200米，道路也干净，他和光着脚的她很快就走下匝道到了河边，但河边的甬道上就有了石子、树枝。她开始咧嘴。让她穿鞋也不干，他只好搀扶住她。夜晚的河边人不少，但基本都是开车来的，停车场满满的车。

喂，那辆车肯定是玩车震的。闲闲说。

你虎啊！

什么叫虎？

就是你这样的，傻了吧唧的，没羞没臊的。

呵呵，那不叫彪吗？闲闲大笑。

两人并排坐在河岸上。

鸭子呢？闲闲问。

河里看不到鸭子，倒是有几只鹭鸟时而闪电般掠过河面。它们从树影婆娑的湖心岛而来，又飞了回去。这时一轮明月穿云而出，在河面投出长串影子，亮得让两岸灯火倒影都虚淡成杂色。鹭鸟只轻轻一点河心，斑斓的河面就开始摇晃，波纹慢慢扩散成唱片。两人都不说话，似乎真的有音乐隐约传来。

还来沈阳吗？秦朔问。

闲闲沉吟一会，嘟囔着又像是在唱：Le courant serpente entre les prairies parfumées, Les arbres fleuris deviennent neigeux sous les rayons argentés……

法语？秦朔虽然听不懂，但味道还是知道的。

闲闲点点头：江流宛转绕芳甸，月照花林皆似霰。《春江花月夜》，法文课本里的。真好，写的就是眼前的景致，不，是我眼中的浑河，我们坐在这里，天空中飘落闪亮的晶体，像冰凌像钻石，像童话里的相逢。

月光把她的背影勾勒成一圈亮光，透明的发丝在飞舞。

嗯，好美。他说。

我，还是河？她问，又接着说：我就要回比利时钻石之都工作了，那儿通行法语，家人说我这样在国外读书的人很傻，呵呵，就是你说的那种虎吧，有点不食人间烟火。我想两年之内我会来看这河的，还有你。

行啊，欢迎。

你不感动？闲闲攥拳打他一下。

啥玩意就感动啊？不，我感动，感动得要哭，哈哈。秦朔说着做抹眼泪状。

这时忽然下起雨来，刚才的大月亮没了，遛弯的人也一哄而散。雨越下越大，河面上被雨点砸出密密的小坑，公园里没了人影，站在树下避雨的两人也被淋湿了一半。

树下不行，别一会儿打雷，进桥洞里去。

呵呵，好啊好啊，那你得背我。闲闲欢叫着。

秦朔解下速干衣蒙在她头上，蹲身反剪她两条光溜溜的大腿，背起她冲进雨中。

跑到桥洞里放下她，速干衣还在淌水，她的银色丝裙也都湿透了，紧紧地箍在身上，与裸露的低胸和大腿融为一体，一对羊角般上翘的乳房在颤抖。啥天啊，冷不？他问。

闲闲抱着双臂跺脚，脸上却是喜滋滋的表情。拧着速干衣的秦朔看了她一眼：啥毛病啊，还乐？

你不信我会回来看你？

信啊。

你的表情就是不信。她说着忽然摘下指环举在指尖上，很暗的桥柱下居然白光一闪。她笑盈盈跨上栏杆，一个鱼跃扎进河里。秦朔大惊，几步撵过来，甩掉鞋跨过栏杆也蹦进河里。

秦朔脑袋探出河面时，前边已不见了闲闲的踪影，他大叫一声，朝她消失的方向游去，游出几十米，看到她的头出了水，跟过去的时候，她又没了，就这样游了二三百米，她的脑袋终于出现在河心的一座电塔基座旁，她边喘边笑道：谁让你跟来的，笨熊！

秦朔游过来，眼露凶光地掐住她的细腰：你他妈的还笑，这是游泳的地方吗？

哎呀，你弄疼我啦！说着，她在他的肩上咬了一口。

秦朔恢复了一下情绪，两人面对面，都踩着水，她的双臂搭在他的肩上：我把钻石放在基座水底的石缝里了，两年内来取。

你真虎……秦朔说着，声音是降调的。

两人在大雨中的河水里，一起一伏地对视，她的臂膀渐渐收紧，他猛地箍住她的腰,两个身体对撞在一起。她一口咬住他的下唇,而他火辣辣的舌挑开她嘴角的缝隙,卷起她颤抖的舌尖,又被她柔软的缠住,一股清甜的津液冲进他的大脑……这时,两人的身体也和嘴一样含在一起,向水底滑去,浮上来又沉下,宛如昨天大雾中的两只野鸭……

他们爬上岸,回到桥洞还湿淋淋地抱在一起。

回去吧,要感冒的。秦朔说。

嗯。她点点头。

两人紧紧地挎着,走在大雨里的坡道上。她回头看看数百米宽的河面说:没想到这么宽的河一点也不深。秦朔忽然站住:闲闲,你水性这么好,昨天怎么会选择跳河?柳闲闲也站住,手臂僵直了,她低头试图继续往前走,但自己的胳膊还拖在他身上。闲闲,为啥还用别人救?

秦朔,你听我解释,我们先去酒店弄干身子。

你别告诉我你到河里主动喝水吧?现在就说,要是没有不可告人目的,一句话就说得清楚。秦朔问的时候强挤笑容。

我不想说!她抽出自己的胳膊。

因为这里有事!

你还不信我?她说着转身跑开,穿过雨中车流密集的青年大街,跑上万鑫大厦天井厅里。

秦朔呆呆地站在原地,嘴角上还留着她的清香。

七

他脑子乱乱地走到电视台门前。进去后他才恍惚记得自己的目的,他真的没想找筱芙,而是来随便找哥们儿换衣服来了,因为这离浑河最近。他绕开筱芙的社会新闻部,到体育部找了一个哥们儿,就到他衣柜翻出大号的衣服换上。

他喝着热水。体育记者从化妆间拿来风筒,给他吹湿透的手机,说:

活不起了？不至于吧，跟她还有的谈。

跟谁？

徐筱芙啊，她也在纠结，你要忍着点。

哈哈，你知道个屁！

正说着，徐筱芙进来，体育记者说：你们聊，便溜了出去。

他们都说你寻仇来了，呵呵，现在拿出失魂落魄的可怜样，是不是太晚了？她说着拿起风筒继续吹他的手机。

天啊，我没想来找你，真没想。

你不如马志鹏，这就是我的看法。她字正腔圆地说。

哦，就是那个"肠子"啊，对，我不如他。不过你对那个单位也太一往情深了，我不去也得在那里给我找个替身？

你这个时候还能幽默，这很好。秦朔，你说得对，我们真的是价值观不同的人，这个时候我也不想用虚无缥缈、非主流这样的话来评价你，不过为了你将来能自强自立，我还是希望你能有所反省，我真的不想看到你被社会淘汰掉……筱芙看起来已经置身事外了。

说重了吧，另外，你也别不好意思，无所谓。

你这样说，倒好像是我不仁不义了，你到底咋想的？筱芙说这话的时候，声音已经很低，而且一边拿着风筒，一边把他背包里的东西倒在桌上。随着录音笔、笔记本、照相机、墨镜等杂物一起被倒出来的，还有两只透明细带高跟凉鞋。

筱芙拿起一只鞋，在手里转动品鉴，秦朔挺直了身子额头冒出冷汗。

呵呵，水晶鞋！当年灰姑娘穿的吧？多么纤瘦，多么妩媚，多么性感啊！不过，这上面为什么不镶一块D色或红色钻石呢？

刚才崴了脚，在河边，下雨……秦朔语无伦次。

秦朔，我感兴趣的是你们到底谁是王子谁是灰姑娘呢，看看你的尊容，怎么也没有王子相啊？我倒是更担心你了，别到了午夜时分，魔法解除后你变回一只可怜的老鼠。

筱芙说完把"水晶鞋"重重地摔在桌上，转身出去。

秦朔回到自己的蜗居蒙头大睡，直到被重重的砸门声惊醒。他看看墙上的挂钟，已近中午。

谁啊？他没好气地开门，是特稿部记者老谭。

门都砸碎了，尼玛的调拆迁队去了。秦朔骂道。

是我砸的，谁让你关机！老谭背后闪出柳闲闲。

你们怎么凑一起的？秦朔来回看着两人的时候，闲闲扑上来搂住他的脖子，秦朔也一把搂住她的腰说：你又犯虎。

喂喂，你们控制点，我可不爱看三级片。老谭接着说：柳闲闲上午找到报社，非要见人见尸，李头儿就让大家找你，李头儿怕找不到你耽误美女加美钻的连续报道，就让我采访柳闲闲。她找到徐筱芙单位，要不是老子口吐莲花，她俩没准在演播室就挠起来了，后来还行，徐筱芙把你这地方告诉她，也是老子好心，带她摸到你的狗窝来了。

秦朔想，老谭这段话信息量还真他妈的大。首先是柳闲闲和徐筱芙见面的事，一个作一个拽，还能有啥好结果？还有，就是李头儿这么快就换人，还讲不讲江湖道义了？更重要的是这时闲闲应该在飞机上了呀？

你咋还没走？

我能放心吗？昨晚我回到房间就给你打电话，你不在服务区，你报社也都联系不上你，我怕你也寻了短见，就冒雨出来找，"110"电话都打了呢。今天早晨去了你报社，又去了电视台……

秦朔示意闲闲别往下说，然后冲老谭道：既然李头儿把你当牛人，接续报道今天开始由你主笔，我打下手，我正好有事要和闲闲好好谈。嗯。老谭当仁不让地点点头。跟秦朔同岁的老谭是特稿记者，当然要比热线记者牛得多。

老谭一走，闲闲就跟秦朔解释自己投水的事儿。

前天，就是我和叔叔丢钻石之后，我们到了华堂金店求救，大家把想到的办法都用上了，还没找到。晚上在酒店吃完饭叔叔把我叫出来，说是商量怎样对公司讲这件事，我主张马上告诉伯父，伯父是公司的董事长，但叔叔说再想想，我们争论着就来到河边。叔叔说损失太大了，还不如投河算了，我看他要来真的，很害怕，抓住他不放，叔叔说我们要有担当的态度，他说他跳下去要是没被淹死，说明钻石命不该丢。情急之下，我说我替你跳。他不答应，我说我水性好，游一圈就上来。他看看我说，你跳河可不能真去死，但要有个真跳河的样子，我找记者来。我问为什么，他说媒体关注了，找钻石就省事多了，然后我就跳了……闲闲说完，扫了一眼秦朔又说：你讲完了浑河的真，我就觉得用这点把戏对它，太不对了。

既然跳河秀是为了找钻石，为啥当天不说？

叔叔说要留点悬念，他说还没准备好。

寻找失物是赶早不赶晚，心情上应该十万火急，还有什么需要准备的？这太不合情理了吧？

秦朔，你什么意思啊，你真的认为这里有阴谋？我叔叔当晚不让说，是不是有这样两种可能，一是怕你们不会重视钻石的事，想用我跳河做引子；二的怕报道出来打草惊蛇？

你们用美女秀的确很了解我们的胃口，但冷静一想就会发现，你们对每颗钻石的讲解，说明你们知道这100颗钻石完全能够抓住全城的兴奋点，如果当晚在美女投河时披露，叠加的轰动效应会让关注度达到顶点，可你们为啥要延迟一天说钻石呢？

一口一个秀，那你说为什么？闲闲有点急了。

只有一个可能，就是你们既怕出漏洞，又必须开始炒作了！至于你说的第二种可能，是根本不存在的，你们当天已经报警并到各处查找出租车，草都拔了，还会顾虑惊蛇吗？

闲闲听得两眼发涩，半天才嘟囔道：到底什么阴谋啊，我们？

是他们，没有你。

闲闲说了声好累，便仰面躺在他的窄床上，又觉得窗外耀眼，随手拽过他的枕头蒙在脸上，但马上就举起，枕头油渍斑斑，她禁禁鼻子还是严严实实地盖住脑袋。秦朔走到她的身边，解下她被雨水打湿的白球鞋，把她的腿搬上床，又从包里取出高跟凉鞋放在地上。

他拉开房门要走。干什么去？她蒙着枕头问。

你睡吧，我出去一下。

我跟你去调查，我现在需要自证清白。

八

出了秦朔家破旧的小区，天上还下着小雨。两人先去了华堂金店，金店门脸儿从三楼往下悬挂着巨幅喷绘幕布，100颗钻石有图有文地一一罗列，大标语是"价值连城，全城追寻"。尽管雨没停，幕布下仍围住不少看客，情侣伞下的女孩们双手抱胸两眼放光。

金店二楼是贵宾区，这似乎正忙着准备接待什么大人物，有安置新沙发的，有调整灯光的，还有几个人在搬动一副纯银雕饰的柜台，柜台灯光雪亮，柜台里空空如也。

两人又上了三楼，三楼是办公区。前台小姐看到她：柳小姐啊，您稍等……

谢谢，我自己进去好了。闲闲拉着秦朔就往里去，到张老板门前听里边欢声笑语，她敲门进去，见几人正围着茶台泡品普洱。呦，闲闲小姐，怎么没回家啊？华堂张老板有点意外。

嗨，不听话，在沈阳没玩够呗。老柳对张老板和策划公司叶老板说。他正想问闲闲有什么事儿，一眼看见门外的秦朔，脸色马上一沉：秦记者来了，是不是钻石有好消息了？

五叔，我想问您个问题。柳闲闲问。也不知道是紧张还是激动，说话带着颤音。

屋里的气氛马上凝重起来，张总站起来：有私事那你们谈。说着，就和叶老板出去了。

老柳看了秦朔一眼，问闲闲：什么事，跑到合作伙伴这来闹？

五叔，我们到沈阳之前早就沟通了张老板，为什么他不来机场或酒店接我们？

秦朔听闲闲一问，觉得赶劲儿，他当然认为带贵重钻石打的士是疑点之一。

闲闲,你说这话什么意思?老柳撂下脸子。

五叔,飞机上你都把密码箱链子拴在手上,怎么到了出租车上就不拴了?

闲闲,你太任性了,你妈妈下午就飞到沈阳,她就是专门来看你到底出了什么问题。秦记者,请您稍微回避一会儿,看来我们有些家事需要处理。

这不是家事,既然我被卷进这个事件,作为当事人,我有义务给公众一个交待。

闲闲,你昏头了吗?老柳吼道。

这时,两个保安跑上楼来,身后跟着一个白领女经理。把记者请走,老柳对白领说。

秦朔没想到闲闲和老柳都这么激动,作为一个老练的记者,他当然不能让调查开始就搞僵,白领和保安已经过来推搡,他对闲闲说我在外边等你,然后对老柳笑笑,被几个人押着下了楼。

叔叔抓住闲闲胳膊,掏出手机打过去:二哥,闲闲太不听话了,他竟然带记者来质问我,她认为我们钻石的事儿是个阴谋。闲闲就在旁边,我是管不了了。说着,他把手机递给她。闲闲正在委屈,听筒里的确是爸爸的声音,她像抓到救命的稻草,放声大哭道:爸爸,你和大伯快来沈阳看看吧,五叔钻石丢失的事儿有疑点,我怀疑他瞒着公司虚报损失……

胡说!闲闲,你怎么还能带着记者来闹咱们自己?不要再和那个记者接触了,出国的事已经全部办妥,你现在就老老实实等你妈妈,我会让你五叔看着你,听他的话……

闲闲没想到爸爸是这种态度,愣神的工夫,老柳把电话接了过去,嗯嗯地点头应承着。

闲闲,你妈妈到之前,你不能离开这个房间。老柳冷笑着说。

我被软禁了?闲闲的眼神充满敌意。

老柳一愣,说:闲闲,你怎么了,被人洗脑了?你真的怀疑五叔?

不是吗?你到现在还没给我一个合理的解释。

闲闲……老柳气恼地看了她一眼,无力地陷进沙发里。

张老板把秦朔请进贵宾区休息室里,两人坐下来对视一眼,都意味深长。

张总,刚摆设的银柜台真是漂亮,什么商品才配摆在这里呢?

当然是钻石啊,呵呵,这原本就是为这100颗钻石中最好的15颗准备的。

看来你们并没有打算换上其他商品,你们对还能展销这100颗钻石胸有成竹啊。

当然,现在是全城总动员,有各级组织的支持,相关单位的配合,社会各界的热忱,尤其有你们新闻单位鼎力相助,我们相信钻石一定会重见天日的。策划公司叶总进来说。

呵呵,兄弟,这两天你报道的力度特大,起早摸黑地替我们忙活,大哥看在眼里,没说的,这有个小小纪念品,兄弟将来能用得上的。张总说着从怀里拿出一个长条乌木小匣,打开递给秦朔。

那是一枚钻石白金戒指,在射灯之下,发出蓝汪汪的水光。

秦朔看了一眼,没接:谢谢,我想要真相。

张总举着钻戒匣的手在空中定格,空气凝固得吓人。好半天张总的手才收回,轻声问:你要啥?

秦朔站起来往楼上去,在二三楼缓步台上被两个保安拦住去路。秦朔说:我带柳小姐走。

一个保安扭住他的胳膊要来个反剪,被秦朔翻腕卡住脖子轻轻一推,这时耳边风响,一记警棍打在来不及躲闪的秦朔腮帮子上,他向后一个趔趄,拿警棍的保安扑上来,秦朔反手抓住衣领一个大背,咣当一声,把保安摔在楼梯扶手上。刚才被卡脖子的保安拦腰抱住想把他摔倒,秦朔马步下蹲使出千斤坠,薅住肩膀把他按倒在地。这时,楼上的保安举着噼啪作响的电警棍奔了过来。

住手!闲闲一个箭步挡在保安面前,疾跑下楼时高跟鞋站立不稳,直接扑跌到秦朔怀里。

先别报警,打个半死再说。几个保安围住他们喊道。

别打了!闲闲张开手臂护住秦朔。

闲闲,你先躲开,我一定能把你带走。秦朔说。

放屁,你算什么东西,我他妈的是她叔叔。出现在楼梯口的老柳吼道。

闲闲柔柔的手抚摸他颌骨的淤伤,对老柳说:五叔,你们别打了,我留下行了吗?

秦朔捧住她的手,示意她跟自己走,她也看着他的眼睛,摇摇头小声说:闹下去对你不利,钻石可能是假丢,你去找证据。

我,我没怀疑过你。秦朔说着情不自禁地把她的手贴在自己唇上。

闲闲看着摩拳擦掌的保安,又看一眼叔叔:五叔,让他走!

九

秦朔从金店出来,准备去查找钻石遗失时街道的监控录像,李头儿打电话让他马上回报社。

咋回事,砸金店场子去了?李头儿黑着脸问。

消息快呀。秦朔笑嘻嘻往李头儿嘴里塞烟,又把打火机点着。

李头儿接过烟扔进纸篓里,指指天花板说,上头打来电话了,问你为啥要到金店去闹,而且利用职务之便,纠缠新闻事件女当事人,还参与人家家庭经济纠纷……

嘿嘿,犯法咋地?

犯不犯法你他妈的不知道?不知道为啥打了架不报警?人家金店和钻石商都找了高层告我们报社。

他们是想干扰我们调查,他们害怕了,头儿,我认为钻石没丢,是被他们自己藏匿起来了。这才是真正的爆炸性新闻,独家,猛料!秦朔兴奋地说出自己的结论。

啪!李头儿一拍桌子:猛个屁!这是那个小姑娘的猜测,你陷得太深了……这事先不说,我问你,管人要钻戒是咋回事?

秦朔头发都立起来:妈的,想栽赃?我找他们算账去!

站住!这事的采访你就别参与了,我不是已经派老谭去了吗,你看看人家老谭的角度:钻石遗失拷问城市道德——有动态有链接有建议有思考有呼吁，热热闹闹一大版，明天出报我们一定就成了舆论领袖，看看你，活儿让人抢了，就想节外生枝？

我靠！头儿，你都不信我了？这里疑点相当多，很可能成为一桩丑闻。

老子要的是证据！你狗屁证据没有，我告诉你秦朔，别再去找人家女孩了，也别介入这件事了，否则我都跟你倒霉。

秦朔去吸烟区，连着抽了几支烟，喝了一口水，味道怪怪的，往茶杯里一看，里面游着鱼一样的烟头，他嘿嘿地傻笑起来。

秦朔出了报社大门，东张西望几眼，很有特务的感觉。

交警的哥们儿给他找个电脑，然后拿给他四张光碟：天天有人看这段，我们索性都刻录下来了，不嫌磨叽你就慢慢看。

两张碟子是万鑫大厦南侧的，另外两张是太原街口的，都不甚清晰，连超短裙下的大腿都成白花花的棍子，尤其青年大街那部分，有一半在大楼的阴影里，车号都难以辨识。满街车和人都在毫无差别地穿梭，他看一会儿就迷糊起来，想这整天靠"天眼"视频查线索的警察真是不易。他按丢钻石的时间找了半天，红色出租车倒是停过不少，可就是没有闲闲和老柳模样的人。他又把时间扩展更大，还是一无所获。

难道根本就没有这辆红色出租车？难道闲闲也说了谎？他心烦意乱地按动快进键，路上的车流和人流如浑河一般流淌。如果闲闲也参与了其中，他真确定不了自己还能不能查下去。

忽然，在快速流淌的画面里，他被一闪的亮光刺到眼睛，虽然倏忽之间就不见了，但他还是觉得这道光那样熟悉。他急忙倒回片子，放慢速度重放。画面的右下角，大楼的暗影里，是一辆红色的出租车尾部，一个背影模糊的男人往后备箱放东西，然后走出画面，这时那一闪的星光出现了，位置几乎就在显示器的边框上，很像一个跳闪的雪花点。他定格放大，它来自一只左手，显然就是手上的指环。虽然那只手被放大后变成白影，但他知道，这就是自己刚刚吻过的那只手。

闲闲，我爱你！他如释重负地喊了一句。

隔壁的警察进来，看了一眼放大的车尾，因为车牌几乎与镜头角度垂直，根本看不清号码。但警察肯定地说，牌子是假的，覆盖在真牌子上。

妈……闲闲扑在一个华贵的女人怀里。

柳闲闲在老柳和一个保安的陪同下，到了太原街上的商贸饭店。妈妈等在大堂里，旁边还站着公司的保镖阿莹姐。闲闲和妈妈、叔叔三人一起进到房间。闲闲发现自己在万鑫酒店的行李已经被取过来了。

闲闲，你太不像话了，你爸爸都快被你气死了。

你怎么也说我，五叔他……

住口！小孩子你懂什么？还不给你五叔道歉？

二嫂，您别怪闲闲了，闲闲这孩子内心纯净，再加上受那个记者的挑唆，没什么啦，你们休息一下，晚上我来给您接风也给闲闲压压惊。老柳说完退了出去。

妈妈关上门撂着脸问：那个记者怎么回事？

一个东北大汉，又豪爽又真实，长相也挺威武……

就为了他你家都不回了？给你灌什么迷魂药了啊！你不知道自己马上要出国吗？

采访我的时候认识的，昨天晚上谁都找不到他，我担心出什么事儿，才……

你担心？笑话，你是不知道人心险恶啊，这叫欲擒故纵，就是看你涉世未深来骗财骗色的，你看看那个叫《永不瞑目》的电视剧就知道了，利用谈情说爱搞你个家破人亡。

秦朔不是那样卑鄙的人！

你们不是已经这样做了吗？你不是替他杀了自己家一个回马枪了吗？

妈，那是五叔欺骗了我，我怀疑这些钻石根本没丢，他和金店串通一气，隐匿起来了。你看，他把我手机电池都卸下去了，我们应该马上跟爸爸和大伯说清楚。

够了！妈妈声色俱厉地喝止道。

闲闲一下子愣住了，睁大眼睛看着妈妈。妈妈叹了口气，搂着她的肩膀轻声说：闲闲，你一直在国外，而且马上就回去了，有些事情你不懂，我们这些女人也不要掺和进去。电池在妈妈这里，我们就是不想让你再跟那个记者联系了。

闲闲挣脱开妈妈的手臂，看着似乎变得陌生的妈妈，下意识地来回摆动着头：天啊，我明白了，原来你们也有份……

她说完去拉门，妈妈一把拽住她的手，喊了声阿莹。

门开了，进来的阿莹姐一脸严肃地说：闲闲听话，等明天上飞机以后，你怎么惩罚姐都行，但现在我们都得听你妈的。

闲闲倒在沙发里，妈妈泪眼模糊地搂住她的头：闲闲，除了秦记者，你在这儿可以给你爸、给你大伯，给你同学朋友打电话，我们这样做是为你好，为家族好，等你去了欧洲，你要想联系这个记者，也可以，妈给他出路费去看你，好吗？

秦朔带着拷贝下来的一小段视频直奔翼龙出租汽车公司，这里出租车都是红色的。

红色的多了，为啥认准我们了？一个主管挺不乐意地说，然后看着秦朔笔记本电脑里的截图，脑袋摇得像拨浪鼓。

这辆车车尾有一块掉漆，你看在这儿。秦朔指着图片。

主管还是摇头：掉漆的车多了，他们都在外修车，就是重新喷漆我们都不掌握，你要是想查，我给你看看花名册，有图片。

秦朔正翻档案图片，接到报社管理中心的电话：你马上回报社，领导找你。

这都下班了，怎么领导还不走啊？他纳闷着往回走，忍不住给李头儿打了电话，李头儿说：你刚才去查出租公司了吧？上边知道了，是谁让你去采访的，老子是管不了你了。

进了管理中心，只有副主任冯姐在，她为人挺谦和的，读起桌上的电话记录，就有点奉天承运的架势：因秦朔同志严重违反职业操守，暂时给予停职检查的处置，停职期间到管理中心报到，写出深刻的检查并接受调查。交出来吧。

交啥？

记者证！小秦，不让你采访这事儿了，你咋又去惹人家啊？这不，下班前金店的人专程到报社来投诉你，领导觉得你没证据还瞎折腾，就很恼火。冯姐一边给他倒水一边说。

看来抓住他们的痛处了。秦朔接着把钻石遗失事件的疑点，包括假车牌视频的发现说了一遍。冯姐是记者出身，她认真听完后说：可你到底想达到什么目的呢？

找出真相啊。

秦朔，报社当然会以事实为准，可这里你想象的成分太大了，再说对谁有好处呢，对你好还是对报社好？

秦朔无语。出了管理中心，他来到李头儿的办公室，李头儿正在看稿，抬头看见他，烦躁得一挥手说我忙没空听你发神经。

秦朔尴尬地杵在原地，刚嘟囔两句，李头儿把手中的鼠标一摔：明天！有事明天唠行不？

十

秦朔看看手机，正好是晚上7点。多少年来，这个钟点都是采访最忙碌的时候，他走在马路上，却不知道该往哪儿去。雨早就停了，人行道上还有些积水，照着自己空空如也的躯壳。

筱芙在干什么？这会儿应该在采访，那个肠子一样的马部长一定开着自己的车，等在她的采访现场旁，然后会去她的闺房吗？"肠子"的脚也会踩出脚垫之外吗？

不，也许筱芙让"肠子"出现就是为了教训一下自己吧，也许她正在等待自己的屈服。向筱芙屈服一点问题也没有，这些年来他其实已经习惯了，但他心中有一些东西，似乎比自己要犟得多。

此刻，他知道自己已经不会再给筱芙打电话了，不管她在期盼还是在享受新欢，因为自己的心已经背叛了她，而且走得很远了。

他要去找闲闲。

他发现自己已经流出泪水，他很吃惊，却分不出是为谁流的。

到了万鑫酒店，前台小姐查看了电脑说：柳闲闲今天下午已经退房了。

秦朔没有别的地方可去，他来到浑河岸边，因为这里与她的气息最近。他坐在她昨天坐过的石头上，看着一轮月亮又升起的浑河。

江流宛转绕芳甸，月照花林皆似霰……

他的嘴里念叨这句诗，耳畔却是她在唱着的法文歌，音节并不真切，但却是她的口气，还有撩动他鬓发的清香哈气。

他睡着了。

电话铃把他惊醒，兴奋地接起，却是小杜。

大熊，你咋没来，钻石找到了！

在哪儿找到的？咋回事？秦朔看看手机上的时间，已经午夜时分。

小杜说：出租车司机宋师傅刚交到翼龙公司，宋师傅说发现小密码箱落在车里，想交公的时候却接了一趟出远门的活儿，回来看报纸才知道钻石的事儿，打开箱一看还真是。

宋师傅还在翼龙公司吗？

在，快点吧，我怕你漏消息了。看来小杜还不知道秦朔被停职的事儿。

秦朔连忙从河边打车来到翼龙公司。看来这里刚举行完活动，老柳张总还有交管部门的人围着身材不高的司机往大门口送，一群记者也收队各自往自己的车走去。其中就有老谭和徐筱芙。

筱芙表情平静甚至还点头示意，似乎秦朔就是一个熟人而已。但秦朔顾不得琢磨这些，他追到大门把录音笔顶到司机的嘴前。

宋师傅，你接柳先生和柳小姐那天，为什么要把车牌遮掩上？

司机张大嘴愣在原地，嘴里支支吾吾。老柳一把搂住秦朔的肩，说秦记者想问深入一点，欢迎啊！张总对交管领导说，那我们就不送您了，再让记者采访一下宋师傅。

几个人带着秦朔和司机宋师傅又折回翼龙公司办公室，司机缓过劲来说：我盖什么车牌子？没有的事。

秦朔打开笔记本电脑，给他看这段视频。

这哪是我的车啊，模模糊糊的，你咋证明是我的车？

那柳经理和柳闲闲要是上了别人的车，你怎么会捡到钻石？

老柳把脑袋凑了过来，这段录像我们都看过了，你怎么能说这个背影是我呢，我自己都没看出来呀，哈哈，再说这画面上也没有闲闲呀？

闲闲在这！秦朔一指画面下角那个闪光的点。

哈哈，这是啥？

还用我说吗，这是闲闲指环钻石的反光，这种光是非常容易检测出来的。

屋里的几个人都不说话，还是叶总反应快点，他拉起张总、宋师傅往外走，还讨好似的说一句：秦朔兄弟，你跟老柳还可能成亲戚呢，咱到外边透透气，你们先聊着。

看看他们出去，老柳关上房门说：我们找人告你，又去你单位闹，就是不想让你再调查下去，没想到你还真是一条硬汉，怪不得闲闲要死要活地看上你了，不过，靠你一个人东一头西一头地乱撞能撞出啥名堂？明天这些钻石就会上市销售，一定会卖疯的。过两天我们会到报社帮你挽回影响；闲闲的事儿也包在我身上，你们还可以一起出国，卖了钻石她能赚到很大一笔。还有，我的那份利润，也分你一半……

闲闲的事我自己会去办明白的。秦朔冷笑一声。

秦朔，别说我没告诉你，弄出事儿闲闲也脱不了干系，她也得进监狱！

秦朔一震，看着老柳半晌才说：到底怎么回事？

没有任何问题，只要你现在能回家睡觉。

闲闲在哪儿？

她和她妈妈在一起，你放心好了。

早晨，秦朔爬起来去买报纸，本地报纸都对钻石事件有整版报道，因为出租车司机交出钻石时报社已经快下版，所以各家都在一版增发快讯，这样美女加美钻的事件就更有气势。

秦朔在签到机上按了手印，没去管理中心而是直接回了热线部，他在抽屉里翻出一本全市职能部门的通讯录，这能帮助他找到柳闲闲。他今天的计划就是找她，无论付出什么代价。刚出了采访中心门口，顶头碰上主任李头儿。

听说昨夜你又去了，你是不是疯了？李头儿堵住去路。

是，疯了。秦朔夺路要走。

站住！你这犟种还真勾起老子兴趣了，来，说说你的发现。

我现在不想说。

李头儿指指报上的大字号"沈城人心贵于钻石"道：那我来说吧，今天下午要开个隆重的授奖仪式，就用我们的标题做主题，中央级媒体都会被请来，失主不但要奖励司机10万元钱，还要拿出10万元启动拾金不昧基金，金店和出租公司也会往基金里捐款，有关部门还会给司机颁发荣誉称号……多么和谐多么感人啊，就凭你这点捕风捉影的证据，就想毁掉这美好的故事？

知道浑河的老故事不？秦朔站住，看着李头儿。

你小子啥意思？李头儿一时摸不着头脑。

再牛再漂亮能咋地？大到社稷小到这事，我就不信假的能长久，来点真的行不？说完，秦朔拨开李头儿挤了出去。

你他妈还坐病了咋地？拿着……

李头儿喊了一声，把两样东西甩给他。秦朔接过来一看，一样是李头儿的车钥匙，另一样是自己的记者证。秦朔的嘴里说不出话来。

李头儿说：去吧，有本事就来点真的。

十一

秦朔到华堂金店门前吓了一跳，门前已经排成上百人的队伍，还有人陆续加入，金店的工作人员正在依次发号。门脸儿上的百颗钻石的幕布没变，而标语则是新的了："失而复得，真爱无绝——百颗名钻大型拍卖会"。

再明白不过了，卖钻石才是老柳忽悠闲闲跳河，假称钻石遗失的目的。

他拍了几张照片，想去店里打听闲闲的下落，被昨天的几个保安死死拦住。他无心纠缠，赶紧通过关系查找，得到的回复是昨日全市的星级酒店没有柳闲闲和她叔叔的入住记录，倒是商贸饭店里，有华堂金店的包房。

他在商贸饭店大堂里四下张望，然后跑上早餐厅，又乘电梯去了那间包房，门铃按了好多下不见动静。

其实就在他刚走进电梯时，旁边电梯门开了，闲闲和妈妈等人走出来，她们在大堂稍坐一会，看服务生把行李装进旅行车里。

秦朔从楼上回到大堂前台询问，一扭头，见几个女人的背影钻进一辆车窗漆黑的车里。

他看见了她的背影，尽管衣裙和发式不同，但那窈窕料峭的身姿，细长的双腿，尤其是略显慵懒的动作，分明就是闲闲。秦朔向黑色奔驰旅行车跑去，车子已经启动，只是门外人多无法加速，他拍了一下车窗，喊着闲闲，快步拦在车前。这时，车上副驾位跳下一个黑衣女子。女子说声闪开，一挥右臂时手背已经拂在秦朔肋下，一股巨大的冲力伴着岔气的剧痛，让他蹬蹬连退几步，等他直起腰来，黑衣女子已经跳上车，黑奔驰也汇入滚滚车流。

秦朔捂着肋下跑向李头儿的车，好在停得不算远。他一踩油门，向一条近路蹿去，直奔机场方向，他知道她们应该是去机场的。

好在上午的高峰没过，任什么车也开不太快，过了青年公园，他已经追上黑奔驰，又一个加速双车并行。他把一只胳膊伸出窗外向黑奔驰摇着：我要和闲闲说一句话，一句话！

奔驰副驾驶位的车窗真的降下来，黑衣女子冷峻地瞄了他一眼，嘴角竟然一挑，笑了。这时黑奔驰忽然加速蹿出，秦朔也猛踩油门，跟着驶上文化路立交桥，到了万鑫酒店南边的交通岗，两车又是并辔而行。这时黑奔驰右转向灯亮起，并逐渐减速靠边，最终停在浑河大桥上。

秦朔也跟着停靠过来。

从商贸饭店大堂里的车道上刚一上车，闲闲透过墨绿的车窗看见秦朔追了出来，这时车门和车窗已被阿莹锁死，闲闲使劲砸窗子，大声喊叫，都无济于事，坐在旁边的妈妈拼命地拉住她，告诉司机快开。

刚才闲闲看到阿莹跳下车，贴近秦朔后瞬间将他弹开，等她回到车上，闲闲骂道：你个男人婆，你打他哪儿了？打他哪儿了？

阿莹头也没回地说：放心，我不会把他废掉的。

我要下车，你们放开我！闲闲哭喊着，妈妈还是用力地抱住她。

当秦朔的车在青年公园追上时，闲闲止住哭嘶哑着说：我还有没有自由了？他一定会追我到机场的！

这话的确管用。阿莹回头看着闲闲的妈，手已经放在车窗锁的按钮上。妈妈哭着打出一个电话给她爸爸：你们这些挨千刀的男人，你们自己办缺德事，还要让自己女儿受折磨？

把她弄回来，少废话！电话那头是爸爸的咆哮。

妈妈电话又打给大伯，大伯沉吟一会儿说：这件事我也是刚知道，老五老二被人揪住了尾巴才向我坦白，搞这种歪门邪道已经背离了生意的根本嘛，既然已经包不住了，咱们自己揭出来总比被别人捅出来要强，再说闲闲也未必知道啥……

两辆车一前一后停在大桥上，阿莹姐拉开车厢门，闲闲满脸泪痕地跳下车，秦朔已经从后边跑了过来，两人拥抱在一起……

风从浑河宽阔的河面上骤来，闲闲长发翻滚，像黑色的旋涡两人的头紧紧缠卷在一起。

你走吧，我就是来送送你。秦朔含着她的唇说。

闲闲用双臂撑开距离，被泪水洗过的大眼睛疑惑地看着他：不，这事还没完。

这事与你无关。

没有我，你办不成这事的。

秦朔摇摇头：有你才办不成。

为什么？大熊你知道吗，钻石从来都是顶级奢侈品，全世界少有被消费者这样抢购的案例，今天钻石不但要被抢购，价格还翻番地涨，这样的火爆的场面是用欺骗换来的，是用你们这个城市的同情心换来的，这不公平！

我知道，但你毕竟是相关者，我不想因为我们的感情，让你去背叛你的家庭。

闲闲眺望浑河，天光和水光在她眼里闪动，清澈得像钻石：没想到，我们也会给浑河故事里增添一颗水珠。大熊，我这不是背叛，是救赎……

她钻进秦朔的车，阿莹跑过来也要上车，闲闲说：你跟来干吗，我们可受不了你动粗，阿莹姐，你还是跟我妈去机场吧。

秦朔开着车问：这母夜叉是谁呀？

呵呵，我的保镖啊，将来即使我俩在床上我都让她护卫，你要是惹我生气，只要我一声令下，她就打你个半残，呵呵。

你又犯虎了。秦朔停顿一会，看着她一副兴高采烈的样子，说：咱俩这是去干啥知道不，好像没这么开心吧？

怎么不开心？人就活个爽劲，大不了我俩到山里种地去。

十二

秦朔的车开到交通大厦，这是下午将要召开表彰大会的地方。展演公司的人正在搭台，巨大的喷绘背板已经竖立起来。

他们一出现在门前，负责筹备的老柳和叶总一对眼神，迎了上来。

闲闲，你又没走？老柳苦笑一下。

我的角色还没谢幕呢，为什么要走？

老柳打量了一眼他们说：想聊咱们就好好聊，请把你们的外套和背包放远点，我不想被录音。

可以。秦朔照办。老柳又招呼一下布展的人把音响打开。

在红歌的伴奏下，叶总先开了口：现在钻石已经开始销售了，火爆的场面举世罕见，这不但是钻石业销售的奇观，也是策划业的完美范例，也是一个城市美丽的童话，请再给我们一天的时间，我们都将是这个宏大制作的创造者和受益者，好吗？

可这是一个让人受伤的骗局。秦朔说。

叶总运一口气，侃侃而言：没有人会受伤，相反，这是一个让快乐增值的事件营销，人人乐在其中——买钻石的消费者虽然多花了点钱，但他们得到的商品有了美好的故事；媒体虽然拿出许多版面和时段，但他们有了扣人心弦又赏心悦目的新闻；我们让钻石取得深入人心的诉求效果，这是几千万广告费也办不到的；而社会得到的就更多，它树立了一个时代道德的楷模、标示了一个精神文明的高度……相反，你们要揭示的所谓真相，才是丑陋的，才是让人受伤的。

秦朔和闲闲听得面面相觑，秦朔一笑说：天啊！造假造得如此理直气壮，只能说明你们活在假相里已经很习惯很享受了。我不想和你们探讨这些大话，我想请教，你们宋师傅的车为什么要遮掩牌照？

很简单，就是让全城的监视器找不到他的车。遗失的钻石不能被别人找到，一定要他自己交出来，这样才体现城市的教化水平，才体现人们美好的心灵，钻石也才更有温情的价值。你们知道吗，今天下午我们奖励宋师傅的10万元，他将全部捐出，在交通管理部门的倡议下，连同我们、金店、出租公司共捐出50万元，共同设立一个拾金不昧基金。所以，蒙住车牌这个结局才能完满。哦，我都不忍心想象它被破坏的情景……

老柳也被叶总的讲话感染，他慨然道：闲闲、小秦，话都已经说到这份了，就不妨说得更明白些，看看你们掌握这点可怜的证据，能不能推翻我们这个天衣无缝的解释。我们知道监视器的死角，所以我和闲闲上车下车的位置都是有计算的；我们也有宋师傅出车外地的雇主证明，宋师傅昨晚准备好对付你们的发难；还有视频上带钻戒的手，谁能证明就是闲闲？即使能证明是闲闲也说明不了什么，也许你恰巧从这里路过……你们放手吧，好处我昨晚跟小秦都谈明白了，只要你们俩不追究，后半辈子啥都不用干地享福！但要是还不识时务，顶多就是鱼死网破，闲闲可能面临逐出家门的危险，起码我就不会同意你回安特卫普做公司的代表，还有就是闲闲投水假轻生，到了紧急关头，我们会说闲闲才是整个事件的策划者，要不她为啥要主动投水？

两人出了交通大厦正门，秦朔低头往前走，被站在台阶上的闲闲叫住：干吗去？

我也不知道，就想走走。

走什么走？我们就在这地方等记者和来开会的人，我要提前召开发布会。

闲闲，视频上你的钻戒真的能被检测出来吗，它的光能认定是从这块钻石上发出的吗？

怎么了，没信心了？闲闲问。

我们的证据的确太少了。

闲闲搂住他的胳膊：我的钻石是独一无二的，它有特殊的光谱，只是视频太模糊，我不知道……

闲闲，这已经不单纯是弄虚作假了，这是罪，涉嫌扰乱市场秩序、扰乱公共秩序两项罪名，从证据和他们刚才的表态看，他们不会放过你的……你先回家吧，我再去找找证据。

呵呵，是不是我被抓起来有了案底，你就不要我了？

闲闲，我不会去说谎，但我可以沉默。

如果你都能沉默了，还有谁能来点真的？

可我……

闲闲看着他，眼睛里秋波荡漾，直把秦朔看得发毛，他用手捏住她的鼻子说：干吗，没见过帅哥咋的？闲闲扑哧一声笑了，然后说：你小子因为我放下这事儿，将来准会找后账，说我拖了你的后腿，让你没当个好记者。

秦朔被闲闲一闹，心情放松了不少，他用手捋着她滑顺的长发，呆呆看着她纯真的笑脸和脸上被阳光照亮的小茸毛，一语不发。

傻了呀大熊？你说我和徐筱芙谁好？大雾那天早晨，我听到你电话里女人的声音，后来我在电视台看到了徐筱芙，我知道我是从她被窝里把你抢出来的，所以我要给你一个比她更大的礼物。

什么？

就是——来点真的……

柳闲闲的发布会中午在交通大厦的一间客房召开，来的记者都是准备报道下午表彰会的。当闲闲讲完真相之后，记者们觉得匪夷所思。

证据呢？一个女记者问。

这是监视器里的截图，看，车旁边的那只带钻石闪光的手就是我的，我上了这辆车，可这辆车的牌照被造假了，这就说明这是有预谋的。

就凭一只手、一个闪光？再说，谁能证明这就是你的手？柳闲闲你们太轻率了吧？女记者说着，拿眼睛白了一下秦朔。

秦朔笑嘻嘻道：哥们儿，是我和她一起调查的，你们总会相信我吧。

老谭站起来：为什么要信你啊？报社让我接了这个连续报道，你为了证明拿到新东西，比我们这些人有猛料，想出这样石破天惊的故事来，牵着大家的思路跟着你，好啊，可你总得来点真凭实据吧？

老谭，这要不是真的，柳闲闲为啥要揭出这个钻石炒作案啊？这些钻石也有她的股份呀。

说之前是炒作，没准就是为了一起更大的炒作，哼哼……

我靠！老谭，你这话也说得出口？秦朔瞪起大眼珠子说。

有啥不能说的，还当自己有啥信誉啊？跟一个轻生美女两天就勾搭在一起，原来是想合伙干点啥事啊……徐筱芙的搭档说道。他明显要替她解气，而此时筱芙一声没吭，把头扭向窗外。

看秦朔卡了壳，一个电台的哥们儿想岔开话头，问：柳闲闲，我特别感兴趣的是既然钻石也有你的份，你为什么还要揭发呢？秦朔帮她回答也行。

我认为真相比什么都重要……闲闲说，这时她已经满脸通红，长长的大眼睛里衔满泪水。

大家静下来，想听她的下文，但她已经泣不成声。秦朔想解释，但发现他和她的理由在这个场合是那样的幼稚和矫情，如果说出来，一定被当成痴呆儿或神经病。

这时，一位大姐递了纸巾给闲闲，还把她扶坐下来，扭头说：喂，大熊，不管你们什么目的，别瞎闹了，上头都批示了，马上就要开表彰会了，再说，我们大家包括你之前都是这样报道下来的，编辑部调子都定了，就凭你俩这点所谓的证据就翻盘了？

这时，闲闲站起来向外跑去，秦朔带着怨怒环视一圈，也追了出去。

记者们见主角跑了，也陆续出来往会场走去，但没有人再笑。

秦朔在大厦门前追上柳闲闲，她纤细的身躯仿佛是风中的衣架，摇摇欲坠，秦朔抓住她的胳膊时，她似乎耗尽气力扑倒在他的怀里。

到我报社去，找李头儿，我报社会给我们撑腰的。秦朔说。

闲闲点点头：我们先到河里捞指环去。

站在大台阶上的记者们注视着两人向远处走去。

把摄像机给我！徐筱芙说着从搭档手里夺下摄像机，对大家说：我信！然后跑向秦朔和柳闲闲。

我也信！小杜说着跑下台阶追了过去。

"肠子"的车开了过来，几个人都上了车。

小杜说：你们想报警吗？大熊你应该有经侦支队的号码吧。

闲闲拿起电话说：号码给我。

十三

车开到浑河边时，公园的治安警迎了过来，说打捞证据的船只已经备好，等市局的人一到就可以下河了。

不用，我自己去。闲闲到河边紧紧抹胸、甩掉高跟鞋，趁警察没拦住，纵身来个速度跳水，贴着水皮跃入水中。秦朔也脱掉上衣跳了下去。

禁止野浴啊！警察指着不远处的警示牌吼道。

快上你的船，我要摄像。筱芙扛起机器，拉着警察说。

徐筱芙和警察的快艇追到河心电塔基座时，闲闲已经潜入水中，一分钟后，她半个身子跃出水面，手里举着那枚光华四射的钻石指环。

警察把闲闲和秦朔拉上快艇。闲闲接过徐筱芙递过来的外套，披在自己湿淋淋的身子上，冲筱芙一笑，然后摆弄着手里的指环，旁若无人地对秦朔说：当初用它起誓两年之内回来看你，没想到这么快就出水了，我是不是就不能走了呀，呵呵。说完，就往秦朔身边凑，快艇被她一挪步剧烈摇晃起来，警察又吼：老老实实坐下！

筱芙姐，你虽然这么好，但我也不能把他还你。

呵呵，天啊！筱芙冷笑一声又说：已经扔垃圾桶的东西，谁爱捡谁捡。

闲闲看着秦朔憋紫的脸，发出风铃般的笑声。

快艇到了岸边，经侦警已经到了，一个女警迎向柳闲闲。闲闲把两手并拢在胸前，示意女警给她戴上手铐，女警只是轻轻拉起她的胳膊往警车走去。要上车的时候，闲闲站住说：筱芙姐，我进去这段时间，可没把他托付给你呀。

筱芙眼睛一红，笑笑说：放心吧，不出两天我们就去接你。

柳闲闲被经侦警察带走的第二天下午，徐筱芙领着她从公安局大门走出来，秦朔等在车旁，车当然是死皮赖脸管李头儿借的。

筱芙一抬下巴，对闲闲说：嗯，你过去吧。

筱芙姐，一起吃顿大餐怎么样？

大餐？他能请得起吃大餐？得了吧，我好不容易休息一天，也该做点自己的事了。

呵呵，要是没有我，你们……不过我看你和马哥的发展够有效率的，这才几天啊！

筱芙说：柳闲闲，你以为就你手快呀？这都什么时代了，好了，你们去吃大餐吧。

告别了筱芙，闲闲走到秦朔面前时琢磨筱芙的话还嗤嗤地乐。这也不像从局子里出来的人啊，啥事让你这么开心啊？秦朔问。

呵呵，走吧，去河边待一会。闲闲上车说。

你妈妈和那个母夜叉阿莹还在酒店等你呢。

等吧，反正明天我就跟她回家了。我们到超市买点酒去河边野餐，不醉不归！

今天是闲闲回家的日子。上午，秦朔开着李头儿的车沿着青年大街往机场疾驰，泪眼婆娑的柳闲闲一声不吭。刚才他们去了一趟公安局，给闲闲的叔叔送了好些日用品——老柳张总叶总还有司机老宋看来要在里边呆上一段日子了。

这也是没办法的事儿……秦朔想劝解一下，被闲闲打断：别跟我说这个，我问你，以后你怎么打算的？

我保证把挣的钱都买飞机票，随时去看你还不行吗？不过你这次回家要是被开除了，那可就得回来给我当保姆洗衣做饭喽，哈哈。

闲闲一撇嘴说：讨厌，给你下毒还差不多。

车开到浑河大桥上，秦朔减慢速度。闲闲大喊：还不快停下啦。

两人坐在车里，闲闲细胳膊搂住秦朔粗壮的脖子，看着水光滟滟的河面。

为什么叫浑河呢？她说。

是啊，这名字真是的。

两人都不说话了，静静地看着河面。河心岛和浑河大桥仍有水鸟翩翩飞舞。闲闲忽然向前一指：看呀看呀，那对野鸭还在！

秦朔果然看见挨得紧紧的它们，在电塔基座不远处一起一伏游着，小的仍在给大的啄羽毛，大的仍在叫，只是叫声不再急切和凄楚，甚至还能不时地拍打翅膀，看来它的伤好多了。

秦朔看看表说：该检票了。

不行，我还有话说。闲闲诡异地一笑。

我知道，你想说这条河让你洗了三次澡吧？哈哈。

才不是呢，昨晚我们在河边的车里时，我又撒谎了。

咋回事？

呵呵，其实，昨晚我不是安全期。

穿越地铁的爱恋 莫端倪

爱情一旦错过，就如同开过的地铁，不会再为任何人随意停靠。

一　心碎的声音

深秋的雨滴无情地砸在莫芷涵瘦弱的身体上。

她对爱的期许与憧憬被粉碎成无数个泡沫，飘散在潮湿的空气中。

马路上步履匆匆的行人，随意地撞击着她几近摔倒的身体。冰冷的雨水顺着她的脸颊滴落下来，砸落在坚硬的路面上无声无息。刺骨的寒风贯穿了她的身体，莫芷涵双臂环抱着身体，步履艰难地向中街地铁站走去。

拥挤的地铁站台里，一双双疑惑的眼睛扫过莫芷涵发抖的身体。她无助地、孤独地站在站台上，轻咬着下唇，不让自己委屈的泪水滑落。刚刚与楚明轩母亲的交谈，有如一根芒刺，刺穿了她的身体、她的灵魂还有那颗早已千疮百孔的心。

……

装修极具古典味道的咖啡馆内，浓浓的咖啡香气与节奏舒缓的钢琴曲相得益彰。

莫芷涵轻轻地搅动着手中散发着香气的摩卡，她尽力克制自己早已浮躁的情绪。作为被动的倾听者，她有如被告一样等待着法官的宣判。

坐在对面的许青卓看了看面容清秀、神情淡定的莫芷涵。"也许你已经猜到了我今天约你来的目的。"许青卓看了眼报以淡淡笑意的莫芷涵，精致的脸庞滑过一丝不易察觉的不快，"我想你是个聪明的女孩，那我就直奔主题了。我不同意你和明轩交往，我要你们马上分手。"

莫芷涵的身体微微地颤抖了一下，秀眉微蹙。冰冷的寒意包裹着她单薄的身体，恰似一把锋利的冰刀洞穿了她的胸口，心脏处碎裂的声音清晰可闻。她咬着牙忍住如水的双眸中那层涌动的雾气，"能告诉我为什么吗？"

许青卓皱了下眉头，莫芷涵镇定自若的表现超出了她的想象。作为一名成功的商人，许青卓接触过很多极具个性的客户。而面前这个漂亮中透着淡淡忧伤的女孩，那份从容与淡定，凄楚与无奈，触动了她内心早已有些麻木的神经，但是内心升腾起的些许好感却被无情的现实快速冲淡。

"作为母亲，我希望明轩的爱人在事业方面能对他有所助益，而你，不符合这个最基本的条件。也许你会说我市侩、现实，但是从商人的角度，我从来不做赔本的买卖。虽然明轩的幸福不是一场带有商业目的的交易，但是由于事关他的事业与前程，作为母亲我不能不去考虑。"

刚刚还阳光普照的天气，转瞬便阴云密布。轰隆隆的雷声由远及近，一场秋雨悄然而至。

莫芷涵的心顿时坠入了万丈深渊。她没想到楚明轩的母亲居然给儿子的爱情套上了前途的枷锁。她在替楚明轩悲哀的同时，也在为他们的将来而焦虑。"爱情，可以用来当作事业的筹码吗？"

许青卓为莫芷涵的冷静和镇定而愤怒。"作为母亲，我有权决定明轩的幸福。如果你还抱有一丝希望，我奉劝你断了一切念头。明轩是我含辛茹苦带大的，他是一名极有天赋和资质的画家，我绝对不能容许他的前途葬送在对他毫无帮助的人手里。丑小鸭变成白天鹅，那只是童话故事。我希望你能正确地审视自己，别再做不切实际的梦了。我话已至此，希望你好自为之。"

莫芷涵握着咖啡杯的手不住地颤抖着，刺骨的冰冷令她周身的血液几乎冻结。她轻轻地咬着下唇，不在楚明轩的母亲面前展现出自己的脆弱。虽然爱情有时候是卑微的，但是她希望自己的尊严在被他的母亲无情地践踏后自己能够保留那么一点点可怜的自尊。

"我想你是个聪明的女孩，能够体谅一个母亲的无奈。"许青卓放缓了自己的语气，"我在来见你之前调查过你的身世。"

莫芷涵苍白的脸上现出一丝苦涩的笑意，"如果阿姨已经做足了功课,今天我无论怎样解释,怎样恳求都无法改变您的初衷对吗?"

许青卓不可置疑地点了点头。"明轩是个极重感情的孩子,我不希望我们之间的谈话被他知道。"

面对冷酷的许青卓,莫芷涵知道她和楚明轩的爱情已经被做了最后的宣判。难道就这样任由他人掌控和左右自己的命运吗?莫芷涵加重了握咖啡杯的力度,"对不起,我不能答应您的要求。"

许青卓被莫芷涵淡然的表情激怒了,"也许你没有听懂我的意思。"她将手中精致的咖啡匙重重地放到了咖啡杯里,滚烫的咖啡滴落到了她的手背上,强烈的灼痛感令一向坚忍的她不禁皱起了眉头。

"阿姨,您没事吧?"莫芷涵紧张地握住了许青卓被烫到的手背。

许青卓甩开了莫芷涵的手。她愤怒地站了起来,"如果你还有一份自知之明,就应该马上离开明轩,让他拥有一份真正的幸福。如果不是因为你的插入,明轩早就与小曼修成正果了。"

不待莫芷涵做出任何反应,许青卓冷漠地离开了,只将一个冰冷的背影留给了呆愣中的莫芷涵。

委屈的泪水终于顺着眼角无声地滴落,灼伤了她白皙的面庞。难道爱情是一道附加了身份、地位、金钱、利益等的计算公式吗?

她能够轻易地放弃楚明轩,放弃他们的爱情吗?他们之间刻骨铭心的邂逅如电影般在她的脑海回放。

沈阳地铁一号线的开通给市民带来了出行的便利。

莫芷涵要参加舞蹈培训班最重要的课程,她起床后匆忙地吃了早餐,向铁西广场的地铁站口走去。

背对着楚明轩的莫芷涵感觉自己如同一张薄饼与身边体型肥胖的中年女人贴在一起。

"哎哟!"穿着高跟鞋的脚被中年女人的脚结结实实地踩了一下。"好痛啊!"莫芷涵皱着一双柳叶弯眉,来自于脚部的痛楚令她产生些许烦躁。

"车厢这么多人,难免会挤着踩着的,至于大惊小怪嘛。"中年女人瞥了眼莫芷涵，并没有理会她的痛苦。

莫芷涵没想到自己因为她而造成的痛楚却无端招致指责，她在心中慨叹人与人之间的冷淡与漠然。"我又没说什么，只是脚痛而已。"

"哎哟，没看出来，你还是位娇小姐啊。"胖女人加大了嗓门的音量，"现在不是流行一句话嘛，宁可坐在宝马里面哭，也不坐在自行车上笑。嫌别人挤、别人踩，坐宝马去啊。"

"你……"莫芷涵气得说不出话来。体验地铁的好心情荡然无存。

"一看就是个狐媚的人。"胖女人身边矮个子的女人甩出的话令车厢内的人同时将目光转向了脸色苍白的莫芷涵，包括她身侧的楚明轩。

莫芷涵咬着嘴唇，拍了拍郁闷的胸口。面对这样粗俗、不讲理的女人，她不知道要用什么样的语言去与她们理论。

"随意诽谤他人、攻击他人是要负法律责任的。"看着莫芷涵美丽的脸庞呈现出来的无奈与愠怒，楚明轩终于忍不住站了出来。

"你是谁啊？多管闲事！"胖女人瞟了眼外表高大英俊，表情严峻中透着坚毅的楚明轩不满地说道。

楚明轩看了眼对自己露出感激之意的莫芷涵，"我是她的男朋友。"

他的回答令莫芷涵瞪大了漂亮的双眸，虽然感激他的挺身而出，但是并不表示自己可以随意接受被他人冠以爱人的身份。

楚明轩读懂了莫芷涵眼中的质疑："本来我们是想体验沈阳地铁的美好，没想到却从另一个侧面窥视了人性的冷漠与刻薄。"

早晨的地铁里大多是上班的乘客，他们行色匆匆，对身边的人和事少了一份关注的热情，对于与己无关的事情大多采取漠视的态度。

"穷得只能坐地铁，还讲什么文明与高尚。"矮个女人翻了翻涂了蓝色眼影的眼皮，不屑地说。

楚明轩对于矮个女人的讥讽只是报以淡淡的一笑，对于这种没有文化素养的人他不希望与她们有任何正面的交集。他向莫芷涵伸出了手，"对不起，是我的错，我不应该让你受这份苦。"

莫芷涵与楚明轩期盼的眼神对接后，没有任何迟疑地将自己的手交付给了身边这个令她产生安全感和信任感的男孩。

中街站是一个乘客上下比较集中的站点之一，两个人被下车的人流簇拥着走出了闸口，登上了上行的扶梯。

他们都没有意识到两个人的手一直握着，没有分开过。

当他们走出地铁站口才发现，天空不知道什么时候竟然飘起了淅淅沥沥的小雨。

穿着白色长袖长裙的莫芷涵皱了下眉头，她抬起手腕才发现她同时举起了楚明轩的手，强烈的窘迫感令她羞红了两颊。

"抱歉，没有征求你的同意就将你强行拽下了车。你的单位远吗？"楚天明以为莫芷涵并未到站。

莫芷涵轻轻地松开了手，"我已经到站了。"

楚明轩看了眼游动着灰色云彩的天空，他从自己的背包中取出了一早母亲强行装入他包内的一把蓝色的折叠伞，递给了望着天空发呆的莫芷涵。"我的画室就在附近，伞给你用吧。"

"不用了，谢谢。"莫芷涵无法接受来自于楚明轩再一次热情的帮助，她将手覆盖在头顶向雨中冲去。

楚明轩早已料到有些矜持的莫芷涵会拒绝自己的好意。看着她瘦弱的背影，他毫不犹豫地冲入了雨中。他将雨伞强制性地塞到莫芷涵的手中后自己向相反的方向奔去。

"那，那个……"由于叫不出楚明轩的名字，莫芷涵对着他高大的背影焦急地喊道。

"明天这个时候，不见不散。"楚明轩向她挥了挥手，快步向自己的工作室走去。

"哎……"莫芷涵紧握着带有楚明轩体温的雨伞呆立在雨中。

理查德克莱德曼的《蓝色生死恋》再一次催动了她的泪腺。她和楚明轩之间甜蜜的爱情被无情的现实击败了，因为以自己目前的身份与境遇无法达到楚明轩母亲的择媳标准。作为小城镇普通家庭出身的她，虽然经过自己的努力，也只能达到目前东方歌舞团实习舞蹈演员的位置。面对许青卓的责难，她要如何面对如何解决啊。

二 他的求婚

莫芷涵病倒了。

发着39度高烧的她，身体蜷缩在冰冷的被子里。虽然早已经习惯了一个人的世界，但是生病的她依然感觉到了那份侵入身体每个细胞的落寞与孤寂。

床头柜上面的手机执著地响着，重复地拨放着恩雅极其空灵的哼唱曲。平时悦耳的音乐此时如同魔咒般令她厌烦。她用被子蒙住了头部，试图忽略它的存在。她只想把自己封闭在有限的空间里，不被任何人打扰，这样一个小小的奢望居然一次次地被侵犯。

当风尘仆仆的楚明轩撞开房门，看到脸色苍白、浑身不住地颤抖、嘴唇已经干裂出血的莫芷涵时，他的心被揪痛了。"芷涵。"

处在半昏迷状态下的莫芷涵尽量挤出一个艰难的微笑。已经烧了两天的她再也没有力气做出任何回应了。

"傻丫头，为什么不接我的电话？"楚明轩来到床边，抚摸着莫芷涵滚烫的脸庞，"好烫，我马上送你去医院。"

容不得莫芷涵做出任何反抗，楚明轩有些慌乱地为她披上了外衣，用毛毯包裹住她瘦弱的身体，抱起了轻得令人心痛的莫芷涵向楼下冲去。虚弱的莫芷涵无法阻止处在紧张、焦虑状态下的楚明轩。靠在他温暖的怀里，倾听着他为自己而狂乱的心跳声，她满足地闭上了眼睛，嘴角绽放出笑容。

经过一系列检查，医生建议受到伤寒、肺部有些感染的莫芷涵住院观察。

温暖的病房内，楚明轩握住了莫芷涵白皙而又瘦弱的手指，"芷涵，对不起，是我没有照顾好你。"

莫芷涵的身体被浓浓的暖意包裹着，她忘却了身心曾经受到的创伤。面对深情的楚明轩，她怎么舍得放开他的手。她的爱情世界是什么？是一条布满荆棘的崎岖小路,是一座高耸入云的山脉,是一条无法跨越的河流。即使面对再多的险阻她也不会退却,因为他是值得自己付出甚至牺牲的爱人。

她用自己白皙而又瘦弱的手指有力地回握着他温暖的手,"对不起,让你担心了。"

楚明轩看着面前这个令自己心痛和牵挂的女孩,"芷涵,我们订婚吧。"

面对楚明轩闪动着真诚而又充满期盼的双眸,莫芷涵感觉自己的喉部酸酸的,如水的眼眸早已蒙上了一层水雾。对于面前这个因为地铁而结缘的男孩,她多想大声地告诉他:"我愿意。"但是许青卓句句刺入她心扉的话语,好似一盆冷水浇醒了沉醉在幸福中的莫芷涵。"不,我不能答应你。"

"为什么?!"楚明轩疑惑地问,"是我做得不够好对不对?"

莫芷涵慌乱地摇了摇头,"不,不是的。"

在许青卓面前表现出来的坚强与镇定此刻却被楚明轩的深情击得溃不成军。在自己所爱的人面前,她终于卸下了厚重的面具,还原本色的自我。"明轩,谢谢你。你让我深刻地体会到了幸福的感觉。我只是认为我们现在订婚有些仓促了。"

"怎么会呢。"楚明轩握紧了莫芷涵柔弱的手指,"自从认识你的那一刻开始,我就一直憧憬着我们之间美好的未来。你是一个善良的姑娘,我相信妈妈一定会喜欢你的。她会尊重我的选择并祝福我们的。等你病好了,我带你去见见妈妈。抱歉,我应该早点让你们认识。"

莫芷涵苍白的脸庞滑过一丝无奈,"明轩,下个月你就要在北京举办你的首个画展。你要做的事情很多,我不想因为我们之间的事情而影响到你的事业。"

"傻丫头,原来你在为这件事情担忧啊。"楚明轩俊朗的脸庞展现出一份会心的笑意,"放心吧,北京的一切小曼早已做了安排,我只要在当天出席就OK了。"

"小曼?!"这个名字触动了莫芷涵敏感的神经。

"小曼是妈妈同学的女儿。"楚明轩看出了莫芷涵眼中那份一闪而过的落寞,"我们是从小一起长大的,她就像我的妹妹一样。如果你能去参加画展,我介绍你们认识。小曼是一个活泼、开朗的女孩,你们会成为好朋友的。"

"是吗？"莫芷涵勉强地挤出一个开心的笑容。如果她没有猜错，这个叫小曼的女孩一定就是许青卓心中那个令她满意的儿媳妇的最佳人选。只是面前这个优秀的画家显然没有领会并体会到他母亲心中那份渴望与期盼。她现在急切地想知道那个叫小曼的女孩是否对楚明轩同样怀着一份已知的情愫。

"芷涵，"楚明轩抚摸了下莫芷涵光洁的面颊，"还难受吗？"

"哦，没有。"莫芷涵的思绪被拉了回来。

楚明轩感觉到了莫芷涵有些异样的神情，"能告诉我这两天发生了什么事情吗？"

莫芷涵知道自己失落的情绪没有逃过楚明轩的眼睛，"什……什么也没有发生。我只是自己不小心被雨淋到了才感冒的。"

楚明轩漆黑的眼眸流露出一份关切、一份自责，他没有追问她为什么一直没有接自己的电话。虽然他与莫芷涵从相识到相恋才一年多时间，但是他了解她就如同了解自己一样。她的善良、单纯、执著、从容早已植入他的灵魂深处。她是一个愿意把心事埋藏在心底的女孩，即使受了天大的委屈也只会关上房门自己躲在被子里偷偷地哭泣。她从来不会把自己悲伤的情绪带给他人，这样一个处处为他人着想的女孩他只想用自己一生的时间去保护、关爱，不让她受到任何伤害。虽然他现在还没有足够的能力去实现她成为一名舞蹈家的梦想，但是他会为此而努力奋斗。她的幸福与快乐就是自己今生最大的责任。

他轻轻地摩挲着她有些零乱的头发，"芷涵，办完画展我陪你回趟老家吧。"

提到老家，莫芷涵轻咬着下唇，不让自己眼中的泪水在楚明轩的面前滴落。在生病的那一刻，她想起了妈妈慈祥的笑脸和爸爸期盼的眼神。是啊，有多久没有见到他们了。自己一个人独自漂泊在沈阳，把一份思念与牵挂扔给了她至爱的亲人。家，此时成为了她不能言喻的痛。"嗯。"她哽咽着几乎说不出话来。

楚明轩默默地守候在她的身边，感受着她那份孤独与痛苦。"对不起，芷涵。"

三　短暂的甜蜜

在楚明轩的精心照顾下，莫芷涵很快康复出院了。

三天的朝夕相处，令两个人之间的感情更加亲密了。莫芷涵决定不再犹豫不再彷徨，她要勇敢地追求自己的爱情和幸福，即使要面对重重困难，她也要坚持到底。爱情一旦错过，就如同开过的地铁，不可能再为任何人随意停靠。她不要做爱情的胆小鬼，她坚信自己有追求幸福的权利。

作为东方歌舞团的实习舞蹈演员，由于她出色的舞蹈功底以及娴熟的舞台驾驭能力，在马文彬主任的推荐下，她与林峰参加了由沈阳市电视台与市文化局主办的"新星杯"舞蹈大赛。大赛马上就要开始了，她却生病了，马文彬急得如同热锅上的蚂蚁。

见到清瘦了很多的莫芷涵，鬓角已经斑白的老主任感叹地拍了拍莫芷涵的肩膀，"芷涵，身体完全康复了吗？"

"是的。"莫芷涵报以歉意的一笑，"马主任，对不起。由于我的原因耽误排练进度了。"

马文彬轻轻地摆了摆手，"我是很着急，但是我相信芷涵的舞蹈天赋一定不会令我失望的。既然病好了，你就抓紧时间投入排练吧。"

"是，马主任。"莫芷涵知道马主任对外地的自己照顾有加。如果不是他的力荐，她怎么会在几个强有力的竞争对手中脱颖而出呢？

"去吧，大家都在等着你呢。"马主任指了下排练室的大门。

莫芷涵感激地点了点头后，向排练室走去。

换上舞蹈服，莫芷涵置身于角色中。她用自己全部的热情赋予了角色鲜活的生命力，奔腾、跳跃、宣泄、演绎……她将一个处在困境中苦苦挣扎与求索的角色通过自己的理解进行了完美的解读。汗水浸湿了她白色的练功服，光洁的额头早已布满了细密的汗珠。在完成最后一个起跳动作后，体力有些不支的莫芷涵坐到了有些湿滑的地板上。

被誉为新生代油画家的楚明轩，以其专业的水准、独特的视角获得了业内资深人士的赞誉。能够在北京美术馆举办个人画展，以他的年龄、资历可以说创造了美术界的奇迹。一身随意休闲装扮的楚明轩正在全神贯注地创作他最为重视的《舞韵》。画作中那位沉浸在舞蹈世界中的美丽少女穿着洁白的芭蕾舞裙，踮起脚尖，伸出修长的手指，目光坚定地凝视着远方。整个画面色彩鲜明，主题明确，寓意深刻。楚明轩正在娴熟地运用手中的画笔为《舞韵》做最后的修正。

许青卓看着挂满画室的一幅幅凝聚着儿子心血的画作，精致的脸庞洋溢着会心的笑意。她的目光停留在《舞韵》这幅画作前，脸上刚刚凝聚的笑容逐渐消散开去。

"漂亮吗？"楚明轩勾勒完最后一笔后放下了手中的画具站在了她的身后，将手自然地搭在了母亲的肩头。

"这幅画的意境悠远，视角独特，只不过模特长得很一般，没有小曼漂亮、有气质。"

"妈妈。"楚明轩面向许青卓，如黑夜般的眼眸流露出的坚定与执著令人无法抗拒，"她叫莫芷涵，是我的女朋友。如果妈妈这个星期天有时间，我带她到家里介绍给您认识好吗？"

许青卓轻微地皱了下眉头，她没有想到她的明轩竟然要把莫芷涵介绍给自己。从他的表情她推测，莫芷涵并没有把他们之间那次碰面告诉他。本来她是利用工作的间隙到儿子的画室来看看，没想到居然碰到这个令人烦恼的请求。

"明轩，居然背着妈妈谈起了恋爱。"许青卓拍了拍楚明轩的手嗔怪道。

母亲顾左右而言他的回答令楚明轩降低了刚刚热情的温度，"妈妈，芷涵是我认识的一个善良、文静的女孩。我想您肯定会喜欢她的。"

"儿子，这周恐怕时间无法安排了。妈妈明天要去广州参加全国电教产品展销会。"

楚明轩很美国式地耸了耸肩，"我还担心您不同意我们之间的交往呢。没关系，儿子知道老妈是个事业心超强的企业家。"

"这孩子,开始调侃妈妈了。"许青卓抬腕看了下手表,"明轩,妈妈下午还有个会,我先回去了。"

"妈妈注意身体,别太辛苦了。儿子,已经长大了。"看着许青卓鬓角几根无法隐藏的白发,他深沉的眼眸湿润了。从什么时候开始,他漂亮的年轻的妈妈芳华已经不在?他动情地将敬爱的妈妈紧紧地搂在了他宽阔的胸前,"儿子需要您,保重身体。"

许青卓知道楚明轩是个孝顺的孩子。自己二十几年的付出与培养终于有了回报,孩子长大了。一滴热泪顺着眼角滑落,她不着痕迹地擦拭掉。这份发自内心的感动,令她动容地拍了拍儿子坚实的后背。"别像个女孩子似的矫情,妈妈还没老呢。"

"在我心里,妈妈永远年轻、漂亮。"

楚明轩的声音透着明显的哽咽。都说父爱如山,在他的心里母亲却是他整个的天。正是母亲用父亲般的严厉与母亲特有的坚强将一个懵懂的孩童培养成了有为的青年。母亲的坚忍与执著、理性与睿智无不影响着他。对于母亲,他怀着感激与敬爱的情愫,可以说没有母亲就没有他现在的成就。

"傻孩子,妈妈已经老了。"每次看着镜子中那个眼角处悄悄爬上的皱纹,岁月的刻刀无情雕琢下的脸庞,她无数次地在心中感叹时光荏苒,岁月无情。"儿子,妈妈真的该走了。"

楚明轩勉强地挤出了一个会心的笑容,"妈妈,谢谢您。"

"傻孩子。"许青卓拍了拍儿子的臂膀,抚摸了下儿子英俊的脸庞,转身离开了画室。

初冬的风从耳边呼啸而至,那种侵入身体的冰冷转瞬间冰冻了许青卓敏感的心灵。

四 戏剧性的邂逅

冬的精灵在空中旋转着自己洁白而又轻盈的身体,在跳集体华尔兹。

一片一片堆积的雪花令世界还原了最初的本色。世界在这一刻静止了，停歇了。

穿着蓝色羽绒服、戴着白色绒线帽子的莫芷涵忘情地伸开双臂，闭上眼睛，感受着它的温度、它的亲吻、它的抚摸。是的，她喜欢雪。这种大自然塑造的纯洁如水晶般的精灵，是她最好的朋友。她不自觉地旋转着灵动的脚步，随着它们舞动起优美的旋律。

远处，手捧着一束散发着淡淡幽香的百合、欣赏着这种令人陶醉画面的楚明轩，真的希望手中可以多出一支画笔，将这种美好定格成为一种永恒。在他的眼中，莫芷涵如同飘舞的雪花般圣洁得不容侵犯。他感谢沈阳地铁的开通，如果不是这种现代化的交通工具，他不知道自己会在何时何地、何年何月才能与莫芷涵相遇。

停止舞蹈的莫芷涵在回头的瞬间看到了微笑着凝视自己的楚明轩。虽然他早已看过自己的舞台剧，但是刚刚自己不自觉的情感流露却被他无意中窥视，她白皙的脸庞呈现出一抹娇艳的红晕。"什么时候到的？"

楚明轩走了过来，"刚到。"他将盛放在寒冷天气中被雪花爱抚过的百合送给了莫芷涵。

"谢谢！"

"知道吗？"轻轻地搂过莫芷涵的肩头，"在我心里，你如同百合一样圣洁、淡雅、美丽。"

"你真的这么认为吗？"莫芷涵抬起头期盼地看着自己的爱人。

楚明轩怜爱地点了下她挺俏的鼻尖，"傻丫头。"加重了手臂上的力度，"想好去哪儿了吗？"

"我们相识于地铁一号线，现在二号线已经开通很久了，我早就期盼着能与你一起在这样一个飘雪的季节感受它的不同呢。"

楚明轩用手轻轻地将莫芷涵发梢上的雪拍掉，"好啊。"

"我们现在所处的位置离北陵公园站很近。我们就以此为起点，坐到深沟站好吗？"莫芷涵挽住了他的手臂。

楚明轩质地考究的灰色的长款羊绒大衣上面早已附着了一层雪花。莫芷涵踮起脚尖，用戴着白色手套的手为他轻轻地拍打掉调皮的雪花。她将近一米六五的个子在高大的楚明轩面前却彰显了自己的娇小。

"没关系,别弄湿了你的手。"楚明轩知道莫芷涵的体质偏寒,这样的天气更要注意。"我们先去吃点东西,然后我们就开始地铁二号线的体验之旅。"

莫芷涵轻轻地点了点头,"谢谢你,明轩。让你这位繁忙的大画家陪我,总有种歉疚感呢。"

"傻丫头,在我心里你和妈妈同样重要。你们两个人是我今生想要保护和关爱的人。"双手扶住莫芷涵瘦弱的双肩,楚明轩的眼里涌动着一份柔情,一份怜爱。

莫芷涵在感叹楚明轩深情的同时,内心那份掩饰得很好的惆怅被剥离出来,曝光在白雪皑皑的冬季。许青卓冰冷的语言以及不容置疑的态度令她快乐的心境蒙上了一层灰色的阴影。她试图忽略掉许青卓的警告,就让她享受这短暂的幸福吧。

楚明轩担心莫芷涵感染风寒,带着她去附近的"小肥羊"吃了一顿热乎乎的火锅。看着莫芷涵逐渐红润的脸庞,楚明轩露出一丝欣慰的笑容。

温暖的北陵地铁站候车室内人头攒动。

两个人都被其独特的装修风格所吸引。北陵公园站以白色为主基调,配以红色的立柱,具有中国传统特色的大红剪纸与棚顶的灯箱有效结合,给人一种明快、光鲜的民俗韵味。

"与一号线比较,二号线在很多方面彰显了人性化的设计理念。二号线全线整体风格也比一号线车站的颜色更为明快,各站的顶灯设计各具特色,使得二号线全线车站整体感觉非常敞亮。"他们身旁一位戴着眼镜、举止斯文中透着知性的老人轻声对身边的老伴说。

楚明轩很认同老人的观点,"二号线在设计方面弥补了一号线的不足,设计理念追求实用与美观的有机结合,具有沈阳自己的特色。"

"沈阳地铁一、二号线的开通给人们的出行带来了很多便利。以前我坐公交车上班需要一个小时的时间,现在不到二十分钟就到单位了。"莫芷涵俊俏的脸庞洋溢着幸福的笑意。

"我最近正在中街附近寻找合适的房子,我们结婚以后你就不用受挤车之苦了。"楚明轩不希望莫芷涵受苦,他只想为她创造更好的环境。

"谁说要嫁给你了。"莫芷涵白皙的脸庞飞上了一抹娇羞的红晕。

"冷吗?"楚明轩将莫芷涵的手握在了自己温暖的掌心。

莫芷涵微笑着摇了摇头,"有你在身边,雨雪都失去了原有的威力。"

楚明轩握紧了莫芷涵的手,"未来的舞蹈家快成为诗人了。过几天就要进行决赛了,紧张吗?"

莫芷涵轻轻地摇了摇头,"我和林峰正在紧张地排练。虽然无法预测比赛结果,但是我会尽力的。"

"嗯。重在参与,结果不是最重要的。"楚明轩喜欢莫芷涵遇事时的淡定,"只要你开心就好。"

"有你真好。"莫芷涵轻轻地靠在了楚明轩的身上。

五 她的归来

"芷涵,地铁来了。"楚明轩拉着莫芷涵登上了地铁二号线6号车厢。

当两个人沉浸在对地铁二号线的品评中时,一个悦耳的声音从两个人的上方传了过来。"轩哥。"

楚明轩与莫芷涵收回了目光。梳着齐耳短发,穿着灰色羊绒短大衣的杨曼站在了他们的面前。

"小曼,你怎么回来了?"楚明轩从座位上站了起来问道。

小曼早已将目光定格在了莫芷涵的身上,锐利的双眸透着品评与冷漠的味道。"没想到会在这里遇到你们。"

莫芷涵站了起来,报以淡淡的一笑。虽然曾经猜想过杨曼的形象,但是她没有想到,她居然这样年轻、漂亮、干练。那种锐利的眼神中闪烁着一种令人无法忽视的冰冷与执拗,虽然她竭力掩饰自己的情绪,但是敏感的莫芷涵却捕捉到了这个重要的信息,正如自己的猜测,杨曼对楚明轩有着一份超出了兄妹感情的情愫。

"你好，我叫莫芷涵。"她大方地伸出了手。

杨曼也伸出了细嫩的右手，爽快地回握了下。她加重了手部的力度，莫芷涵收到了来自杨曼的具有挑战味道的信号。"我叫杨曼，很高兴认识你。"

"小曼，回来了怎么也不提前打个招呼？"由于车厢内乘客不是很多，他们的对面有一个空位置，杨曼走了过去坐了下来。

"这次回来公私兼备。"杨曼报以淡淡的一笑，"事务所接了一个案子，我可能要在沈阳待上一段时间了。"

"小曼成了女强人了。"楚明轩轻轻地搂住了有些落寞的莫芷涵。杨曼的突然出现，令一向沉静、稳重的莫芷涵多了一份忧虑。

在杨曼面前，莫芷涵不习惯楚明轩的亲昵。透过杨曼，她总能感觉到许青卓那双严厉与苛责的眼神。

杨曼直视着楚明轩搭在莫芷涵肩头的手，那个从小曾经牵着自己走过春夏秋冬的手如今却转换了对象。接到许青卓的电话，正在整理当事人诉讼材料的杨曼惊得找不到方向了。她的轩哥竟然恋爱了，这怎么可能！怎么可以！虽然随父母的工作调动由沈阳搬迁到了北京，但是这并没有妨碍她与楚明轩之间的来往。她一直以为，她与楚明轩只是互相没有捅破最后一层窗户纸而已。如今，残酷的现实差点将一向以冷静著称的她击倒。她将手中的案子移交给了事务所另外一名律师后，买了时间最近的机票飞回了沈阳。

"轩哥，"杨曼从身边昂贵的公事包里取出了一份协议，"这是北京美术馆的协议。"

楚明轩接了过来，大略浏览了下主要内容，"需要本人签字对吧。"

"是的。本来我想以授权人的身份替轩哥签署的，但是展馆一再强调由于画家的知名度以及作品的价值所在，必须本人签署才会衍生法律功效。以我目前的身份还不能成为轩哥法律意义上的代言人。"一丝惆怅无法掩饰地自然流露，莫名的委屈萦绕在杨曼的心头。

"这都怪我。"楚明轩收起了协议，"如果上次在见到王馆长的时候能够对此事进行书面上的授权,小曼就不用风尘仆仆地赶回来了。"

"没什么,其实我也想回来看看。"车厢里虽然温暖,但是一番"跟踪"之下的她,响亮地打了个喷嚏。

楚明轩脱下了大衣站了起来,走到对面给杨曼披在了身上。

"轩哥,我不冷。阿嚏!"

"沈阳已进入了冬季,小心着凉。"楚明轩意识到莫芷涵一直默默地坐在他的身旁没有任何回应,"你还好吧。"

莫芷涵漂亮的双眸闪动着恬淡的笑意,"还好。"

"看来,我的出现打扰到你们了。"杨曼用散发着楚明轩男士特有气息的大衣裹紧了自己有些寒意的身体。

莫芷涵摆了摆手,"怎么会呢。谢谢小曼为明轩所做的一切。"

"轩哥从小就是我的偶像与榜样,能为轩哥尽一份绵薄之力我很欣慰。"杨曼不温不火、冷静中透着淡漠的感觉令莫芷涵轻轻地叹了口气。

"奥体中心站到了。"

"小曼,你刚回来,可能还不适应沈阳的天气,我们下车吧。"看着杨曼由于冷热交替而涨红的脸庞,楚明轩没有犹豫,一手拉着莫芷涵,又拽起了杨曼走出了地铁。

莫芷涵期待的体验之行因为杨曼的突然出现,并未达到终点。她的心里隐隐有些许不安,难道她和楚明轩之间注定不会携手走完人生之路吗?

一直以来惴惴不安的情绪令她无法集中精力进行正常的舞蹈排练,拖延了排练的进度,令老主任一度对她的表现深感担忧。

"芷涵。"作为她的舞伴,对于一向将舞蹈事业视为生命的她表现反常,林峰早已有了察觉。

正在做压腿动作的莫芷涵思绪早已飞离了躯体。自从杨曼回来后,她一直没有与楚明轩见过面。他打来电话说要与杨曼碰一下画展的事情,这几天可能会很忙。

林峰轻轻地拍了下心不在焉的莫芷涵,递给她一瓶加热过的露露,"有心事?"

"啊。谢谢!"莫芷涵感觉到了一丝口渴,"没,没有。"

"马上就要比赛了，一定要调整好情绪。这次比赛关系到你以后是否可以将关系调到团里。芷涵加油！"林峰靠在了练舞杆前，"如果有需要我帮忙的地方尽管开口。"

"谢谢你的提醒，我会注意的。"莫芷涵喝了口温热的露露，对于一直以来对自己关爱有加的林峰，她怎么会感知不到来自对方那热切的信号。怎奈她的心中早已装满了楚明轩的身影，再也没有多余的空间留给别人了。

"你最近清瘦了很多，注意身体。"林峰看见莫芷涵淡漠的表情，简单地收拾好东西后略显惆怅地离开了舞蹈室。

望着林峰有些落寞的背影，莫芷涵内疚地说了句"对不起"。

走在寂寥的街头，莫芷涵感觉到了一阵阵寒意。

"嘀嘀。"在中街新玛特门前的马路上，车鸣声在她的身边响起。

莫芷涵抬起头，看到了一辆黑色的中华轿车停靠在自己的身旁。借着路灯，她看到了熟悉的车牌，一抹微笑挂上她白里透红的脸庞。她记得第一次坐上他的车子，她曾经问过他为什么会选择沈阳制造的这款车型。楚明轩回答说为了支持本土经济产业，如果所有的市民都能够提升产品本土意识化，那么无形中会促进并拉动沈阳经济的快速发展。

"芷涵，上车。"杨曼摇下车窗，以一种不容置疑的口吻说道。

莫芷涵皱了下眉头，刚刚升腾起来的喜悦一扫而光。她稍稍迟疑了几秒钟，在后面车子的鸣笛催促下拉开了车门。

"失望了吧。"杨曼专注地开着车子，嘴角噙着一丝冷冷的笑意。

莫芷涵已经猜到了杨曼此行的目的，也许只有楚明轩处在迷雾中吧。上次是许青卓，这次又换成了杨曼。"诚实地说有一点点。"

"你很坦诚，如果你不是轩哥的女朋友，没准我们会成为好朋友。"车子驶向了二环路，虽然路面上仍有积雪的痕迹，但是并不能影响到车子的正常行驶。

莫芷涵将目光转向了车窗外，虽然路灯已没有了市区内的明亮，但是道路两旁堆积的白雪依然是那么明显，那么凄凉。"我的身份并不影响我们之间的关系。如果没有明轩这条纽带，也许我们走在街上依然是陌路人。"

莫芷涵的回答令一向伶牙俐齿的杨曼对她有了更进一步的了解。"知道我要带你去哪里吗?"

莫芷涵淡漠地摇了摇头,既然选择上了车子,那么去哪里已由不得自己了。虽然她对于杨曼有些傲慢的态度感到不舒服,但是她依然没有表现出来。

"你很特别,也很淡定。作为一名律师,我很欣赏你的处事风格。"杨曼熟练地驾驶着。

两个人坐在车内再也没有任何语言上的交流。其实再多的语言在事实面前都显得苍白无力。

半个小时后,车子在地铁一号线的另一端终点十三号街站停了下来。"来过这里吗?"杨曼拔下了车钥匙,打开了车门。

"没有。"莫芷涵随着走了下来。

"这里的变化好大啊!"面对着马路对面一排排新盖起的厂房,杨曼由衷地感叹着。"这里是沈阳机床(集团)有限责任公司的新厂区。旧的厂区已不存在了,我只能到这里追忆我们曾经美好的过往了。小时候,我们就住在附近的家属楼,我经常和轩哥到厂区来玩。那时候爸爸和楚伯伯都在集团担任领导职位。后来爸爸步入政坛,而楚伯伯却因为与许阿姨的感情问题放弃了一切去了美国。"杨曼转过身体,"我和轩哥可以说是青梅竹马,两小无猜。如果我没有离开沈阳,那么轩哥的女朋友一定会是我。我今天找你来,就是希望你能退出这场爱情游戏,把轩哥还给我。我是许阿姨认定的准儿媳,你,根本没有与我竞争的资本。"

莫芷涵一直没有问过楚明轩父亲的事情。这样敏感的问题涉及了他的个人隐私和苦衷,她不会冒失地去揭他内心的伤疤。她苦涩地笑了笑,"爱情不是商品,不能随便转让。我知道我的身份与家世无法与明轩相比,但是我和明轩之间的爱情是圣洁的、单纯的、简单的,是不附带任何附加条件的情感。既然明轩选择了我,就说明他已经接纳了我平凡的一切。很抱歉,爱情是自私的,我会坚守我的爱情,不会转让给任何人。"

杨曼皱了下眉头,"以你的身份作为轩哥的爱人,对于他的前途和事业不会有任何帮助。相反,在某些方面你甚至会成为他的负累。爱情除了拥有精神层面的东西,最重要的一点是它离不开物质。爱情缺少物质这个坚固的基石，早晚会倒塌。你能帮助轩哥达到他梦寐以求的事业高度吗？你能为他提供强大的关系网吗？你能成为他最有力的助手吗？你能为了轩哥而放弃自己拥有的一切吗？而我想问的最重要的一点就是，你爱的仅仅是轩哥本人吗？"

"爱情，在我的字典里是个简单的词汇。"莫芷涵感觉到了一丝寒意直达肺腑。她调整了下有些烦乱的情绪，"我可以明确地告诉你：我爱明轩，跟他的身份、地位、家庭无关。我爱的只是他单纯的个体，并没有附加任何物质条件。是的，我只是一名普通的实习舞蹈演员，对于明轩的事业和发展并不能给予他想要的。但是，这和爱情本身的定义无关。明轩选择了我，跟他的理想无关，跟他的事业所要达到的高度更无关。他选择的是我本身，跟我身后的背景、地位无关。"

"别把爱情标榜得如此高贵。"杨曼认为莫芷涵对于爱情的价值观有些过于幼稚了，"在现实而又浮躁的社会中，爱情并不是单一存在的。有很多时候它是依附于其他条件共存的。脱离了物质、地位、身份，它就如同种子一样缺少了生存的土壤。在我的爱情观里，它可以与其他条件同时存在。我能给轩哥的不仅仅是爱情，还有更重要的一点就是我的家族、背景、关系能够使他的事业提升到最大的高度。女人视爱情如生命，而男人却把事业看得高于一切。轩哥在绘画方面有极高的天赋，为了此次画展，他筹备了几年时间。如果没有我父亲的暗中支持，轩哥也许还将要付出更大的努力才能实现这个梦寐以求的理想。我觉得我比你更适合做轩哥的爱人。"

"如果爱情成为了功利的俘虏，那么它是可悲的、可怜的。明轩如果为了自己的事业和前途把爱情当作了唯一的筹码，我想我会尊重他的选择。这个问题的答案只有明轩可以给你。"对于杨曼近似无理的诉求，莫芷涵感觉没有必要跟她做过多的纠缠。

"你没有感觉到你的爱情观很自私很自我吗？"杨曼将目光转向了对面曾经带给她美好回忆的厂区，"轩哥能够取得现在的成就，他付出了比别人高出几倍的辛苦和努力。许阿姨是个商人，她所能给予的只有物质上的满足，而我能够满足轩哥所需要的所有的客观条件。所以，我比你适合做轩哥的爱人。"

莫芷涵轻轻地叹了口气，楚明轩身边两个同样较为亲近的女人先后以不同的方式要求她退出。"对不起，我不能答应你的要求。"她第二次以同样的语言拒绝了同样的诉求。

"没有回旋余地了吗？"杨曼对于莫芷涵坚定的拒绝仍然不肯放弃。

冬季的月光惨淡地挥洒着自己的余光。地面上的积雪将温度逐渐拉低，呼出的哈气凝结成冰雾。夜幕下的郊外城镇，稀疏的灯光被黑夜所吞噬，笼罩着暗灰色的凄迷。莫芷涵虽然穿着厚重的羽绒服，但是冷空气依然穿透了她的身体，极度的寒意令她有种想要逃离的感觉。"我爱明轩，我会守护我的爱情。抱歉。"

莫芷涵毫不犹豫地转身，走向了附近的地铁站口，只将坚强而又执著的背影留给了脸上布满阴云的杨曼。

六 误 会

黑夜如狱，被囚禁的不仅仅是早已麻木的躯体。

莫芷涵坐在空荡荡的地铁车厢内，任思绪如乱麻般互相缠绕，互相揪扯。来自心灵深处的痛楚如同藤蔓一样将她整个身体紧紧地缠绕，那种强烈的窒息感无数次地将她推向无底的深渊。

难道她的爱情真的如此宿命吗？记得母亲曾经提醒过她，一位修行颇深的道人曾预测过她的婚姻："如梦似幻，镜花水缘。"单纯的她从来未考虑过他们之间的家庭、身份、地位等一些客观因素，她认为爱情是个简单的公式，不需要复杂的计算方法。她错了吗？楚明轩会为了事业而选择杨曼吗？问题一旦被抛出，寻找正确的答案对于她来说便成为最头疼的事情了。

安静的车厢内，坐在莫芷涵对面的一对热恋中的男女亲昵地依偎在一起，轻声地诉说着只有两个人能够听到的情话。女孩儿的脸上洋溢着幸福的笑容,时而发出的笑声刺激着莫芷涵焦灼的心灵。杨曼的出现,令她无法预知她与楚明轩的未来。她烦乱的思绪随着地铁的前行而快速地游走。

生活即使无情地背叛了你,你也要挺起胸膛,面带微笑去迎接新的一天。

舞蹈室内莫芷涵与林峰正在抓紧时间做最后的排练。

"哎哟!"林峰一个不到位的拖举导致莫芷涵摔倒在地。

林峰慌乱地蹲下,"芷涵,对不起,伤到哪里了?"

莫芷涵苦撑着摆了摆手,她感觉到了林峰今天的反常。平时异常默契的动作,今天却出现了几次失误。"还好,没有关系。"虽然身体有如散架了般痛楚,她依然挤出了一个淡淡的笑容。

"对不起,今天多次连累了你。"林峰懊恼地坐在了地板上。他将双手插入了湿漉漉的头发内,胸口强烈地起伏说明他的身体已达到了训练的极限。

"有什么心事吗?说出来也许我能够帮上忙。"两个人一直是舞台上的搭档,彼此互相了解互相熟知。莫芷涵猜测一向对自己要求严格的林峰一定是遇到了难题。

"小妹来电话说,妈的肾脏检查出了问题,出现重度衰竭,需要马上进行换肾手术。"林峰细长的眼眸闪动着痛楚与惆怅。

莫芷涵知道林峰来自甘肃省一个不算发达的小镇,他的父母都是工人,家里所有的积蓄都用在了林峰大学四年的学费上了。"别着急,总会有办法解决的。我这两年攒了一万块钱,一会儿我把银行卡给你,密码是我的生日。"

"这怎么可以。"林峰赶紧摆了摆手,"我怎么可以用你的钱。"

"我们不是朋友吗?"莫芷涵嗔怪道,"我再想想别的办法,看能不能帮你筹到钱,给阿姨治病要紧,别想得太多。"

林峰感觉眼睛酸酸的,喉部哽咽地说不出话来。"谢谢芷涵。"

"跟主任说了吗?"莫芷涵了解林峰是个孝顺的男孩。

林峰摇了摇头,他调整了下激动的情绪,"团里对这次比赛非常重视,等演出结束后我再请假回老家。"

"嗯。"莫芷涵轻轻地叹了口气。

生活中的考验无处不在,不管你主观上是否愿意接受。人生如此,事业如此,爱情亦如此。

由于楚明轩一直忙于最后一幅画的创作,近来两个人一直没有实质性的联络。莫芷涵将全部的热情与精力投入到排练中。她用脚尖上的痛苦麻醉自己,惩罚自己,否则身心一旦放松下来,脑海中就会萦绕杨曼那张傲慢与讥讽的面孔。

"芷涵,过几天就要进入决赛环节了。晚上我请你吃饭,顺便我们切磋下一些细节问题。"林峰咬着下唇,神情有些不自然。

莫芷涵用洁白的毛巾擦掉了脸上的汗水,"好啊。我们去马家烧卖吧。不过,说好了,这顿我请。"

"那怎么可以。"林峰有些不安地搓着手。

看着林峰焦急的样子,莫芷涵淡然一笑,"好。你请。"

下班后,两个人沿着刘老根大舞台一路向北,来到了飘着烧卖香的马家烧卖馆。马家烧卖是沈阳市著名的清真风味小吃,已有一百八十多年的历史,深受沈阳市民的喜爱。马家烧卖皮薄光亮,筋道柔润,鲜嫩松散,味道醇香。

装修极具清真风格的室内温度适宜,温暖了被冷空气侵袭的客人。

"服务员,来两屉烧卖,一盘扒胸口,一盘地三鲜,一瓶露露,一瓶老雪花。"落座后林峰对身边的服务员说。

"好的。请稍等。"服务员快速地记下后转身离开了。

莫芷涵脱掉了白色的羽绒服,"林峰,你最近的脸色不是很好,别喝酒了。"

"没关系,就算是最后的放纵吧。"林峰的眼神中闪烁着迟疑、焦虑以及无奈的味道。

"以你的酒量,一瓶应该不成问题。"莫芷涵坐了下来,"林峰,无论我们面对怎样的困难,都要勇敢地去面对。我们每个人一生当中都要经受不同的生活考验。虽然有时候这种考验似乎很残忍,在我们毫无防备的情况下悄然而至,但是只要我们尽力去做了,人生就不会留有任何遗憾。"

"谢谢芷涵。"林峰瘦削的脸庞闪过一丝愧疚,他没有抬起头与莫芷涵清澈的眼眸对视,他的内心焦灼不安,面对如百合般圣洁、单纯的莫芷涵,他的思想在做痛苦的斗争。

"林峰,我们是好朋友。我想我们之间不用这样客气。我们都是外地人,为了各自的梦想在沈阳努力着、拼搏着。我记得我刚到团里实习的时候,身上唯一的几百块钱被偷了,我不好意思跟朋友张口,饿了两天的肚子。当你发现虚弱的我后,为我端上了一碗热气腾腾的馄饨,我就把你当成了我最知心的异性朋友。知道吗?我当时感觉那碗馄饨是我二十几年来吃得最香的美食。"莫芷涵漂亮的眼眸闪动着晶莹的泪光。

"芷涵,你是个善良的女孩。"林峰为自己倒了一杯老雪花,然后仰起头来一饮而尽。

莫芷涵淡淡地笑了笑,"在沈阳,除了几个留在这里工作的同学,我没有太多的朋友,这可能与我淡漠的个性有关吧。我很珍惜每一份来之不易的友情,我希望我们能够成为永远的朋友。"

林峰轻轻地呼了口气,"芷涵,如果有一天,你发现我,不,我指的是你的朋友,迫于无奈背叛了你,你会记恨他们吗?"

"林峰,你怎么了?"莫芷涵拿过服务员放在她面前的茶杯捧在手心里取暖,"我怎么感觉你今天很反常啊。"

"没,没什么。"林峰轻轻地咳了几声以掩饰内心的不安与躁动。

"两屉烧卖,二位慢用。"服务员麻利地将烧卖放到餐桌上。

"如果我的朋友是因为有不得已的苦衷做出了对我不利的事情,我想我会考虑他的初衷再选择原谅还是记恨。"莫芷涵喝了口淡淡的茶水。

林峰有些释怀地点了点头。他为自己又倒了杯酒,他端起了酒杯,手部有些不自觉地颤抖着,"芷涵,我们喝一杯,为我们的友谊,为了亲人的健康。"

莫芷涵端起了茶杯,"干杯。"

林峰的手腕一抖,半杯酒几乎全部洒在了莫芷涵粉色的毛衣上。

"哎呀!"莫芷涵赶紧站了起来,用手拍打着衣服上面的酒渍。

"芷涵，对不起。"林峰赶紧放下酒杯，抽出几张放在桌子上面的抽纸为莫芷涵擦拭着。

他的脸几乎贴到了莫芷涵的面颊。

莫芷涵皱了下眉头。虽然两个人排练的时候身体无意识地会有一些接触，但是在现在的场景下，她感觉林峰的动作有些过了。"谢谢。我自己来。"

林峰的脚下一个不稳，失去重心的他一下子扑到了莫芷涵身上，给了她一个结实的熊抱，嘴唇在莫芷涵白皙的脸庞印下一个响亮的吻。

"芷涵，对，对不起。"林峰赶紧站好，他有些无措地站在那里。

莫芷涵不知道今晚林峰为什么表现特别失常。她善良地认为林峰由于担心母亲的病情导致心绪不佳，所以才会出现这样的状况。"没，没什么。"

莫芷涵没有想到，她与林峰之间有些暧昧的动作都在恰当的视角内被定格在了最先进的单反相机内。

七 选择远离

莫芷涵与林峰的决赛因为林峰几次重大的失误最终没有得到名次。虽然所有人都为他们扼腕惋惜，但是却无法改变既定的事实。莫芷涵的转正梦想被彻底地击碎了。楚明轩一直没有出现。曾经答应她一定会在决赛现场给予她鼓励与支持的楚明轩并没有履行自己的承诺，他如同空气般消失在莫芷涵的世界里，任凭莫芷涵打遍了所有的联络电话，找遍了所有能够寻找的地方，依然没有楚明轩的踪影。她不明白，深爱着她的楚明轩为什么会突然间消失，担心，紧张，惊慌一直萦绕在她的心头。

"你，必须给我一个合理的解释。"飘散着茶香的避风塘里面，空气紧张得令人产生强烈的寒意。

几张林峰紧拥着莫芷涵不同角度的"接吻"照片被盛怒下的许青卓摔

到了桌面上。

"阿姨，您怎么会有这些照……片。"莫芷涵脸色苍白得没有一点血色。

许青卓冷漠的脸庞流露出厌烦与鄙夷。"要想人不知，除非已莫为。我没想到你单纯的外表下居然隐藏着这样不堪的放纵与轻浮。你怎么能这样肆意地伤害明轩，背叛他的感情？你想毁掉明轩吗？"

莫芷涵慌乱地摆了摆手，"不，不是这样的。这只是一个误会，请您相信我。"

"相信你？！"许青卓拍了拍胸口，平复了下焦躁的心态，"我记得我曾经警告过你与明轩分手，但是你却依然缠着明轩。我今天必须明确告诉你：想进我楚家的门，你还不够资格。如果不想让你不雅的照片在单位传阅，你必须马上与明轩分手。我再也不容许你去伤害我的儿子。"

"阿姨，您听我说。"莫芷涵试图解释那些她与林峰之间亲密的照片。

"不要在我面前伪装自己了。"许青卓站了起来，"如果你还有一份自尊，就应该马上离开明轩。想做我楚家的儿媳妇，你还欠缺了一份教养。我的傻明轩，前几天还对我说，在你的决赛结束后，要正式向你求婚，他还向我展示了他精心挑选的钻石戒指。"

"……"莫芷涵呆愣在椅子上，百口难辩。

事实一旦被认定，如同千年的古树般难以撼动。

她终于明白，为什么楚明轩会躲避自己了。

莫芷涵走了。

她悄然地辞去了歌舞团的工作独自去了西藏做支教工作。她揣着不舍与伤感离开了带给她美好过往与苦涩记忆的城市。

楚明轩自从看到了许青卓给自己看的照片后，整个人完全变了。他把自己关在创作室中，三天没有出门，任凭许青卓与杨曼想尽了一切办法，也没能将处在悲愤状态下的楚明轩从痛苦的旋涡中解救出来。他的脚下躺着一排空酒瓶，室内到处弥漫着烟草的味道。原本光洁的下颌，浓密的胡子杂乱无章地趴在那里，像是被刚刚扫荡过的战场。深陷的眼窝、充血的双眸、倦怠的表情，将他的痛苦彰显无余。"芷涵，你那么善良、单纯，怎么忍心如此伤害我？不，我不相信，我不相信。"他将手中的酒瓶放到了嘴边，却没有倒出一滴酒。"连你也欺负我，嘲笑我。"他用尽全部力量，将酒瓶砸到了坚硬的墙壁上，发出清脆的碎裂声。飞溅的碎玻璃划伤了他宽阔的额头，鲜红的血液流过脸颊滴落到了他质地柔软的灰色的羊绒衫上，盛开出一朵娇艳的玫瑰。

趴在门口处的许青卓与杨曼被室内的声音惊呆了。她们担心楚明轩有什么闪失，赶紧找来开锁的专业人士打开了被反锁的大门。

"明轩！"

"轩哥！"

看到倒在地上、脸上流淌着鲜红血液的楚明轩，两个人同时惊呼。

"儿子，不要吓妈妈！"许青卓小心地将眼神空洞的楚明轩搂在了自己的怀里，手指颤抖地为楚明轩擦拭着额头的血迹。

"许阿姨，我们把轩哥送医院吧。"见不得血的杨曼早被吓得魂不附体了。

许青卓赞同地点了点头，"赶紧打120吧。"

"我可怜的孩子。"许青卓抚摸着楚明轩的脸庞眼里闪动着晶莹的泪光。她没想到受过三年外国教育的儿子在感情面前居然如此脆弱，不堪一击，为了那个穷丫头居然把自己搞得如此狼狈，如此不堪。

杨曼看到楚明轩痛苦至极的神情，一种强烈的失落感油然而生。她嫉妒莫芷涵能让一向坚韧、沉着、果断的楚明轩陷入爱情的泥潭无法自拔。面对如此深情的楚明轩，一向自信的杨曼却不知道要如何把握眼前这个令自己牵肠挂肚的男人。"轩哥，你一定要振作起来。爱情并不是人生唯一的主题，你还有辉煌的事业、美好的前程。我相信轩哥会成为一个享誉全球的画家的。"

楚明轩试图站起来，但是虚弱的腿却没有听从大脑的支配，软软的没有支撑的力量。"我，要找芷涵。"

许青卓的怒火被勾起来了，"明轩，你该清醒了。莫芷涵是个举止轻浮的女孩，妈是不会同意你们交往的。"

"不，我，我要找到她。"楚明轩试图挣脱母亲的束缚，"我爱芷涵，我爱她。"

也许是三天未曾休息，楚明轩感觉到头部炸裂般的痛楚后昏迷了过去。

"明轩！"

"轩哥！"

八 人生的突变

生活犹如一张试卷，每个人如果以自己真实的心态去作答，答案也会层出不穷。那些既定的公式只会流于表面，成为千篇一律的定律。

楚明轩的画展效果用盛况空前来形容一点不为过。他富有个性的作品被业界所认同，所称赞，尤其是那幅《舞韵》，更是备受关注。有人想出巨资收藏，却被他婉拒了。各路媒体将年轻的新生代的画家——楚明轩推向了高处。名誉、金钱、地位……毫无防备地向他砸来。虽然他的作品屡屡在国外获奖，但是在国内还是第一次获此殊荣。

楚明轩谢绝了各大画院抛来的橄榄枝，他揣起了昨日的成功与辉煌回到了沈阳。虽然其间杨曼的父母竭力挽留他在北京发展，但是楚明轩依然选择回到曾经给自己带来甜蜜与忧伤的地方。

触摸着一处处与莫芷涵走过的痕迹，他已经结痂的伤疤又被撕扯开，一条条一道道，触目惊心。他一次次地乘坐地铁，回味他们在一起的点点滴滴。虽然他的身旁再也没有她的相伴，但是他依然选择去追忆那段逝去的爱情。

酒醉后的他，满世界地寻找莫芷涵，却发现，她已经完全消失在了自己的世界里。

他曾经开着车去她的老家寻访，却发现她并没有回来。

楚明轩坐在车内，抚摸着她送给自己的亲手织的黑色围脖。想起那天雪中那个灵动的舞者，他的心再一次碎裂了。

时间是一把利器，无情地打磨着一切有棱角的东西。

除了思念，楚明轩不知道自己还能做些什么。除了绘画，他不知道要怎样打发空虚得喘不过气来的时间。

酗酒、吸烟、飙车……一度成为了他生活的主题。

为了把楚明轩从思念的痛苦中解救出来，许青卓以一个母亲的强势身份逼迫楚明轩与杨曼举行了盛大的订婚仪式。她固执地认为，治疗失恋最好的良药就是拥有一份新的恋情。麻木的楚明轩如丢失了灵魂般地任由母亲摆布着，操控着一切。

杨曼为了爱情，说服了父母，辞掉了北京律师事务所的工作回到了楚明轩的身边。精明的她很快在沈阳创办了自己的律师事务所，她期望她的事业能与楚明轩一样如日中天，也希望用她的爱打开楚明轩封闭的心门。在楚明轩面前，她将自己的强势、冷漠收起，换上了他喜欢的温婉、安静的个性。虽然每天晚上都要撕掉这层虚伪的面具，但是为了楚明轩尽快接受自己，她一直在默默地挑战着自己的极限。

惨淡的月光透过窗玻璃照了进来。

杨曼叼着刚刚点燃的摩尔香烟，狠狠地吸了一口，然后将烟雾喷吐到墙壁上面《舞韵》画作里面那位令楚明轩魂牵梦绕的莫芷涵的身上。"你是一个妖精，即使离开了也要把轩哥的灵魂带走。我恨你，恨你的虚伪、纯洁、淡然还有美丽。我一定要把你根植在轩哥头脑中的病毒除掉，让他的世界中只有我一个。我会让轩哥爱上我的。你等着瞧吧，我会做到的。"随手将只抽了一半的正在燃烧的香烟掼到了画中少女的脸部。

那根细长的香烟一个回落，掉到了创作台下面装满废纸的垃圾桶里。

杨曼愤然离开了明轩的创作室。

一缕细微的烟雾从废纸堆里飘了出来。在静谧的夜晚，漆黑的室内，如鬼魅般升腾着。

夜半时分，坐在壁炉前喝酒的楚明轩被刺耳的音乐声惊扰。他烦躁地举起了酒瓶，灌了一大口威士忌。浓烈的酒精刺激他不停地咳嗽起来。手机铃声执著地响个不停，他踉跄着站了起来，拿起了放在茶几上面的电话"喂，哪位。"

"对，我就是。"头部的眩晕感令他有些痛苦地扶住了沙发的扶手，"什么，画室起火了？"

酒瓶应声掉落在脚边，酒液顺着敞开的酒瓶慢慢地流淌出来，散发着浓烈的味道。

楚明轩的酒意已经醒了大半，他放下电话，慌乱地抓起了大衣，拽开房门冲了出去。

创作室已经陷入了一片火海，浓浓的烟雾弥漫开来。

消防车高架的云梯上一根强劲的喷水枪正在进行扑救工作。

"我的画！"楚明轩发疯般地向楼上冲去。

创作室已经被执勤的消防队员封锁了。

"你们让开，我要进去。"楚明轩的嘴里喷射出浓浓的酒气。

"对不起，里面火势太猛，我们不能让你进去。"两名消防队员拦住了如发怒的狮子般的楚明轩。

"混蛋，放开我！"楚明轩疯了般试图挣脱他们的禁锢。

听着室内噼啪的响声，他的心要碎了。里面有他为莫芷涵创作的《舞韵》。莫芷涵走了，它成为了他唯一的心灵寄托。"不，不……"颓然地跌坐在了冰冷的地面上，楚明轩的心碎了。

身材娇小的化妆师温静正在为莫芷涵做出镜前的补妆准备。剧组所有的人员都喜欢这个安静得如同天使般的女主角。她的美丽、淡定、温婉、优雅虽然有些与这个浮躁的社会乃至污浊的娱乐圈格格不入，但是，正是她脱俗的气质令她的人生发生了飞跃式的转变。那个当初只揣着几百元来到西藏支教的女孩，正在为希望小学的孩子们跳芭蕾的身影被前来西藏采风的中央芭蕾舞团的团长看到，从此改变了她多舛的命运。她仅仅用一年的时间就从一名实习舞者一跃成为了团里耀眼的新星。这一蜕变的过程起初受到了人们的质疑、议论甚至于诽谤、妒恨。但是她用自己纯净的心灵、低调的风格慢慢地转变了人们的态度。

"芷涵，你是辽宁人吧。"温静放下了手中的粉扑。

莫芷涵淡然地笑了笑，微微点了点头。

"我表姐是沈阳人，前几天到北京出差，跟我说起了一个人。"温静的眼中透着些许哀伤,"其实真为他惋惜,那么年轻有才华的画家,就这样毁了。"

莫芷涵对画家这个职业有着极其特殊的敏感,她的心里隐隐有些不安。前一段时间内心莫名的烦躁与焦虑困扰了她很长一段时间。

"楚明轩,以前在北京美术馆举办过画展。我当时陪一个学绘画的同学去了。他好有才啊,每幅画作都充满了灵气。尤其那幅《舞韵》,当时被许多人看好,并出高价收藏但都被他谢绝了。"温静轻轻地叹了口气。

莫芷涵本已平复的心灵被搅动了,她的手颤抖着无处安放,"他,他怎么了?"

温静没有意识到莫芷涵声音中传出来的颤音,"他的画室起火了,被他视为生命的画作全部烧毁了。为了抢出那幅《舞韵》,他右手臂严重烧伤,已经丧失了绘画的能力,他的前途就这样毁掉了。业内人士都慨叹书画界升起的明星就这样陨落了。"

温静不经意地描述如一个响亮的炸雷般击中了莫芷涵,"不,不是他,不是他。"

"芷涵,你怎么了?"发现了异样的温静赶紧蹲下身体。

莫芷涵的身体筛糠般抖个不停,如水的双眸早已泪水涟涟。

"芷涵,别这样。"温静慌乱地扶住了抽泣的莫芷涵。

她用一年的时间逃避现实,学会忘记,却在听到他名字的那一刻,自己用心建造的坚强的堡垒轰然倒塌。明轩没有忘记自己,他的心里一直满满地装着自己。"不,我不要这样的结果。我宁愿你把我彻底地遗忘,与杨曼营造属于你们那个阶层的幸福。老天啊,你为什么要这样残忍?他视他的艺术创造如生命,你却无情地扼杀了他所有的梦想。"

莫芷涵的内心有如千万只蚂蚁在噬咬着自己,那道封闭的心门瞬间被贯穿。"我要回去,我要回到他的身边,他需要我。"

"芷涵,你别吓我。"温静握住了莫芷涵冰冷的双手,"团长刚刚已经在催了。"

一向冷静、淡定的莫芷涵焦虑地呼了口气。"冷静,冷静。"

"小温,芷涵的妆化好了吗?"导演助理小张敲门走了进来。

温静立刻用自己娇小的身体挡在了莫芷涵的前面,"好了,马上就好了。"

小张焦急地说道:"大家已经准备好了,要抓紧时间啊。"

"好的。"温静勉强挤出一个笑容。

小张看了眼低着头背对着自己的莫芷涵后离开了房间。

温静拍了拍胸口,"幸好没被发现。芷涵。"她转回身,"我虽然不知道你们之间有过什么交集,但是你要记住,能成为《高原袖》领舞的机会来之不易,你一定要珍惜。虽然舞蹈演员不像影星那样有名气,但是舞蹈毕竟是你钟爱的事业,你不要轻言放弃。况且《高原袖》有大部分内容来自于你对西藏元素的植入创作,里面凝聚着你那些有着共同理想的姐妹们的愿望,你一定要把它完成啊。"

莫芷涵的心乱了。她闭上了眼睛,任泪水肆意流淌。

温静说得对,她只有使自己变得更强大,才能与他处在同一高度。

九 以爱的名义

"轩哥你不能再喝了。"杨曼气愤地夺下了楚明轩手中的酒瓶,"你要永远这样沉沦下去吗?"

楚明轩凄楚地笑了笑,"这是我的事情。如果看不惯我的行为,你完全可以选择离开。我们之间根本不存在任何制约,你没有必要为了我这个残废留在我的身边。你有大好的前程,别浪费时间了,我们之间的婚约在我心里早已解除了。"

"一年了,我用一年的时间试图让你爱上我,看来我错了。"杨曼颓然地坐到了沙发上,"我哪一点不比上莫芷涵,你为什么从来没有留意过我。我有一份成功的事业,一个强大的家庭背景,一张被他人称之为漂亮的脸蛋儿,一颗爱你的心,这难道还不够吗?"

"你是个优秀的女孩,这一点毋庸置疑,但是我只把你当成妹妹。"楚明轩呼了口气,"我们的交往原本就是一个错误。我们的婚约是在一个错误的时间、错误的环境下签订的一份没有任何意义的协议。小曼，我爱的永远是芷涵，不要再做任何没有意义的事情了。"

"你是冷血动物吗？"杨曼的声音提高了八度，"对，是我烧毁了你的画室，是我令你失去了你视为生命般的《舞韵》。但是我一直在用行动弥补我曾经犯下的错误。即使是名罪犯，也该有刑期吧？为什么你就这样无情地判了我的死刑！我不甘心，不甘心。"

"小曼，我从来没有怨责过你，"楚明轩晃了晃有些沉重的头部，"你知道吗？作为一名画家，失去了绘画的能力，就意味着他的艺术生命结束了。你可以骂我颓废、消沉，逃避现实。芷涵走了，同时也带走了我的灵魂，我的意识。现在的我，只剩下这副没有生命力的躯壳在苟延残喘。"

"她，对你真的这么重要吗？"杨曼的声音透着绝望与期许。

楚明轩低下了头，"是的。人总是在失去的时候，才会有所顿悟有所发觉。"

"那我呢？"杨曼的心碎了，"我的付出、我的努力在你眼里竟然一文不值！你恨我对吗？恨我找过莫芷涵，恨我一直想要拆散你们，夺回属于我的爱情。"

"一切都已经过去了，不重要了。"楚明轩站了起来，"小曼，别在我的身上浪费时间了，回北京吧。"

"你真的从来就没有爱过我吗？"杨曼被彻底打败了，这个法庭上从来不服输的律师第一次产生了严重的挫败感。

"是的。我不能欺骗你，更不能耽误你。"楚明轩深陷的眼窝里透射出来的是一份自责、一份伤感，"我会说服妈妈的。走吧，别在我身上浪费时间了。"

楚明轩推开房门走了出去。

杨曼的眼神凄楚而又空洞，"我错了吗？"

皱着眉头的楚明轩，从15楼的步梯走了下来。他慢慢地向小区内的一片小树林走去。

楚明轩的身后一位穿着白色及膝连衣裙的女孩，戴着一副硕大的墨镜,看着楚明轩落寞而又孤寂的背影,心灵在震颤,在饮泣。分离了551天后,她终于见到他了。看着他打着弯的右臂,她漂亮的双眸充盈着辛酸的泪水。

楚明轩在树林旁一个长条凳子上面坐了下来。这里是人们很少来的地方,清静不会被打扰。

"我可以坐在这里吗?"

楚明轩听到这个熟悉的声音,身体不由得颤抖了一下。他僵硬地坐在那里没有做任何回应。是她吗?她回来了吗?内心呼唤着那个亲切的名字,但是当他看到蜷缩在白色手套下面的右手时,另一个声音在呐喊:"不,不是她。她现在是舞蹈明星了,怎么会到这里来。"

莫芷涵扶了下裙子的后摆挨着楚明轩坐了下来,她摘下墨镜。

"明轩,我回来了。"

当猜测被证实了以后,楚明轩的内心掀起了巨大的风浪。"你认错人了。"低沉的声音无法掩饰他内心的激动,这一刻他真正地感觉到了什么是如坐针毡。

"明轩,我都知道了。"莫芷涵尽量放低了声音,"我们重新开始好吗?"

楚明轩的身体仿佛被电击到了一般,他鼓起了勇气抬起头来,一双冰冷的双眸散发着一丝冰冷。盛夏时节,莫芷涵却感觉到了一股如深冬般的寒意。

"同情我吗?怜悯我吗?嘲笑我吗……"楚明轩近似咆哮般地吼道。

泪水在眼眶里面打着转,莫芷涵伸出白皙的右手,想要抚摸楚明轩受伤的手臂。

楚明轩在她的手将要触及到胳膊的时候躲开了。他站了起来,"不要对我摆出一副伤心的表情,我最不需要的就是同情。我已不是当年的我了。你,也已经成为了明星。为了你的将来,请你回去吧。"

"不,明轩,不要让我走。"莫芷涵在站起来的瞬间,成串的眼泪流了下来,砸到了坚硬的地面上,浸湿了一方泥土,"如果你能原谅我当初对你的伤害,请允许我留下来,好吗?"

楚明轩痛苦地闭上了眼睛，杨曼在感觉自己再也无法等到他的爱后对他坦诚了所有的真相。

"明轩。"莫芷涵清澈的双眸划过一丝哀伤，"我知道你永远不会原谅我，接纳我。但是我求你不要让我离开，我只想安静地陪在你的身边，以朋友的身份，可以吗？"在楚明轩面前，莫芷涵尽量避开一些敏感的词汇。

"不。"楚明轩咽下来了后面的"是这样的"四个字。看着莫芷涵眼中的歉意以及近似乞求的表情，他的冷漠、他的坚持、他的防线在一点点瓦解，就在即将崩塌的一瞬间，他的理智再次提醒自己：现在的他已经不配拥有这样如百合般圣洁的女孩了。"我，已经不爱你了。你回去吧，不要再来打扰我的生活。"

不待莫芷涵做出任何回应，楚明轩决然地转过身去。虽然自己的心在见到莫芷涵的一刻悸动得差点蹦跳出来，但是他清楚地知道现在的自己再也不会带给她幸福和快乐。当莫芷涵看到自己已经弯曲的手臂时，他在她清秀的脸庞上并没有看到嫌恶，只有那种发自内心的悲伤真实地流露出来，他已经满足了。他的天使并没有忘记自己、嫌弃自己，这就足够了。虽然他搞不清楚她是否还爱着自己，但是看到她现在的成就他由衷地为她高兴。否极泰来，她终于从默默无闻的舞者成为了一个知名的舞蹈家，她成功了。自己如果真的爱她，就要放她离开，让她寻找属于她的幸福，而不是把精力和青春浪费在他这个废人身上。

"明轩，你真的这么狠心不肯原谅我吗？"身后传来莫芷涵痛苦的声音。

楚明轩停下了脚步，"走吧，你拥有美好的前程，我们之间已成为过去时了，别再纠结了。祝你幸福。"

"不，我不要什么事业，我不要什么前程，我只想安静地守在你的身边。"莫芷涵看着楚明轩倔强的背影伤心地哭泣着，"给我一个机会好吗？我只想默默地关注着你，我绝不会打扰你。"

"走吧，别再来烦我。"楚明轩扔下绝情的语言，快步向门口走去。

"明轩。"莫芷涵颓然地坐到了凳子上，"原来你一直不肯原谅我。"

楚明轩自见到莫芷涵后，深居简出，将自己藏在房间里面不再出门。既然两个人之间的差异无法忽视，那么，短暂的痛苦就成为了最好的疗伤方式。

手指颤抖地从烟盒中抽出了一根中华烟，快速点燃后狠狠地吸了几口，"咳咳。"一直以来的酗酒、抽烟、熬夜已经严重伤害了他的身体。灵魂已经不在了，只留一个空旷的躯壳有何用。他焦虑地在室内来回踱步。他知道，此时，小区外的骄阳下，一位美丽的女孩正承受着烈日的炙烤与煎熬。他努力克制自己的脚步不向窗前移动，窥探她的身影。他感觉自己疯了。

"姑娘，姑娘。"楼下传来嘈杂的声音。

"是她吗？她怎么样了？那样柔弱的身体怎么承受得住正午的阳光？"楚明轩扶住了墙壁，内心有如无数双手在不停地搅动着，撕扯着，拉拽着。

"快送医院吧，她肯定是中暑了。"一位老大娘用手帕擦拭着戴着墨镜昏倒在楼下的莫芷涵。为了让莫芷涵更舒服些，老大娘小心地摘掉了遮去了大半张脸的墨镜。"她怎么这么像一个人啊？"

旁边早已围拢了小区内的闲散人员。

"是啊。前几天我在电视上好像看到过她的采访，好像叫莫，莫什么来着。"一位中年妇女仔细地看了眼莫芷涵后努力思索着。

"赶紧送她去医院吧。"老大娘焦急地说。

密切关注楼下事态的楚明轩再也待不住了。他顾不上掩饰自己，慌乱地冲到了楼下。

在人们的质疑声中，楚明轩走到了莫芷涵的面前。看着她被阳光灼伤的脸部潮红而无汗，是典型的重度中暑的表现，他真想狠狠地抽自己几个耳光。

"芷涵，芷涵。"小心地将莫芷涵的身体抱在了怀里，那种轻柔的感觉令他感觉异常内疚。

"这不是老许那个画家儿子吗？"周围邻居发出轻声的讨论声，"听说是一场大火将孩子手臂烧，烧毁了。"

"小伙子，你认识这位姑娘吗？"老大娘担心地看着他怀抱中依然处在昏迷状态的莫芷涵。

"我是她朋友，我马上送她去医院。"楚明轩顾不上人们的质疑与议论，抱着莫芷涵向小区的门口大步奔去。

当莫芷涵睁开眼睛的时候，看到自己正躺在充斥着来苏水味道的病房。她试图挣扎着坐起来，但是胀痛的身体以及来自于脸部强烈的灼痛感令她闭上了眼睛。已经滴了一半的点滴正在匀速地滴落着，瓶身因为莫芷涵的动作而有了轻微的晃动。

"你醒了？"VIP病房的门被推开了，楚明轩拎着一个精致的手拎袋走了进来。

莫芷涵看到了楚明轩清瘦的脸庞闪动着晶莹的汗珠，"你怎么来了？我怎么会在这里？"

楚明轩从袋子里面取出一瓶温热的矿泉水瓶，"你，中暑了。"他拧开了盖子，递给了眼神透出温暖的莫芷涵。

"谢谢。"莫芷涵支撑着坐了起来。

楚明轩细心地在她的后背垫上了柔软的枕头、

感觉喉咙如火炭，莫芷涵喝了口水，一种淡淡的舒爽的盐水滋润着她的咽喉。手里紧握着带有温度的水瓶，一股暖流流遍身体的各个角落。虽然经历了酷暑的折磨，但是能看到楚明轩关切而又担心的表情就已经足够了。不能贪心地奢求他的谅解与接纳，她只想就这样安静地看着他，感受他的存在就满足了。她忽略掉了脸部被严重晒伤后的灼痛感，嘴角轻轻地上扬着，体验着这份时隔一年半之久的快乐。

楚明轩站在床头从袋子里面如同变魔术般地取出了一个精致的保温桶。他小心地用一次性小匙，用左手为她盛着飘散着香味的绿豆粥。莫芷涵的目光聚焦在他蜷缩在长袖衬衫中的右手，眼睛潮湿了，晶莹的泪光在眼圈中打转，她咬着双唇不让它得逞。如果时间可以如同磁带一样随意地倒退，那么她愿意用自己的一切换取他的平安、他的健康以及他倾注了全部心血的画作。

门口处，早已聚集了嗅觉灵敏的媒体。

当室内的两个人意识到外面状况的时候，房门已经被挤开了。

闪光灯不停地在两个人之间闪烁。

"不要！"莫芷涵惊恐地喊道。当她看到暴露在闪光灯下楚明轩痛苦的表情时，她的心碎了。她怎么可以让内心焦脆的楚明轩就这样卷进娱乐八卦中。她愤然地拔掉了手背上的针头，光着脚丫，散落着零乱的头发，张开瘦弱的双臂挡住了别过脸去的楚明轩。

那些手举着摄影工具的娱记们虽然久经风雨，见识了不同的场面，但是像莫芷涵这样逐渐走红的明星不顾自己的形象守护着身有残疾的男人还是第一次遇见。

"求求你们，不要再拍了。"莫芷涵感觉自己的身体在发抖，那种寒彻心扉的感觉令她如同踏入了地狱的门槛。

"芷涵！"楚明轩转过身体，他将张着手臂呼吸有些粗重的莫芷涵抱了起来，"你的身体还没有完全恢复。"

"对不起，明轩。"莫芷涵可以无视媒体的报道，但是她不能忽视楚明轩的感受。

处在懵懂状态下的娱记们手中的相机又开始不停地工作了。

"请问莫芷涵小姐，你和这个男人是什么关系？"

"刚才你们貌似亲密的行为是不是可以影射些什么？"

"《高原袖》就要拍成电影了，作为第一女主角的你为什么突然离开了北京回到了沈阳？"

"他的手？"

一个接一个的提问如同一枚枚炸弹在当事者的心头炸响。

他小心地将莫芷涵放到了病床上，他为咬着牙不让泪水滑落的莫芷涵盖好了薄被，然后从容地转回身，面对着那些如同挖到了瑰宝的娱记们，"各位一定对我的身份很感兴趣。"

娱记手中的相机再次咔嚓地响个不停，他们都非常想知道面前这个身材高大、俊朗但是手部有残疾的男人到底是谁。

"我是莫芷涵临时雇佣的工作人员。"楚明轩漆黑的眼眸闪过一丝不易觉察的痛楚,"是朋友介绍的一份临时性工作,请大家不要误会。"

楚明轩摘掉了右手的白手套。

"不,明轩,不要!"莫芷涵惊恐地制止着。

楚明轩用左手解开了右手腕的扣子,露出了被烧伤后严重变形的丑陋的小臂,"我是一个残疾人,怎么会与天使般的女孩有任何纠葛。莫芷涵是一位善良的女孩,希望大家在她以后的成长道路中给予她更多的理解与宽容。我知道你们手中的笔有化腐朽为神奇的力量,相信大家都不想让一朵圣洁的百合就此凋零吧。"

虽然只能看到楚明轩瘦削的背部,但是他的解释却刺痛了莫芷涵的心。那个当年骄傲的画坛王子如今为了保护自己,宁愿贬低自己也不愿意她受到半点伤害。她的心,在滴血。"不,不是这样的。"

莫芷涵早已泪流满面,她下了床,"他叫楚明轩,曾经是一位才华横溢的画家,是我的初恋男友,不,应该说是前男友。如果不是因为我当年的过失,他就不会变成现在这个样子了。我爱他,亦如当年我们恋爱时的浓烈一般没有减少半分。如果他肯原谅我,我愿意放弃现在拥有的一切来换取他的爱。"

"芷涵。"楚明轩试图阻止处在激动状态下的莫芷涵。面对媒体,她的行为足以毁掉她的前程。

莫芷涵的眼里涌动着幸福的泪水,"明轩,我知道你还在意我。自从进入医院到现在,你一直没有躲避他人猜测的目光。这说明,你为了我可以忽视自己在意的东西对吗?明轩,你肯原谅我了对吗?"

楚明轩轻轻地叹了口气,面对莫芷涵充满期待的目光,他不知道要如何去接受她的纯真与善良。"傻丫头,你这样会毁了自己的前程的。"

室内的娱记们没有再提出任何问题。他们用手中的摄影工具记录下这弥足珍贵的一刻。人性都是善良的,即使为了手中的饭碗,也会暂时放弃一些职场既定的原则。

"我不怕。"莫芷涵握住了走向自己的楚明轩的左手,"只要你肯原谅我,我想陪着你一起变老。"

"傻丫头。"楚明轩擦掉了莫芷涵脸上流淌的泪水,"当年只是一个人为的误会。你没有做任何需要我原谅的事情。"

莫芷涵眨动着有些红肿的眼眸,"你真的相信我没有背叛过你、欺骗你的感情吗?"她晃着楚明轩的手臂激动地说。

"是。"楚明轩只想在媒体面前坦诚一切过往,还她一个清白,让她一度的愧疚、不安、自责统统抛到九霄云外,这是他目前为她所能做的一切了。

"莫芷涵,你真的可以为了他而舍弃自己辛苦打拼的事业吗?"一位戴着宽大的没有镜片眼镜的年轻女孩放下了手中的相机有些质疑地问。

"可以。"莫芷涵看了眼表情凝重的楚明轩,"因为他是一个值得我去爱的男人,一个值得我去付出的男人,值得我用毕生的时间相守的男人。"

"如果你不是在作秀,那么我衷心地祝福你们。"女孩收起了照相机,第一个走出了病房。

其他几名记者感受到了莫芷涵的真情,这个平时看似柔弱的女孩却在此时此刻让他们见识了她对爱的执著与勇敢、真诚与善良。

几个人各自送上自己的祝福后收拾好自己的东西相继离开了医院。

"傻丫头,现在的我已经不值得你为我做任何牺牲了。"楚明轩不无伤感地说。

莫芷涵坚定地摇了摇头,"明轩,我爱你。爱情对于我来说永远是第一位的。"

"芷涵。"楚明轩抱住了泪流满面的莫芷涵。

又是一个雪花纷飞的季节。

灰蒙蒙的空中飞舞着鹅毛般的雪花,那轻盈的身姿在空中以每秒四厘米的速度匀速地飘落,雪花肆意地绽放,开出朵朵晶莹剔透的花。整个沈阳城披上一层白色的外衣。步履匆匆的行人不时地拍打着身上堆积的雪片,地面上那深浅不一的脚印,勾勒出自然的痕迹。

"不好意思,让你久等了。"莫芷涵下了地铁后匆忙赶了过来,她脱掉了羽绒服和黑色的针织围脖。

杨曼抬起头看着莫芷涵有些清瘦的面孔,"我也刚刚到。"她的目光锁定在莫芷涵的围脖上,"很漂亮,在哪里买的。"

莫芷涵虽然感觉杨曼的问题有些突兀,但是仍然报以淡然的一笑,"是我自己织的,已经用了一年了。"

"哦。"杨曼失落地回应着。她记得,楚明轩也有一条同样的围脖,末端那三个针织的红色字母几乎被他抚平了。他每天都宝贝似的戴着,即使躺在床上也要把它搂在怀里。

"给这位小姐来杯摩卡。"杨曼对站在身旁的服务员说道。

"不好意思,我已经很久不喝咖啡了,请给我来杯热橙汁,谢谢。"莫芷涵清秀的脸庞始终挂着淡然的微笑。

杨曼喝了口没有加糖的咖啡。"谢谢你,让轩哥又重新找回了自信。你仅仅用了几个月的时间就让轩哥熟练地掌握了运用左手绘画的技巧。我曾经是那么嫉妒你,甚至为了得到轩哥的爱无情地伤害了你,对不起。"

莫芷涵没想到一向冷静、偏执的杨曼会有如此大的转变,"没什么,一切都过去了。"

"恨我吗?"杨曼凄楚地一笑,"你知道吗,正是你的单纯与善良令我输得心服口服。"杨曼美丽的脸庞滑过一丝不易察觉的哀伤,"其实,是我人为地制造了你们当初的分手。那些照片是我请专业人士拍的,林峰也是我收买的,酬劳是我支付他母亲手术所需要的所有的费用。你一定会指责我作为一名律师却用了这样违背职业道德的手段。其实在冷静之后,我也在责怪自己当初的任性、鲁莽。在我的职业生涯里,我第一次运用了这种不正当的手段来达成自己私人的目的。今天约你来,就是想向你表达我诚挚的歉意和衷心的祝福。我知道,只有你才能彻底拯救处在萎靡状态下的轩哥,将他从痛苦的深渊中拉出来。如今,你做到了。谢谢你!"

莫芷涵微微皱了下眉头,她虽然曾经质疑过那些令她难堪的照片的出处,但是没想到幕后的始作俑者竟然会是杨曼,更没有想到她视为异性知己的林峰会背叛自己,虽然他有不得已的苦衷。她轻轻地呼了口气,"一切都过去了,追究谁的责任已经没有任何意义了。我没想到一向高傲的你会向我坦诚一切。我选择,原谅你。"

"谢谢你。"杨曼俊秀的脸庞呈现出难得的安详,"知道吗?这一刻我感觉自己彻底解脱了。将自己的灵魂委屈地禁锢了一年的时间,我也该放它自由了。"

"其实你笑起来真的很漂亮。"莫芷涵晃了晃她们握在一起的手,"希望你能够早日找到属于自己的幸福。"

"我,恋爱了。"杨曼俊俏的脸庞露出幸福的笑容,"你一定很奇怪我曾经那么痴迷轩哥,为什么会在短短的时间内爱上别人吧?"

莫芷涵轻轻地摇了摇头,"爱情是个很奇妙的东西,它会让人在一瞬间感受到它的美好。祝福你,终于找到了属于你的幸福。"

"人与人之间的缘分真的很微妙。"杨曼漂亮的丹凤眼中闪动着兴奋的光芒,"对于你的归来,心灰意冷的我准备出国散心,却在秋阳翻译集团宽敞的大厅邂逅了华晨中华汽车的总设计师冯英伦。当时,我被他诙谐的语言、开朗的性格和男人的气场所吸引。我放弃了去美国的初衷,跟随他去了浪漫的法国。短短两个月的时间,我们相识、相知、直至相爱。我爱他,爱得痴狂。我现在是华晨集团特约法律顾问,为集团公司处理一些法律方面的事务。我的坐驾已经换成了中华V5,怎么样,是不是有种爱屋及乌的感觉?"

"祝福你。"莫芷涵送上了自己最真挚的祝福。

"谢谢你,芷涵。"杨曼握住了莫芷涵的手,"如果没有你的出现,我还会一味地沉浸在痛苦当中无法自拔,也不会在短时间内找到自己的真爱。"

"其实是你自己走出了一直困扰自己的误区,所以你最该感谢的是你自己。"莫芷涵用力地回握着。

"我越来越喜欢你了。"杨曼由衷地说,"你为了爱情可以放弃大好的前程、如日中天的事业,我缺少你这份爱情至上的勇气。轩哥的新作最近获得了国外的大奖,这里面有你的汗水和功劳。这样好不好,下次我带着英伦,我们一起聚一聚好吗?我们四个人一起坐地铁,体验你和轩哥当年恋爱时的感觉,我想英伦一定会很开心的。"

"好啊。明轩知道你的情况也会替你高兴的。"莫芷涵深切地感受到了杨曼发自内心的幸福与快乐。

杨曼从包里面取出了一个白色的信封,"这是当年我截留的林峰写给轩哥的忏悔信,我一直没有勇气交给轩哥,请你代我转交给他。"

莫芷涵接过了信封,内心升腾起一种难以言明的酸楚。

十 尾 声

当许青卓看到挽着楚明轩的手微笑着向自己走来的莫芷涵时,嘴唇不住地颤抖。她将清瘦的莫芷涵拥在了怀中,轻轻地抚拍着她纤弱的后背。这个当年被自己伤害的女孩,如今却成了失去了一切的儿子的救世主,这样的女孩令她动容、令她愧疚。

时间是见证真善美最好的工具。

沈阳故宫、怪坡、棋盘山风景区、沈阳世博园、昭陵、福陵、植物园……无不留下他们相依相偎的身影。那一幅幅鲜活的画作再一次引起了业界的关注。当年那个天才的画家回来了,那个自暴自弃的男生重生了。人们在感叹爱情力量的同时,开始审视一个重要的话题:在如今浮躁的社会,当爱情和事业发生冲突的时候,处在角色中的你,会做出怎样的抉择?

莫芷涵辞去了芭蕾舞团的工作。虽然楚明轩曾经一再劝阻她做出这样的决定,但是爱情至上的她最终舍弃了如日中天的事业,回到了他的身边。有过西藏支教工作经验的她创办了自己的舞蹈工作室,教授喜欢舞蹈的孩子们。她耐心的讲授,娴熟的舞蹈功底以及饱满的热情,深受小朋友的喜爱和家长的信赖。

青年大街的地铁入口处,一对亲密的情侣引起了人们的注意。那个天使般的女孩挽着相貌英俊的男孩微笑着向站台走来。

"莫芷涵。"周围的人逐渐聚拢过来。自从媒体报道了莫芷涵与楚明轩之间刻骨铭心的爱情故事后,他们成为了难以回避的公众人物。

"莫姐姐,你好棒。你永远是我的偶像。"一位学生模样的少女激动地抓住了莫芷涵的手臂。

"芷涵,你是我们沈阳人的骄傲。"一位体格健壮的中年女人挤了过来。

莫芷涵感觉她有些面熟,但是又想不起来在哪里见过。

"也许你们已经不记得我了。"中年女人的脸上浮现出一抹难得的红晕,"我就是在地铁开通的时候跟你吵架的人。我也是后来在电视上认出你来的。很抱歉,当年有些过激的语言伤害到了你,我收回当时说过的话。你是一位好姑娘,是一位为了爱情可以坐在自行车上笑的女孩。衷心地祝你们幸福快乐。"

莫芷涵想起了当时的事情,她露出甜美的微笑,"我要真心地谢谢你。如果不是你当年的不经意,就没有我和明轩这段地铁情缘了,可以说你是我们间接的媒人哦。"

中年女人不好意思地拥抱了莫芷涵,"你是位宽容、善良的女孩。"

"地铁来了。"人群中发出了提醒。

"6号车厢。"莫芷涵走进了地铁,对着一直宠溺地看着自己的楚明轩笑了笑。进入车厢内她才发现,车厢内竟然空无一人。

等车的人们并没有流露出任何质疑。他们随着莫芷涵一起进入了车厢。当最后一名乘客进入车厢的时候,两个人产生了幻觉一般,再现了当年车厢内的情形,就连他们之间的站位都何其相似。

车厢内范玮琪那首《暮光》舒缓地传入耳膜。

看着车厢内人们平淡的目光,莫芷涵的眼睛湿润了。

"感谢你们,为我们营造了这个温暖而又充满了淡淡回忆的场景。"莫芷涵双手合拢,闭上眼睛,放在了胸前。

地铁承载着一份情缘驶向了幸福的站台……

棋盘山下芦花白

　　她对着芦苇荡大声地呼喊,仿佛她的东尚就藏在里面。

　　芦苇荡依然安安静静,把她的呼喊吸纳了进去。

棋盘山下芦花白

一

11月的沈阳，已进入初冬时节。

阳光金灿灿的，云细如蚕丝，在湛蓝的天空下，轻描淡写着恬淡。在这样一个下午，林雪儿出发了——笨笨地开着朋友阿莲的"甲壳虫"小车，向着棋盘山驶去。路边，那种烟熏的秋色顺着蜿蜒的道路蔓延至远处隐约的山峦，勾勒出一幅辽阔的画面，火一般的红色甲壳虫里，还充溢着快节奏的音乐。

林雪儿是去拍照的。冬天不能出去写生了，她要在大雪飘飞之前拍一些景色作为油画创作素材。尤其是棋盘山脚下的那片芦苇，尽管没有家乡芦苇荡那一望无际的壮阔景象，却也能了却她的一点思乡之情。再有，沈老师总是批评她的《乡村记忆·芦花》没有画出芦花的精神，告诫她只有从形似当中体悟出神似的气质，《乡村记忆》系列才会有所突破。唉，一想到沈老师那深邃的眼睛她就不寒而栗。既然已经决定把他当成绘画艺术上的指路人，不再渴望获得那份爱了，就要彻底地从他带来的威严、肃穆的氛围中摆脱出来。她不想再战战兢兢了，不想陷入惶惶然的那种没有安全感的爱慕之中。昔日的她是多么俏皮、可爱，有点小孤独也会在滴下两颗泪珠之后让脸色明媚起来的。如今，她必须找回那个丢失了的自己。她常想，替代也许是最好的忘却吧——我的白马王子，你什么时候踏着雪尘呼啸而来，然后将我掠走，拍马向东……她这样想的时候，面如桃花。

此刻，甲壳虫驶过了棋盘山大门。林雪儿兴奋起来，看着前面的山恋，青灰、土黄、锗石，掺杂着星星点点的酒红，好似一幅色彩绚丽的油画。沈阳的初冬竟然这么美。甲壳虫沿着盘山公路行了大约几分钟，下道驶入一条岔道，车速慢下来，大约20分钟后，在一棵大树旁停下。

林雪儿挎好相机，揣上一瓶水，跳下车。她撒腿向前跑去，嘴里喊叫着，两手张开，要飞起来了。突然，她站住了，闭上双眼，深深地呼吸，因为芦苇那野草般的香和湖水淡淡的水腥味迎面而来，瞬间包裹住了她。她贪婪地嗅着，享受着短暂的家乡气息。慢慢地，她的头发飘起来了，随后听到了风掠过芦苇的沙沙声，起起伏伏，如波涛般淹没过来。她闭上眼睛往前走着，脚下踩着落叶，发出飒飒的声音，显得周围异常静谧。直到她的手指碰到了芦苇的叶子，她才猛地睁开眼睛，一下子，一片茂密的芦苇如一幅横轴蓦然展开，摄人心魄。挺拔的苇茎一人多高，齐刷刷地摇曳着，无拘无束，苇叶经过阳光慢慢地烘烤呈现出沙滩黄，温煦着一种醉态，而芦花开得自由、洒脱，轻飘飘却不轻浮，摇摆却不妖冶，白花花一片，好似天上的云朵儿飘落下来。她继续往前走，脚下的土松软，稍有些黏，几个月前，这里还是湖水的地盘，现在水渐渐退远了，湖的中央更像是一个心形，难怪这里叫"芦心湖"。湖面上一群野鸭在戏水，这是在贪恋最后的嬉戏吧，再过些日子，它们就要飞向南方了。林雪儿想到这些，一颗心暖融融的。

林雪儿拿出相机开始拍照，那些野鸭怕羞似的，扑棱棱飞进芦苇丛，使安静的芦苇荡一阵骚动。她也情不自禁地叫喊起来，又惊得芦苇深处别的水禽飞了出来。刹那间，一大片芦苇东摇西荡，风声、鸟声、水声交汇在一起，好不喧闹。她兴奋极了，眼泪不由自主地流了下来，她就是这样一个感性的女孩子，难过时哭，高兴时也要哭。她顾不得擦眼泪，频频按动快门，将眼前的美景收藏下来。

林雪儿不知拍了多长时间，觉得有点渴的时候，想到再往右走几十米就会看到"望心石"了。果然，在她走过去的时候，前面出现了一块高两米多、宽约一米的青石。她凝神不动，注视着湖面。关于"望心石"还有一个美丽的传说，可惜，她至今没有找到可以倾听的人。她看着上面的铁链和一把把连心锁,抚摸着石头,感到了温暖——有人说,即使寒冬腊月,"望心石"也是热的。是啊,"望心石"在等待那个冰女姑娘回来。如果自己的爱人也如"望心石"一样,爱自己炙热如火,该是多么幸福啊。

林雪儿靠着"望心石",闭目养神了一会儿,想到了弟弟春晟昨天写来的信。信中说,家乡前几天发生了一次小地震,姑姑那个村子的小学校有好几间教室成了危房,这个冬天小雨儿和她的伙伴们不能在里面上课了……雪儿想到姑姑,就想到上大学那年姑姑将800元钱硬塞到她手里的情景。当时,她哭了,为了积攒这些钱,姑姑得卖多少个鸡蛋、多少捆大葱啊!每当她画画的时候,她就想,这幅画一定要画好,卖个好价钱给姑姑,让姑姑和小雨儿过上好日子。她听沈老师说,明年三月举办的东北三省女画家联展找到了一个非常慷慨的赞助商,一等奖的奖金是50万。她当时就默默地想,如果能获得三等奖,那10万元也会为家乡的孩子做很多事情啊。

想到这里,林雪儿暗暗给自己加油:林雪儿,你能行!

她再一次拿起相机,走进芦苇荡。这一次,她躺在芦苇丛里,看着芦花在蓝天的映衬下随风起舞,然后随意地按动快门,一张、两张、三张……她就这样拍着,后来干脆闭上眼睛,感觉到风吹过来了她就按动快门,渐渐地,她仿佛与芦苇融合在一起,仿佛自己就是那芦花,自由自在……当她睁开眼睛的时候,慌了,太阳已偏西。她赶紧起来,快步离开芦苇荡,向路旁的那棵大树跑去。到了"甲壳虫"跟前开门钻了进去,放好相机,插入钥匙……糟了,车启动不了了!一开始她还安慰自己没有问题的,但几分钟之后,"甲壳虫"像睡着了一般,她身上燥热起来,她的驾驶技术只能把车鼓捣走,对于车的性能可是一窍不通啊!她下了车,看到太阳西移得更快了,她四下张望,希望看到其他人和车。可是目光所及之处,没有一个人和车的影子。芦苇荡那边,外出觅食的野鸭和水禽纷纷回来,发出归家的叫声。如果车发动不起来,自己走到棋盘山的大门口,至少也要一个小时吧?可是把"甲壳虫"丢在这里……她感觉到手心冰凉冰凉的。她强迫自己静下来,理好思绪,打110求助吧,只能这样了。她又钻进车里,拿出手机,让她哭笑不得的是手机竟然没电了,雪儿觉得自己真是不顺,她感觉到了一丝恐惧,她听到了自己的心跳,此时的山里太寂静了?怎么办?

"上帝啊!求你派一个英俊的王子帮我离开这里吧……"

情急之下,林雪儿双手合十,仰望着天空大声地、语无伦次地祷告起来,并埋怨阿莲重色轻友,如果她不是要和兰波在一起,而是陪着自己来,她一定会知道她的小"甲壳虫"哪里出了问题,自己也不会陷入这般境地。好吧,幻想着自己睁开双眼的瞬间,看到上帝果真派来一位救她的王子,然后再展开一段浪漫的爱情……她想着,带着一丝忐忑,还有些莫名的羞涩,美美的,她慢慢地睁开眼睛,瞬间惊骇住了:出现在面前的不是英俊的王子,而是一只狗,雪白,白得纤尘不染,威猛如狮。

"Oh my God!我需要的是一位王子,不是一只狗。"

林雪儿哭笑不得。再看那只狗,眼光凛然,牙齿白森森的。她用眼角余光瞄了一下车,只要钻进去,暂时就是安全的。她试着挪动一下脚,却没有逃过那双犀利的眼睛,它的嗓子眼儿里发出低低的威胁,警告她不要乱动。她不敢再动,看看自己单薄的身体,再瞧那龇牙咧嘴的凶相,她抖得像筛糠了。

这时,一声悦耳的口哨声从背后传来,那狗屁颠屁颠地开始摇头晃尾。

林雪儿不想回头,她需要平静一下那颗似乎要跳出胸膛的心。终于有人出现了,还是个男人。此刻,那狗换了一副模样,居然有点嬉皮笑脸了。身后的那人走过她的身边,她感觉到他的个子高高的,而且在用目光打量着她。他走到狗的跟前,猛地一转身,吓了她一跳。不过这人倒是蛮酷的,五官棱角分明,头发又黑又短,因为戴着墨镜看不见眼睛,想来那眼神与那狗也不会两样。

"这是你的破狗吗?怎么管教的?它一点也不懂礼貌。"她尽量压制内心的怒火,又不能得罪这个人。天黑之前离开此地,也许他愿意做一次活雷锋的。

"美女,它叫小雪,希望你以后不要叫它狗,懂吧?"

"不就是一只狗,还什么小……"林雪儿有些恼火,姑姑就叫她"小雪"的，现在竟然与狗同名了。

"别说，你凶巴巴的样子还挺好看。不过，小雪，我们走，让她独自在这荒郊野岭等着上帝派来的王子，度过一个美妙之夜吧。"这个家伙戏谑地说，拍了一下所谓的小雪的脑门，转身走了。

林雪儿慌了，猛然醒悟，如果眼巴巴地放了这个家伙，自己可就惨了。

"站住！"她急中生智。

"你手里不会真有手枪吧。"人和狗真的站住了。

"你是男人吧？"

人和狗默契地转过身来，只是人摘下了墨镜，脸孔一下子豁然开朗了。那眼睛明亮，目光炯炯，却带着一丝玩世不恭，多少还有点匪气，尤其那嘴巴又开口说话的时候："你看我不像一个男人吗？"

林雪儿鼓起勇气，"好，算你是个男人，"她指着甲壳虫，"它趴窝了，相信你能修好它。"

"哪有你这样的，求人还要搬出冠冕堂皇的理由。不过，我的小雪向来怜香惜玉，看你可怜，救你一回。"男人说完，拍拍小雪的脑门，主仆又是一阵嬉戏。林雪儿全当没看见，她一心想的是早点离开这个地方。

接下来，这家伙表现得真不错，像个熟练的修车工检查起车来，嘴上还不闲着，吹的口哨竟然是"热情的沙漠"。几分钟的工夫，他从车里慢腾腾地钻出来，连讽刺带挖苦："大小姐，开车多长时间了？怎么会不懂下车要关掉音乐……车没电了，所以趴窝了。"

"现在怎么办？"

"你……认为我是个男人吗？"

"是，是，你绝对是个爷们儿！"

"这话我爱听……好吧，下面的事情就是把这个小'甲壳虫'拖到城里去，对吧？"

"对，对……怎么拖呀？"

他一脸坏笑，指着前面的芦苇荡说："在那里，潜伏着一辆吉普车。"

果然，他消失了几分钟之后，一辆迷彩越野车从芦苇荡里冲了出来，旁边是那只叫小雪的狗。他把越野车停在甲壳虫的前面,下车,打开后备箱,拿出一条尼龙绳,三缠两绕套在越野车尾部,再走到甲壳虫的车头处,继续他的动作。

"你的车是个聚宝盆啊!"林雪儿知道此刻不能吝啬赞美。

"这是朋友的车……知道什么叫越野车了吧……应急的东西,应有尽有。一会儿你上车把住方向盘就可以了。"

"一会儿……那现在做什么?"

"照相,我也是冲着这片芦苇来的……夕阳下的芦花才是最美的。"

"你也是来拍照的?"她有些不相信,心里却有一丝惊喜。

"对。我看到你拍照了,忘乎所以的,没敢打扰你,又怕你看到吉普车疑心有人跟踪你,就把车开到那边藏起来了。好了,我们走吧,请你做个模特……也算你帮我一回。"

林雪儿想回绝,她恨不得立刻离开,但人家既然这样说了,她也只有服从了。他再一次回到越野车,出来时胸前挂着个"大炮筒"。相比之下,她的那个微型单反就小巫见大巫了。哼!

林雪儿心存不满和抗拒,却乖乖地跟着人家走了,乖乖地告诉了人家自己的姓名,还有自己是个画画的,当然,她也知道了他叫冯东尚,那个小雪是藏獒中的雪獒,跟了他八年,他们心灵相通。此时,那个小雪已经消除了对林雪儿的敌意,用脑袋蹭着她,憨态可掬,她也伸手摸着它如雪的毛发,感觉就像摸到柔软的缎面。拍照的时候,冯东尚的那副嬉皮架势没有了,十足的职业摄影师的范儿。再后来,当越野车将甲壳虫拖到了城里,放到了一个加油站,他带她走进大连渔港要填饱肚子的时候,她都是乖乖地跟着,没有一点自主权。不过那一刻,她感觉到了一丝得意——他绅士一般,引着她,走过大厅,走过那些正在就餐的食客,来到里面一个临窗的位置,拉开椅子请她坐下的时候,她感觉到众人的目光都被吸引过来了,瞬间,一种虚荣心让她的嘴角微微上翘。她问他怎么知道这里还有空位,他说看到她拍照的时候就预订下的。她撇了一下嘴,表示不信。是啊,他太善变了,一会儿匪样,一会儿嬉皮,一会儿又绅士。

哪一个才是真实的冯东尚?

此刻，林雪儿又被他的翩翩风度弄得有点不知所措了。坐下后，他低声告诉她洗手间的位置，回来后，他笑容可掬地为她斟茶，将温热的毛巾递给她，恭恭敬敬地把菜单展开呈现在她面前。她窘得不行，因为很少来这种高档酒楼，更不知如何点那些海鲜了。不过，她还是调皮地说："我可饿坏了，就不客气了……你要有心理准备，我会把你的信用卡吃得没有了信用额度。"

"没问题，我可以把自己典当出去的，只要到时候你肯出资把我赎出来。"

林雪儿没词儿了，她发现打嘴仗也不是这个家伙的对手，就把菜单合上，"算了吧，你掂量自己的存款，看着点吧。"

冯东尚笑了笑，似乎对这里的菜肴了如指掌，"好吧，我来……深海鲑鱼对女士的皮肤是最好的，如果能吃生蚝，也很不错，然后搭配桂花酒，桂花性温，有温胃散寒的功效……"

"知道的真不少。"

"我早年是学医的。知道吗，美国的杜克大学，我是NBA火箭队那个巴蒂尔的校友。"

"好早年……别倚老卖老了。"

"对不起，姐姐，我错了。"

这顿饭吃得很愉快，尽管稍有一点拘谨。分手时，他向她要QQ号，说有时间就会把相机里的照片传给她。她从兜里拿出一个小本子，把QQ号写在一张纸上，撕下来给他。他看了一眼说，还要手机号码。她白了他一眼，又写下了手机号码。

"你明天有一个活动要参加吧？"

她瞪大眼睛，心想，这人怎么什么都知道啊？

"我在你车里看到两张请柬。"

她只好说："是的，要去辽宁美术馆看一个画展。"

"应该是一个不错的画展，有你的作品吧？"

"应该有的吧……"

二

深圳，盐田区天琴湾别墅区足不出户就可以享受到迈阿密的天空、那不勒斯的海岸、墨尔本的海岸公路、夏威夷的度假天堂。可是，这一切对苏安妮来说，都是浮云。她想要的，就是一个男人，一场婚姻，一双儿女，在38岁之前。这个10年计划应该从明年的1月1日开始。因为那一天，她要成为一个幸福的太太。为此，她已经等了八年了。她不想再等下去了。

这天早上，她到厨房将煲好的汤小心地放到托盘上，来到二楼，轻轻推开母亲房间的门。苏安妮知道母亲早就醒了，将托盘放到床头柜上，去把窗帘拉开，才慢慢劝着母亲："父亲就是那样的人，特有女人缘。自从我懂事起，他的身边就嗡嗡着各种漂亮的女人，可他如果不是外出，从来不在外面过夜，多晚了还是回家来，大事小事还不都是听妈妈的，到现在妈妈你还不是'垂帘听政'嘛。"

安茹哼了一声，从床上下来，坐到藤椅上，瞥了一眼女儿，说："才不是和那个老东西生气哪，而是生你的气。唉！"

"东尚走了好几天了吧，你竟然不知道他跑哪儿去了，这怎么成？男人啊，现在看不住、管不拢，结婚之后那心就更野了。"

"好啦好啦，妈，我告诉你，东尚去沈阳了。他想把'尚妮'的牌子在东北打响，还想在沈阳建一个分厂，这次去就是要与几个商业伙伴商量的。他对'尚妮'在东北的市场很有信心，包括品牌形象推广等，都有很多想法的。"

安茹听到这里，眼睛立起来了，"安妮，你太幼稚了，东尚这不是要推广'尚妮'，他是在摆脱我们苏家对'尚妮'的控制。我早就看出来了，他不想让你三叔在'尚妮'投资就是这个意思。"

"妈，不要总这样说，'尚妮'是我们两家的，也是一家的，等我和东尚结了婚……"

安茹站起来，不满地瞥了女儿一眼，"是啊，结了婚就是一家的了……我有耐心。我从你大学毕业就开始等，就等着抱外孙子，可是，你倒是给我生一个呀。安妮，你也和东尚在一起生活的，只要动点脑筋，你早就是东尚的太太了。男人啊，再有棱角，只要小孩子往身上一缠也就老实了。我就后悔只生了你哥哥和你，如果我生了五六个，你爸爸还有闲心往外跑？"

苏安妮被母亲这样数落着，心里不是滋味，但她不敢还嘴，默默地说："看看，说说又回到老爸身上了吧。"

"安妮，你这就打电话告诉东尚，说香港大师看了你们的生辰八字，明年1月1日结婚，大吉大利。"

"妈，等他回来再说吧。"

"安妮呀，这男人，你必须缠住他，缠得死死的。我可告诉你，东尚你要是看不住，后悔的可是你自己。我当初就是对你爸爸太放心，结果怎么样？他在外面逍遥够了，生意赔惨了，才念叨我的好，回来与我结婚。你姥爷当时就骂我没出息，说这样的男人不能要。可你妈我……唉。等你爸爸在你姥爷的资助下东山再起之后，老毛病又犯了，还是风花雪月的。安妮，我不想让老妈的那种日子在你身上重演。"

苏安妮过去搂了一下妈妈，贴了一下脸，离开了。她在想，是应该给东尚打个电话，可是说到结婚的事情，怎么才能让他高兴地接受呢？

苏安妮知道，冯东尚一直不肯与她结婚，心里忌讳着苏家庞大的资本对"尚妮"的控制。他去沈阳的动机，她也是心知肚明。她不想挑明，她想，她成了冯东尚的太太之后，很多事情会发生质变的。

三

林雪儿来到辽宁美术馆，站在《乡村记忆·芦花之三》的油画前，忐忑不安。这次美展的评选非常严谨，保密工作尤其到位，到现在还不知道获奖者都是哪些人，这也让所有参赛画家悉数到场参加今天的开幕式和颁奖仪式。她希望能获奖，哪怕是佳作奖，因为全省的知名青年画家都选送了得意之作。

"看出什么了吗？"

林雪儿摇摇头。她知道身后说话的人是谁，所以站着没动。

"你还是太注重形似了，没有将芦花的风骨画出来。"

"沈老师，告诉我吧……芦花的风骨。"

她希望获得答复，但等了好一会儿也没有回音，无需回头就知道，沈老师离开了。他总是这样，冷冰冰的。

颁奖仪式开始了，她与大家一起来到大厅前面。颁奖没有什么新奇之处，主持人宣讲了大赛的意义、感谢了赞助商的慷慨，然后从最末尾的佳作奖开始宣布……10名获奖名单都念过了，她失望了。她只能看着获奖者到前面领奖、合影、接受采访。她想离开了，一个人，悄悄地。就在这时，她听到了自己的名字——三等奖的第一名——林雪儿。接下来的颁奖更让她目瞪口呆，因为颁奖人竟然是昨天的那个家伙。

天啊，这是怎么回事？

好在主持人见缝插针了，说冯东尚先生是这次"尚妮杯美术大赛"的赞助人，本来要为一等奖的获奖者颁奖的，可他决定专门为三等奖的画家颁奖，这样可以颁10次的，很过瘾。林雪儿怔怔地听着，直到冯东尚把手伸过来，才慌忙地伸出手。他握着她的手，突然把脸凑过来，对着她的耳朵说，下一次必须把"三"字去掉两个横。主持人连忙走过来，抓住这个细节不放，追问林雪儿方才冯总对她耳语了什么。她的脸红了。

"冯总说，我还可以画得更好。"

林雪儿看到冯东尚对她的回答微微点了一下头，心里不再紧张了。

一整天，林雪儿都是晕乎乎的，一种微醺的状态。躺在床上，回想两天来的经历，简直就是一个童话。

傍晚，她接到一个陌生的电话，听了对方的声音，才知道那人是谁。

"林雪儿，我明天要去盘锦的红海滩看看，你有时间的话，我们一起去吧。"

她犹豫了。

"你要画好芦花，应把各地能够看到的芦花都去看了，心中有片芦苇荡，不愁笔下无芦花。"

"好吧。"

冯东尚的最后一句话让林雪儿动心了，何况她一直想去看看那片神往的红海滩。

第二天早上，林雪儿一下楼就看到了那辆越野车，冯东尚靠着它，绅士风度的他又换成了那一脸坏笑，还有与主人一个姿态的小雪。不过，这也让她放松下来。一路上，她不经意间像个考官提了许多问题，直到冯东尚说自己出汗了，她才不好意思起来。诸如，她问人家企业在深圳怎么来沈阳了？企业的名字为什么叫"尚妮"？为什么要赞助辽宁青年画家的美术展览？为什么喜欢芦花？为什么出门还带着小雪？他高高的个子怎么不像一个南方人……他故作紧张擦汗的样子回答：他的母亲是盘锦人，高中毕业那年学校组织三好学生到沈阳旅游，在棋盘山的那片芦苇荡与他的父亲一见钟情。那时，他的父亲还是一名大学生，在当年的东北工学院读书，那天是与几个好友骑着自行车到棋盘山去玩的。一年后，他父亲毕业了，将她母亲从北方带到了南方。

"知道吗，没有棋盘山的那片芦苇荡，就没有我。"

"真浪漫。"

"是啊，浪漫依然……对吧？"

他说的时候，转过脸来看着她。她的脸突然发烫了，回避着他的注视，看向窗外。

从这一刻起，她的心里就乱糟糟的，不敢再看他的眼睛。到了红海滩，她兴奋极了，又回到了前天在棋盘山那片芦苇荡时的样子，可是当面对着他的镜头、他的微笑时，她就心跳加速，耳根发烫，脚下发软。后来，他接了一个电话，好半天才转过身，脸色很不好看。回来的路上，她变得沉默寡言，他也不多说什么了。气氛有些怪怪的。最后，还是他打破了沉默，让她睡一会儿，并停下车，从后备箱拿出一条软乎乎的毛毯盖在她身上。她真的睡着了，似乎还做了一个梦。迷迷糊糊中，感觉手发烫，轻轻动了一下，觉得正被另一只手握着，便不敢动了。这个时候，她醒了，又不敢睁开眼睛，也不知是担心他偷偷握人家的手难堪，还是不想让自己的手离开那温暖的掌心。可是，她的眼前突然浮现出他接了那个电话后的脸色，心里像针扎了一下，猛地把手缩了回来，藏在毛毯里。过了好一会儿，她轻轻地打了一个哈欠，等于宣布自己醒了。他笑了一下说，她做梦了，还叫了一声，左手乱动，他握住了，她才睡安稳了。她听了，觉得有点过意不去，为方才的那个动作。

林雪儿把毛毯叠好放到后排座上时，车停在了早上的那个位置。

"我到家了。"她故作轻松的样子。

"本来想让你请我吃饭的，看来你一点也不想，算了吧，我自己解决肚子问题吧。"他半认真半解嘲地说。

林雪儿不知如何回答。

"你不是说'望心石'有个美丽的传说吗？我明天有一天的商务活动，脱不开身，我想后天过去，在那里听你讲一讲。"

"凭什么你说要去就得去，你也太霸道了吧。"她不知为什么突然觉得委屈起来。然后下车把车门砰的一声关上，走了。

漫长的一天。

林雪儿百无聊赖，不想画画，不想吃饭，时常看着冯东尚用QQ发过来的照片发呆。

第二天早上，她依然拿不定主意：该不该与冯东尚再去棋盘山看那片芦苇荡？7点钟的时候，她坐下来吃饭，一种预感促使她走到窗前，拉开一点窗帘往下看，但她又马上拉上了——冯东尚和小雪站在越野车旁。

他是不是早就到了？

他到了为什么不打个电话？

她慢慢地嚼着饭，心想，再等一个小时，如果8点钟他还在，她就跟他走。可是，7点50分她就跑下了楼，也不与冯东尚打招呼，拉开副驾驶的门，上了车。

"司机，还傻愣着，领导都上车了，还不开车走！"

这一次，在路上不等林雪儿做主考官，冯东尚就主动交代了一堆问题：他的父亲如何白手起家，他的母亲如何放弃学业相夫教子，他又如何希望在北方设厂一心想把"尚妮"品牌做强做专，成为中国的香奈儿、范思哲，而这一次来沈阳就是与几个商业伙伴洽谈进一步合作，可惜最有实力的那位朋友因为国外公司有突发事件，不得不去处理。这台越野车就是朋友的，供他随便使用……她听着，下意识地问"尚妮"的"尚"可以理解为"东尚"，那"妮"意味着什么呢？这个问题她上次就问过的，只是他没有回答。不过，这一次他交代了，说"妮"意为"女子美好"之意。她不大相信。他也不再多解释，又说希望借助这次美展以及三月份的"尚妮杯女性画家大展"，扩大"尚妮"的品牌影响力。林雪儿开玩笑地说，如果她获得了一等奖，奖金是不是可以再多一点。他说，可以在50万的后面再加一个"0"。两人为这"0"还拉钩了。

越野车接近棋盘山的大门。林雪儿想给冯东尚讲一下棋盘山的来历，他笑了，竟然如数家珍，讲起了棋盘的来历。

"怎么样，我可以做导游了吧？"

"凑合吧。"林雪儿说，心里却对冯东尚的讲述暗暗叫好。

很快，越野车停在了前几天停的位置，林雪儿跳下车，兴奋地喊叫着，惊飞了好几只野鸭。冯东尚笑眯眯地看着她，从后备箱里拽出一个大包裹打开来，她好奇地看着，后来判断出他这是要搭帐篷，心里扑通扑通地，拿着相机离开了。半个小时之后，她回来见帐篷已经搭好了，他请她进去参观指导，只见里面放好了一个厚厚的充气垫子，旁边的矮桌上放着水果、牛肉、面包等。她夸他能干。他说这不算什么，在杜克大学的时候，他经常与同学出去玩，野外生存的本领早就练出来了。像他这样懂生活的人，即使没有结婚，身边也不乏女人的。她想着，情绪有些低落。好在小雪进来了，她拍着气垫子让它坐过来，可小雪并不听她的。

他们牵着手，走过二十多米长的芦苇荡，走到了湖边。远远望去，湖水如硕大的"心"形镜子，呈现一种静谧的美，湖面的边缘已经结了一层薄薄的冰，有风吹过，水波会将薄冰弄破，碎了的冰块互相轻打，发出悦耳的声音。林雪儿的手被冯东尚握在手里，既温暖又让她害羞，小雪围前围后的，那副脸孔似乎坏笑着。

两人围绕湖边不知不觉走了一圈，快到"望心石"时，冯东尚突然蹲下来，不等雪儿反应过来，背起她就走，她想下来，可是手却情不自禁地搂住了他。到了"望心石"，她从冯东尚的后背上滑下来，脸色绯红，跑到另一侧，偷偷整理了下有些凌乱的发丝，并用余光偷偷地看着他。他凝神注视着"望心石"上的一条条铁链上的锁——都是两把锁头相互锁着的，绝大多数都锈在一起了，剥离不开。她走过来，轻倚在他身边，他顺势把她揽在怀里，用双臂暖暖地圈住了她。她看着那些两两相扣的"连心锁"，讲起了那个传说——

很久以前，在距离棋盘山很远的地方，有一个很大的部落，人们过着幸福的生活。那一年的冬天，部落首领的小儿子偷偷跑出住所，骑着马到森林去打猎，被一行老虎的脚印吸引，跟踪而去。傍晚时，来到了棋盘山脚下的这片芦苇荡，结果发现：自己上当了。这是一只狡猾的老虎，把他引诱到此，等待他的，还有另外两只更大的老虎。年轻人知道遇到了麻烦：用猎枪可以打死一只，再用弓箭也可以射死一只，但第三只就会猛扑过来——他只能靠腰间的那把短刀了。而此时，他的马受到老虎的惊吓，前蹄高高抬起，大声嘶鸣起来，他不再犹豫，用弓箭射中其中一只老虎的眼睛，又把猎枪对准中间老虎的脑门，刚刚扣动扳机，他便被惊吓过度的马甩了下来，最后一只老虎趁机上来，扑在他身上。他刚拔出腰刀，右臂就被老虎的嘴巴咬住，刀掉在雪地上。他忍住疼痛，双脚蹬住老虎的肚子，再把身体翻过去，不让老虎的嘴巴靠近他的脖子。老虎被激怒了，嘴巴松开他的右肩膀，血盆大口张了起来。就在这时，传来一声口哨，顷刻之间，呼啦啦，一群猎狗围拢过来向老虎扑去。老虎面对一群彪悍的猎狗，无心恋战，悻悻地离开了。随后，一位少女从芦苇荡里跑了过来——她就是湖边一个渔家女子，名叫冰女。冰女把年轻人背到湖上的雪橇上，又让猎狗将两只老虎拽到家里。那匹受到惊吓的马并没有跑远，也许还担心着主人，很快又跑回来跟在主人身旁，不停地打着响鼻。冰女甩动鞭子，八只狗在冰面上撒欢儿似的跑起来。年轻人在冰女和她父母的照料下慢慢养好了伤，少男少女也相恋了。冰女从年轻人的言谈和服饰上判断他不是一般人家的公子，心里总是不安。年轻人决定不再隐瞒自己的身世，为了让冰女相信自己的爱情,他决定不再回到部落,就在这里与冰女成亲,并与她一起孝敬两位老人。春暖花开的时候,他们幸福地生活在一起了。有一天,他的马咬断了绳索,跑回了部落。部落的人们看到他的马,知道他没有死。他的三个兄长带着人,跟着那匹马找到了冰女的家。三个哥哥说,只要他回去,首领之位就是他的,三个兄长齐心协力辅佐他,让部落继续繁荣昌盛下去。他不答应。三个哥哥无奈,只好将他绑上,押回部落。他思念冰女,一病不起。他的母亲看到儿子,伤心欲绝,就来找冰女,提出让她主动离开他,因为部落是不允许他娶一个贫家女子的。为了部落的未来,他必须与另一个部落首领的女儿联姻。冰女说她心里只有丈夫,不会再嫁别的男人,何况已经怀了他的孩子,更不会离开他了。他的母亲听了之后大怒,说如果冰女不离开这里,她回去就让三个儿子发兵,踏平这块土地,让这里的人们从此终身为奴。冰女不想因为自己的爱情给父老乡亲带来灾难,就答应了他的母亲,并将他送她的爱情信物还给了他的母亲。冰女离开了这片芦苇荡。几个月后的一个早上,已经成为部落首领的年轻人被一个婴儿的啼哭声惊醒,他穿上衣服,循着哭声,来到这片芦苇荡,看到湖边有一条船,船上有一个摇篮,里面是一个男婴。他知道这是自己和冰女的儿子。他把儿子抱在怀里,呼喊着妻子的名字。冰女没有出现。他的三个哥哥和他的母亲赶过来,央求他回到自己的部落,做一个好父亲、好首领。他悲痛欲绝,将儿子放到母亲怀里,对母亲和三个哥哥说:"我的妻子为我们部落生了一个男孩,是未来的首领,我要在这里等她……"

"后来怎么样?"冯东尚低声问,他的眼泪落在林雪儿的头发上。

"他的三个哥哥只好从命,护送着母亲和他的儿子回到了部落。他们认为他只是看到儿子思妻心切,过一段时间就会回到部落的。但是,他们想错了。他没有回去。时间又过去了七七四十九天,他的母亲来找儿子了。她在这湖边看到的是一块守望着的石头——她的儿子化作石头,留在了这里。

林雪儿讲到这里,转过身来,看着冯东尚,声音颤抖地说:"东尚,我相信爱情就这样来了,来得令人猝不及防。你说是吗?"

冯东尚轻轻地点着头,"是的,猝不及防。"

"我相信海誓山盟,你信吗?"

"我信。雪儿,我发誓,我可以放弃财富、名誉,只要雪儿不成为冰女。"

"东尚,如果说你爱我,尽管猝不及防,可也能找出许多理由……你爱我什么呀?"

冯东尚笑了,"这个,现在不能说……好了,我们开车去看看别处吧,让小雪看着这个家,晚上的时候我们再回来。"

"晚上?"林雪儿瞪大眼睛,"在这个帐篷里过夜?!"

"放心吧,你是安全的……如果傍晚的时候你还想回城里,我一定送你回去。"

"好吧……"

四

下了飞机,坐在车上,冯东尚心里想的还是那个问题:如何与苏安妮解除婚约。此事非同小可,弄不好自己总经理的位置不保,还会动摇父亲打拼了大半辈子的家业。可是,无论如何,他都不会放弃林雪儿。他需要爱情,尤其需要这种毫无利益、金钱纠葛的爱情。

冯东尚没有到公司,让司机送他回家了。他看到母亲时,分明感觉到了她的一丝担忧,因为他在电话里跟母亲透露了想与安妮解除婚约的想法,一定让母亲寝食难安了。他拥抱了母亲,之后打开笔记本电脑,给她看拍摄的芦花,希望让母亲宽心一下。显然,母亲的心思不在芦花上。他又打开了另一个文件夹——里面全是林雪儿在芦花前的照片。

"就因为她吧?"母亲看完了林雪儿的照片,慢慢地说,"是个好女孩。可是,你怎么向安妮解释?她大学毕业就一心等着做你的太太,这么多年了!儿子,妈不想让你背着情债过日子,那样太苦了。"

"妈,你听我说说林雪儿好吗?"

冯东尚不等母亲回答,就迫不及待地讲述了与林雪儿的相遇,最后,为了佐证自己的一见钟情可以白头偕老,他举出实例:母亲和父亲也是这样走过来的。母亲笑了笑,随后摇摇头,说那个时候你爸爸身边没有别的女孩,而你在林雪儿之前还有安妮。

"儿子呀,安妮……想过吗,如何躲得过?"

"还没想好。"冯东尚老实地回答。

母子俩陷入了沉默。最后母亲表态:"老妈的态度就是,不断就续,断则当机立断。儿子,老妈希望你成就一番大事,婚姻也是大事……还有,你老爸早就认定了安妮是儿媳妇,他那一关也不好过。"

冯东尚把母亲的话品味了好久,决定找安妮好好谈一谈。一开始他想约她到海边,又担心她误会那是幽会,可是这事又不能在酒店谈,最后决定叫她第二天下午来家里。

次日下午,冯东尚在书房里等安妮的时候,心里并不平静。马上要面对的安妮高雅漂亮,婀娜多姿,早就把自己的一切交付给了他,于情于理他都该娶她。他坐在沙发上,抚摸着小雪的脑袋。突然,它的耳朵动了一下。他知道,安妮来了。她推开门的时候,小雪的嗓子眼儿里发出威胁的低吟,她急忙过去讨好似的拍拍它的脑门。小雪并不领情,走了。他冲她笑了笑。她过去,像往常他出差回来一样,用两手勾住他的脖子,闭上眼睛。他在她脸上吻了一下。她嗔怪他心不在焉,他说有话要说。

"如果不是好话就不要说。"

冯东尚一时语塞。他似乎觉得她察觉出了点什么,半晌才说:"应该是好话……如果我不说,就是欺骗,那才是作孽。"

"说什么哪,这么发狠?"

他让她坐到沙发上,不敢看她的眼睛。不错,这双凤眼在旁人看来美丽、多情,水汪汪的,他却在那双眼睛的背后看到了太多的委屈、落寞,甚至是哀怨。他知道安妮爱自己爱得有多辛苦。这么多年了,他对她不是没有恋人般的亲热,而是少了很多心领神会的默契和如胶似漆的难舍难分。这一点,她也清楚。所以,很多时候,她总是小心翼翼的,仿佛两人的感情是高贵的瓷器，一点风吹草动就落地摔碎了。想到这些，冯东尚转过身去，走到窗前，望着窗外。

"东尚……如果觉得难以启齿，就什么都不要说。"

"安妮，对不起！"

"我不想听这话，东尚。"

冯东尚的手心潮乎乎的，他知道说出的话对安妮意味着晴天霹雳。可是，在北方，那个冬季飘着雪花的城市，林雪儿正翘首等待着他的音讯。于是，他讲述了与林雪儿的相遇，提出解除两人的婚约。

"安妮，如果不是遇到了林雪儿，也许我们会结婚的，为了两个家族，为了整个'尚妮服饰'……"

苏安妮静静地听着，这让冯东尚感到一丝意外。他以为她会痛哭，求他别离开自己，可是没有。当他说完以后，他听到的是她狠狠的一句话："又是一个雪儿……冯东尚，你真够风花雪月的。"

又是一个雪儿——这话像一根针猛地刺进他的心里。同时，他也想象得出来此刻她的表情，一定是与那夜一模一样了……

那夜，冯东尚睡到了苏安妮的床上，因为从美国发过来的一条短信让他大醉。那条短信是杨小雪发来的：东尚，我知道你离不开你的家族企业，离不开你的安妮……我不再等你了。今天，我和约翰在教堂结婚了。祝福我们吧！

他被她拽醒，懵懵懂懂的，看到她横眉冷目。原来他喊出的名字是"小雪"。

"你在喊小雪？我知道了……知道了你为什么给那条破狗起名叫小雪。"

"我喊的是小雪吗？"

"冯东尚，你太欺负人了！"

"我不想隐瞒了……"他断断续续地说着。

苏安妮坐起来，拢顺头发，再把他扶起来，靠着床头，然后两人脸对着脸。

"东尚，你听着……我可以忽略你的过去。现在，我只要你的现在和将来。"

　　冯东尚想到这里，不禁打了个寒噤。应该说，在安妮柔顺的骨子里，隐藏着某些彻骨的冰冷，在某个时刻突然袭来。她有着令人恐惧的一面。

　　果然，她抓住了他方才的一句话，说他可能与她结婚，也是为了两个家族和企业，而不是因为爱她，那么他为什么还维持与她的恋情，让她拒绝了一切追求者，为他守身如玉，最后还要把位置让给一个他刚刚认识了几天的女子。

　　"东尚，你不觉得这样做，不止是残酷，而且有点卑鄙吗？"

　　"安妮，你说得没错。"

　　"东尚，我不想听你的忏悔……我把一个女孩的一切，包括最美好的时光都给了你，你怎么补偿得了……"

　　冯东尚无法回答。他只能静听安妮的倾诉，哪怕是数落、责怪、咒骂，他都一一接受。她突然沉默了，片刻，她哭了，哭得伤心欲绝。他不知如何是好，甚至有点后悔不该这么早就说出实情。他走过去，坐到安妮身边。面对她的悲泣，他无法做到无动于衷。她把身体倒在他怀里，不停地抽泣，两手死死地搂住他，他一动不动。

　　不知过了多久，苏安妮说："你想过吗，就是我同意了，我妈妈也不会同意，还有我叔叔、舅舅他们。"

　　"我知道后果。"他说。

　　"我不想看到那个后果。东尚，我相信伯父伯母也不会同意的。东尚，求你了，别天真了……忘记那个林雪儿，就像你忘记那个杨小雪一样。知道吗？一个人能够寻找到最爱的概率是二十八万分之一，我们在一起八年了，还不值得你珍惜吗？"

　　冯东尚握住苏安妮的手，想告诉她对过去发生的一切，无怨无悔。他希望给她完完整整的自己，但是一直做不到，这一点她应该清楚。只是今天他不想再说什么了，两个人都冷静下来，找个时间再好好沟通。

　　他一个人在书房里。绷紧的神经一下子松弛下来，颓然倒在沙发里。过了好半天他抬起手，拿起茶几旁的一本讲述史蒂夫·乔布斯成功之道的书，其中的一页被他放上了纸条，他翻开来，又看到那句熟悉的语言：

"你的时间有限,所以不要为别人而活。不要被教条所限,不要活在别人的观念里。不要让别人的意见左右自己内心的声音。最重要的是,勇敢地去追随自己的心灵和直觉,只有自己的心灵和直觉才知道你自己的真实想法,其他一切都是次要的。"他看着,若有所思。他崇拜乔布斯,更是羡慕他和劳伦一见钟情的婚姻——当年,乔布斯在斯坦福大学演讲时,与女学生劳伦四目相接。演讲完,乔布斯要去赴一个重要的商业会谈,在停车场,车已经发动了,他突然问自己:如果这是人生的最后一天,是去开一个商业会议,还是同这个女人一起度过?他下车了,找到劳伦,问她是否愿意和自己共进晚餐。她说好。之后,两人携手走入婚姻的殿堂。

天,渐渐暗下来。冯东尚走出书房,来到外面的阳台上,看着前面的大海。奇怪,平时都能听见涛声,今天怎么这样安静呢?连一丝风儿也没有。他抬头看了看天,发现天空布满乌云,原来这只是暴风雨来临之前的短暂安静。这时,他感觉有东西拽住了裤脚,一看是小雪。他蹲下来,看着它的眼睛,那里面有理解、同情,还有鼓励。他扑哧笑出声,轻拍了一下它的嘴巴,算是回报它对自己的关心。

五

夜里,林雪儿从噩梦中惊醒,于是起身走到画架旁。她的心情犹如调色板的色彩——黑与白调和成的灰色。这灰色慢慢布满了整个画布,画中的雪花还没有飘然而落,北风便呼啸而至,掠过心头。

她瑟瑟发冷。

难道这一次,她与东尚的爱,会是一场风花的梦?

她画不下去了,坐在沙发上,拿过一条毛毯盖在身上,下意识地把目光放到昨天刚刚完成的一幅1米×80厘米的《白桦林》上:树的叶子已经稀少,但是金黄,树干笔直,直入云霄,树林深处透着暗沉的又有些蒙眬的黄灰色,一只雪白的狗飞奔而来……那天,她带着冯东尚好好领略了一番棋盘山的景色,他们来到了这片白桦林,这个季节的白桦林呈现出一种宁静、粗犷的肃穆,枯黄的叶子似乎在诉说着曾经的繁华。她来到一棵树前,指着树上那"眼睛"说,这眼睛很神奇,你在看它的时候,它也在看你。他抚摸着"眼睛"说,小的时候母亲给他讲过一个童话,一对恋人在白桦树的"眼睛"前发誓终身相爱,话音未落,那"眼睛"就流出了眼泪。

"为什么?"林雪儿好奇地问。

"两个人之间,有一个人说了假话。"

林雪儿睁大眼睛,凝视着那"眼睛",然后问冯东尚:"我们也来发誓……你敢吗?"

"敢!"

两人手拉着手,神情庄严,默默对视。

他先说:"我爱林雪儿,我要成为她的丈夫,今生今世,永不变心。"

她后说:"我爱冯东尚,我要成为他的妻子,今生今世,忠贞不渝。"

说完,两人转过身来,盯着那"眼睛"。时间,在这个时候仿佛停止了。两人都能听到彼此的心跳。再看那"眼睛",黑得深邃、宁静、豁达,没有流出一滴眼泪。林雪儿看着看着,自己的眼泪却流了下来。冯东尚看着,心疼地捧起她的脸,温柔地吻净了泪水。

两人再次回到芦苇荡时,夕阳那金色偏橘红的余晖为芦花染上一层金色。她依偎在他怀里,柔声细语:"再过几年我们还来这里,最好是下大雪的时候,芦花的白与雪花的白相互衬托,难以分清彼此,就像我们吧。还有,那片白桦林,那些'眼睛'一年一年慢慢长大了,也见证了我们一起走过的日子,见证了我们慢慢地变老……"

冯东尚走了半个月了,竟然没有一点点音信。他说过,回去后很快就会把一件非常棘手的事情办妥,然后再把好消息告诉她。她隐约猜出了一点:他身边一定还有另一个女人。如果真是那样,显然,那件事情依然没有"办妥"。如果总也不能"办妥",是不是意味着他从此就销声匿迹了?林雪儿不敢往下想。

林雪儿就是这样在回忆与揣度中慢慢睡着了,直到手机铃声将她唤醒。她掀开毛毯,回到卧室的床上,从枕头边拿起手机——一个陌生的号码。

"你是林雪儿吧,我是东尚的妈妈,我现在在万豪酒店,我们可不可以见一面?"

林雪儿的心儿怦怦乱跳,有种丑媳妇要见公婆的慌乱。放下电话,大脑一片空白,好半天才缓过神来,思考着该怎样给老人家一个好印象……东尚也真是的,为什么不提前告诉我呢?一种莫名的不祥之感笼罩住了她,让她顾不得选择一件得体的衣服,套上牛仔裤,穿上蓝色的羽绒大衣就出门了。好在阿莲的那辆"甲壳虫"还在楼下归她使用,可以慢点开车思考一下该与东尚的妈妈谈点什么。

林雪儿感到意外:她在脑海里描绘过冯东尚母亲的形象,但走进那豪华的房间——一间会客厅,里面还有一间卧室——眼前出现的女人却截然不同。她太雍容,太华贵。她心里顿时慌乱起来,连忙恭恭敬敬地鞠躬问好,在路上想到的一些话忘得一干二净。

"你就是林雪儿?"

林雪儿点点头,"是的,伯母,我就是林雪儿。"她机械地回答着,一阵发冷,因为冯东尚的母亲正用冷眼上下打量着自己。她从来没有被人这样打量过,何况又是东尚的母亲,她一时手足无措。

"林雪儿,我看出来了,你是个聪明的女孩,也非常漂亮……你坐吧,这个笔记本电脑里有两个视频,你先看看这一个,我想你就会明白我们见面的意义了。"

"伯母……"她不知往下再说什么,只感到胸口像压了一块石头。

"坐吧。"

林雪儿意识到自己被控制了,像一只柔顺的羔羊被鞭子驱赶着,没有了自主权,被动地坐在沙发上,被动地点开电脑上的一个视频,被动地盯着画面——

一张喜宴桌，上面是美酒珍馐，围坐的一圈人笑逐颜开，只见一个年轻美丽的女子举着酒杯，从冯东尚的身边站起，走到正座的一位长者跟前，声音甜甜地说："冯伯父，再多的祝福都在这一句话里，祝您生日快乐！"

"安妮，你也快乐。伯父今天高兴，有个小小的希望，希望你能帮助我实现了。"

"您说吧，伯父，我一定帮您实现。"

"我希望此刻，你能把以后叫我的称呼，现在就叫一声……"

大家鼓起掌来。

安妮害羞起来，回头看了一眼冯东尚，然后大大方方地说："爸爸，祝您生日快乐！"

"好——"大家异口同声。

这叫好声把林雪儿吓了一跳，她抬起头，正好与东尚母亲的目光相撞。那目光是挑剔的、探寻的，还有点蔑视。她没有回避，尽管万箭穿心，尽管知道自己面临的将是一种什么局面。

"伯母，我不懂您让我看这个视频的含义。"

"好吧，让我挑明吧，你刚刚看到的这个视频，是10月份东尚父亲过生日时录下的。你一定看清楚了，苏安妮是东尚的未婚妻、我未来的儿媳妇……你的事情东尚跟我说了，他是我儿子，我太了解他了，他就是一时头脑发昏想娶你……我想，他也一定对你说了很多信誓旦旦的话，男人嘛！最后他会想明白，谁才适合做他的妻子。你可能不知道，安妮的父亲、叔叔和舅舅对东尚事业的支持有多大，'尚妮服饰'的'妮'字意指安妮，苏家在这个企业里占有66%的股份。而且，安妮的父亲是在东尚父亲最困难的时候援手相助，否则，也不会有今天春风得意的冯东尚了。"

林雪儿听得很明白，可是她的耳朵里又分明听到另一个声音：冯东尚对他的忠诚表白。

"……我特意来沈阳见你，就是希望你离开东尚，别再缠着他了。东尚是个情种，他说了和你在一起的那几天，觉得背弃你良心不忍，心存内疚……"

此刻，林雪儿心如一群蚂蚁在撕咬着。冯东尚有未婚妻了，为什么还要喜欢上我？白桦树前的誓言难道是昙花一现的梦吗？难道那个白桦树的"眼睛"的传说是假的？还有那一夜相拥而眠的温存……她下意识地分辩，尽管气若游丝，"伯母，我不相信。"

"你不相信？"冯东尚的母亲厉声问，"不相信什么？"

"我不相信东尚他不爱我。"林雪儿的口气坚定起来。

"看不出来，你还挺自信的。不要以为你年轻美丽、活泼动人，就会拴住一个男人的心。男人嘛，有时候面对漂亮女人就会忍不住自己，但那不是爱，是冲动，你要明白，他爱的是安妮、苏安妮。"

"我不相信……"

冯东尚的母亲被林雪儿的倔犟气得脸色难看起来，雍容气度不在了，厉声道："看来你是不到黄河不死心，好吧，你再瞪大眼睛好好地看一看、听一听，你的冯东尚是如何向他父亲表白的……东尚是个大孝子，他不会因为你一个黄毛丫头放弃他的家庭、他的前途的。"

林雪儿也气愤起来，别过身去，不再动那台电脑。冯东尚的母亲无奈，只好过来用鼠标点击了另一个视频。

"你自己看吧，别以为是我弄的录音糊弄你。"

林雪儿转过身来，她想看个究竟，冯东尚到底是个什么样的人？

画面是医院的病床，冯东尚的父亲躺在床上，东尚跪在那里，脸伏在老人的手上。

"东尚，你今天必须答应我——娶安妮，不然，你就是在送老爸找你爷爷去了……"

"爸，我发誓，我一定娶安妮。"

"大点声。"

"我一定娶安妮。"

"……"

林雪儿不再看下去了。她确认说话的人和声音是冯东尚，但潜意识里还是不相信这眼见为实。

"东尚。"她不由自主地轻声呼唤了一声。

"林雪儿小姐,我劝你自重……你不要再自作多情了。你看看安妮,再看看你自己,你的家庭、教育、身份等等,没有一点可以配做我的儿媳妇。"冯东尚的母亲变得凌厉起来,"你放聪明点吧!"

这最后一句如醍醐灌顶,让林雪儿警醒过来。的确,自己太不聪明了,从爱上冯东尚到以为一个富二代会倾心一个丑小鸭,还寄望人家放弃美丽富有的公主,再到这里来听一个贵妇人的教训与侮辱……单纯至极,幼稚可笑。自从走进这间屋子,自己就成了被捉弄的可怜虫,还是离开吧。她站起来要走。

"林雪儿,别着急嘛。"冯东尚的母亲也站起来,走到旁边的低柜前,拿过来一个长约一米的好像是画轴的东西,只是用一层灯芯绒布包着,递给林雪儿,"这是东尚送你的礼物,作为你们那一夜的纪念。"

林雪儿的脸腾地红了,不为那一夜,而是为冯东尚将两人那一夜的美好说给了别人听。此刻,她把那东西接过来,她倒是很想知道冯东尚到底送她什么作为纪念。

"林小姐,你收下了礼物,就意味着从现在开始,与冯东尚没有一点关系。他和你之间是一个空白……我这样说希望你明白。"

"您放心。"林雪儿拿出手机,放在茶几上,"我不会再找他的。"

"雪儿,你真是个聪明的孩子,伯母没有看错你。"

"伯母,你看错林雪儿了,我不是个聪明的孩子。"林雪儿站直了腰杆,对着眼前的贵妇人说,"见到您很高兴,可惜,您走的时候,我就不能送您了。"

冯东尚的母亲显然没有想到林雪儿会绵里藏针,愣了一下,眼看着这个北方女孩留下一个莞尔的笑,离开。

六

冯东尚将一把椅子放到病床边,与父亲聊起天。父亲的气色好多了,说话的声音也大了很多。他说那天逼着儿子发誓也是迫不得已，安妮的家人都在，必须让人家放心，在公司整合的节骨眼上，稳定压倒一切，之后他批评儿子做事太莽撞，即使外面有了女人，也要做好保密工作，而且必须是绝密。冯东尚听着父亲的这一教诲，笑出声来，追问父亲是不是在母亲之外也有一个绝密。父亲摇了摇头，告诫儿子与安妮的婚姻是保证"尚妮服饰"这个品牌的基础，绝不能让它倾斜，更不能倒塌。冯东尚知道父亲的心脏已无大碍，这个时候可以说点心里话了，哪怕偏激一点，父亲也绝不会怪罪他的。是啊，他也压抑得太久了点。

"爸，这么多年了，我很少跟你谈到感情问题，因为你一直教导我男人要以事业为重。当年你让我从美国回来接班，弃医从商，我服从了。其实，我最大的牺牲不在那几年的学业上，而是割舍了一段刻骨铭心的爱情……是的，我从来没有说过，跟妈妈也没有……她叫杨小雪，在我留学最困难的时候，是她帮助了我，让我挺住了。她才貌双全，很多美国青年追求她，可是她却选择了我，可我为了家产……她现在结婚了。我没有再联系她，一个电话也没有，我不知道说什么。祝福吗？本来她应该是我的妻子。道歉吗？多么苍白无力……安妮是个好女孩，我在上高中的时候就听过安茹阿姨与我妈妈在一起议论，说安妮的最佳丈夫人选就是我……为什么偏偏是我呢？在我回来后才知道，两家企业只有整合起来才能抗击那些竞争对手，而联姻是这种结盟的最佳方式，古往今来莫不如此吧。按理说，这没有错，但我心里无法割舍对小雪的思念，还有愧疚。我只能拖延，找各种理由拖延与安妮结婚。我也曾幻想用冷淡、疏远让安妮望而却步，可她如此聪明的女子却是死心眼，非我不嫁……爸，我觉得安妮不是我梦中的女子，她是生意、家族、利益等力量捆绑在一起、强加给我的另一个安妮。我与她在一起没有安全感，甚至没有驾驭力，尽管安妮很柔顺，但大家看到的都是表面。我的精神世界在她面前无法强大起来……也许是因为他的家族资本控制了'尚妮服饰'，让我总感觉自己是个打工仔，所以，我的潜意识里，是想用拒绝安妮来捍卫自己的那点尊严。爸，你说得对，这对安妮不公平……可是，对安妮公平了，那么小雪的公平又在哪里？爸，这个林雪儿在很多方面都无法与安妮相比，但我一下子就被她吸引了。她柔弱但不自卑,她温柔但有主见,她自由自在,活泼、俏皮、透明……这么多年了,我身边从来没有出现这样的女子。我与她在一起,从容、坦荡,有一种想做大丈夫的欲望……不错,她不会给我的事业带来资本、带来人脉,可是我需要的是一个女人、一个妻子、一个我儿女的妈妈,这就够了……爸,我希望你理解我。如果我有了江山,可是我一生都不幸福,那江山于我又有何意义?爸,我敬重你,敬重你打下的基业,我相信在我手里会基业常青的,我一直在寻求更多方的合作,不至于因为意外让企业遭遇恶性收购或者被吞并。……爸,你放心,我与安妮的事情我会处理好的。相信我,你和妈妈大半辈子打拼下来的家业,不会败在我手里。呵呵,你还是希望我放弃林雪儿……爸,我已经放弃了一个杨小雪了……"

说到这里,冯东尚咬住下嘴唇,站了起来,来到窗前。窗外,碧空如洗。他在想,此刻,北方的沈阳的天空也是这样的蓝吗?雪儿,再等等,我带给你的一定是个好消息。

七

"妈,一开始你的口气还像个贵妇人,可后来就有点像泼妇了。"

"这个林雪儿,脾气还不小。对待这种乡下女孩,我们不能太客气了,必须从心理上把她摧毁,让她老老实实地认输。"

"我倒是觉得她有点骨气,要是我,怕是承受不住你的那番数落的。"

"你呀,就别长他人志气了。我真是不明白,你一点也不像我,真是窝囊!告诉你,你必须拿下冯东尚,不能白白苦等了这么多年。如果她成了冯东尚的太太,我们家对东尚的栽培不就竹篮打水了吗?"

"妈,这个林雪儿……你怎么看?"

"是个好看的女孩吧,但不算漂亮……对了,方才林雪儿接那幅画能录下来吧？"

"应该没问题的……可是，妈，我觉得这样有点下作了。"

"什么下作？东尚昨天在深圳还与你在一起，过两天就跑到沈阳的大野地搂着另一个女人，这叫什么？婚姻，必须靠手段。如果当初我不是怀孕了，让你爸爸奉子成婚，会有你哥哥吗？会有后来的你吗？婚姻后的每一粒柴米油盐，都是靠手段得来的……"

"我不懂。"

"以后你就懂了，夫妻之间也是有斗争的。"

"妈，我担心东尚知道我们来沈阳的事，他会……"

"放心吧，他不会的。只要把林雪儿接受这幅画的事实给他一摆，他就会乖乖地回到你身边。他还得感谢我们让他看清了一个女子的真面目。再有，我看出来了……尽管我现在还是瞧不起这个林雪儿，但她确实不一般！她会遵守承诺的。"

八

冯东尚回到家里，母亲关切地问他与父亲谈得如何。他说挺好的。其实从病房出来时，父亲还在谆谆教导他不要轻举妄动，不要一怒为红颜。他知道父亲在骨子里是希望把苏安妮娶进家门的，这让他这张脸有光不说，也会让很多悬着的东西尘埃落定。至于那个林雪儿嘛，不过是一个男子情路上的一朵茉莉，花白而香，败得也快。

这时，母亲却突然说："东尚，我早上想请安妮和她妈妈晚上过来吃饭……你爸爸住院这几天也让她们担心了……可方才打电话过去，保姆说这娘俩出门了，又不知道去了哪里。"

"哪天走的？"

"昨天下午……你想她们连声招呼都不打，会去哪里？"

"沈阳。"

冯东尚之所以如此肯定,是因为他知道,这几天,安妮有充足的机会可以从自己的手机里找到林雪儿的手机号码。

"她们去找林雪儿了。"

"那个姑娘会出事吗?"

"不知道。"说完,他再也顾不得自己的那个约定,拿出手机给林雪儿拨过去,但一连几次得到的答复都是"您所拨打的电话已关机"的提示音。

"儿子,这个时候你要沉住气。"

冯东尚默默地点点头,"我必须等安妮回来再做打算。"

九

林雪儿一走出那间房门,便浑身瘫软,她咬紧牙关让自己不要倒在那里,当她坐进"甲壳虫"里,已经一点力气都没有了。好半天,她才如同梦游般发动车,握着方向盘,顺着车流,毫无目的,当她看见前面出现两位老人在下棋的雕塑时,才猛地发现自己居然又来到了棋盘山。也罢,梦始于棋盘山,也要终于棋盘山。

林雪儿来到芦心湖,风吹过,芦苇荡沙沙作响,寒意袭人。她走到"望心石"跟前,裹紧大衣,呆呆地望着湖面。慢慢地,她的双眼变得雾蒙蒙的,眼泪不知不觉地流了出来。过了一会儿,她感觉自己越来越冷,冷得全身都在颤抖,脸上的泪水仿佛结成了冰,一碰似刀割着脸。她的眼前开始出现许多奇奇怪怪的景象,走马灯似的,最后,是她鬓角斑白的妈妈正在焦急地张望着,喊着什么。她模模糊糊地听到了,是喊她回家。她的头脑开始清醒起来,母女连心,妈妈怕她这样下去会冻坏吧。

她又回到车上,打开暖风吹着,然后闭上双眼,如冬眠的小动物等待着春的暖阳,让自己苏醒过来。好久,她感觉暖和了,睁开双眼,看到了旁边座位上的那个"纪念"。她狠狠地点着头,给自己鼓劲,打开了纪念物——一幅水墨画——她惊呆了——这是中国当代一位重量级画家的作品,这位画家的作品在香港苏富比春拍上没有低于1000万的。她的手颤抖了,然后是冷笑:冯东尚,你也太瞧得起小女子了,用如此价值不菲的一幅画来换回那一夜,无非是显摆你的财大气粗。对不起,我不要。

林雪儿打开车门,拿着画,向"望心石"走去。这个时候,她竟然慢了下来,走着走着,仿佛走在家乡的芦苇荡,那坐落在美丽的鹤乡齐齐哈尔的一个偏僻的小村子,村子与内蒙古的分界线就是绰尔河。那里有一眼望不到边的黑土地、大片的芦苇,还有各种水鸟、飞禽,生活在那里的人,如同黑土地一样,淳朴、无华……她仿佛看到了姑姑,看到了春晟,看到了小雨儿因为没有教室不能上课,还有自己小时候的那些晃动的课桌……突然,她意识到手里这幅画的意义。她变得坚强起来,大步走到"望心石"跟前,看着上面的连心锁。她找到了阿莲说的兰波和陈小白的——两把锁还是密不可分。她的目光往下找寻,其实不用找她就发现了那两把锁是紧紧地锁在一起的。

那一夜刻骨铭心。

傍晚,当冯东尚从越野车里拿出睡袋放到帐篷里时,林雪儿的脸红了,故意装作看不见的样子,扭头望着夕阳,之后拿出相机去拍野鸭了。

夜幕降临了。冯东尚打开应急灯,又变戏法似的变出一小桌的美味,还有一瓶12年芝华士。两人享用了一顿浪漫的晚餐,又到湖边散了一会儿步,再次回到帐篷里时,两人躺在睡袋里,情话绵绵。

"这回该你说了,为什么喜欢我?"她撒娇起来。

"你美丽,单纯,透明……你像这些芦花,孤单却又从容,有着自己的天地。我第一眼看到你,就想和你在一起。你的笑容,你的调皮,都让我感到亲切,很久很久没有感觉到的亲切。知道吗,雪儿,你让我感到安全。"

"安全?女人才需要安全啊。"她低语,"我更需要安全。"

"不,不是的。也许别的男人不需要安全吧,但我需要。那种心灵的宁静,两人在一起的无拘无束……"

月光如水般倾洒下来,给芦苇荡染上一层清冷的银白。湖面波光粼粼,如梦幻般。"

小雪守在帐篷外,望着四周,像一名卫士。

第二天,两人走出帐篷,来到"望心石"。这时,他张开手掌。她笑了,模仿了同样的动作——两个手掌里面是两把崭新的锁。两人默默无语,对视着,然后将两把锁连在一起,锁在"望心石"中间的一根铁链上,再各自收好钥匙。

"知道吗,'望心石'上的连心锁有个约定俗成的规矩,如果恋人中有一方变心了,必须将自己的锁头打开,拿走,否则一生也找不到幸福。"

冯东尚点点头,再次把手伸进口袋,这一次他拿出的是两把钥匙。

"这是我父亲和我母亲的,他们嘱咐我将这两把钥匙扔进这个湖里。"

"这意味着他们会白头偕老了。"

"是的,拿出来吧,昨天让你叠的小船。"

林雪儿恍然大悟,从兜里拿出用一张素描白纸折叠的小船,双手捧着,让冯东尚将两把钥匙放到纸船上。

两人循着湖边走着,找到一块没有结冰的地方,将纸船放在水面上,目送着纸船在风的吹拂下,漂向湖心……

十

傍晚。海边。冯东尚无心欣赏美丽的景色,他在猜测苏安妮约他来此的目的。他装作并不知晓她和她母亲去沈阳的事情,看她如何说。

"东尚,我们结婚吧……如果你真的喜欢那个女孩,我不拦着。你可以有情人。"

"你知道自己在说什么吗?"

"知道。"

"你这是对我的亵渎,对你所希望的婚姻的亵渎,也是对林雪儿的亵渎。"

"那你让我怎么样?让我离开你,不再爱你?这可能吗?我从一个小姑娘时就崇拜你,仰慕你,当我到了谈婚论嫁的年龄,就把你看做丈夫了。"

"安妮,今天我就敞开心扉对你说吧,为什么我一直不娶你,因为我害怕,明白吗,我们的婚姻是一条利益的链条,上面束缚了太多情感之外的东西。但是,我相信你的感情是真的,你对我的好,我懂。安妮,你讨厌小雪对你的态度,可是你理解它的情感吗?八年前我过生日的那天,你把它用链子牵来送给我,说是作为生日礼物,可是你不明白,如果你想把它送给别人,一定要抱着交到另一个主人的怀里,这样它就感觉到了新主人的心跳和气味,还有老主人的关爱。可是你没有,你是把链子递到我手里,说这个小东西是你的了。这样,它就认为你抛弃了它。安妮,那条链子我当天就扔了……可是,在我的生活当中,那条链子无处不在。我不希望我的婚姻里也有这样一条链子。'尚妮服饰'是我们两个家族的产业,但在投资比例上,你们苏家占据了控制权,当我坐在总经理办公室的椅子上时,常常感觉到一双无形的手在掌控着我,那就是婚姻的手。你妈妈在你大学毕业后就希望我们结婚,那时你才22岁,她就希望用你来牵制住我,从那时起你就不工作了,你做瑜伽、学烹饪、打网球,一心要做一个好太太,你没有错,可是我们之间太缺少爱的那种至真至纯的情愫了……安妮,对不起,可能我的话有些过了,但我就是这样认为的。所以,你总是不能完完全全地走进我的感情世界里,我在你面前总是立着一道防火墙……这就是我们之间的命运……"

"好了,我不想听了,你开车送我回家。"

冯东尚回到自己的家里时已是半夜了。他把安妮送回家后将车开到了高速公路,一路飙车,发泄心中的郁闷。

此刻,他一推开房门就见母亲焦急地在等他,他知道出事了。母亲让他到父亲的书房,指着茶几上的笔记本电脑,让他自己看。他认出那是安妮的电脑。

"安妮的妈妈来过了?"他问。

"是的,你看看那上面的视频吧。"

冯东尚打开那条视频,看了一遍,问:"妈,你看过了?"

"儿子,和安妮结婚吧,安茹已经和那个女孩达成了协议,用里面的那幅画,价值几百万吧,做了交换……那个女孩在你和金钱面前选择了后者。"母亲说着,从兜里拿出一部手机,"这是那个女孩的,你认识吧,她发誓再也不联系你了,你也不要再找她了。"

"这怎么可能?"冯东尚目瞪口呆。

"儿子,收心吧,和安妮结婚……妈妈已经决定了,你爸爸过几天就出院,明年新年你和安妮结婚,可以去旅行,婚礼回来再办。"

冯东尚拿起手机,确定是林雪儿的。可是,可是……这怎么可能呢?他一直以为再过几天就可以在深圳见到朝思暮想的她了,看来,他把事情想得简单了,也低估了安茹这个女人为了女儿婚姻所能做出的一切。

他百思不得其解:在沈阳,到底发生了什么?

他必须做出抉择,在两大家族的利益和自己的爱情之间。

十一

林雪儿将家暂时安顿在阿莲的乡间别墅了。她无法再住以前的那个地方,因为一下楼就浮现出冯东尚靠着越野车的样子。她要安心地画几幅画,阿莲这里阳光充足,有利于创作,更何况两个人都经历了刻骨铭心的失恋,需要互相安慰。

林雪儿来到沈老师的画室,请沈老师看看她最近完成的一幅画。她把画放在一个画架上,紧张地盯着沈老师的眼睛。她的忐忑是有理由的,因为这幅画在构图和技法上都有所突破,放弃了以往细腻的描绘,而是用大色块涂抹了寥廓的天空,在近景处是几棵挺拔的芦苇,芦花是用刀抹上去的白,再用刀刃划出几道,表现花穗的样子,整个画面凝重,充满了力度。

沈老师凝视着，一言不发，最后离开了。这让林雪儿慌神了，知道自己的画没有长进，又让老师失望了。她颓然来到窗前，心情黯然。不一会儿，她听到沈老师回来了，也不敢回头。

　　"林雪儿，来，我们干一杯吧，没有好酒，就把这几十元钱一瓶的葡萄酒当做拉菲吧。"

　　林雪儿转过身，见沈老师拿着一瓶葡萄酒站在跟前，她不知所措。

　　"这才是我想看到的芦花，也是你应该呈现的芦花。"

　　接下来，师徒俩一边喝酒一边谈着这幅画，沈老师说，这幅画的最大特点是发现了芦花的独立个性，有风起舞、无风自在的从容，不张扬，不媚俗，而且技法单纯、干净，与表达的内涵浑然一体。之后，林雪儿拿出那幅"纪念品"，请沈老师鉴定一下其价值，沈老师眼前一亮，问她从哪里获得的这幅精品，如果运作好了，至少可以拍卖到900万。

　　"知道吗，这位画家的水墨画，尺寸比这幅再大一点的，都过千万了……他的画你怎么会有？"

　　林雪儿没有再隐瞒，老老实实地讲述了与冯东尚之间发生的一切。沈老师听了，半晌没言语，末了儿说，在感情上他作为老师真是无能为力了，希望她找到自己的幸福。林雪儿点点头说，她会面对的，而眼下只想多画画。临走时，她拜托沈老师将"纪念品"拍卖出去，获得的钱捐献给家乡。

　　这时，沈老师接了一个电话，告诉她："有一个好消息。"

十二

　　冯东尚和朋友从桃仙机场的候机大厅里出来，将朋友手里的车钥匙要过来，走到那辆越野车跟前，坐到了驾驶员的位置上，过了一会儿，朋友的下属将小雪领了过来，让它坐到后排座。随后，冯东尚一路狂奔，直到将车停在了林雪儿住的楼下，跳下车，三步并作两步跑到五楼，刚想敲门，就见一个中年女人从里面出来。

"大姐，请问林雪儿在吗？"

"走了。"

"走了？"

"走了，前几天搬走了……怎么，你要租房吗？"

"不不，您知道她搬到哪儿去了吗？"

"不知道。估计是结婚了吧。"

冯东尚下楼后，让朋友开车，他疲惫地靠在座椅背上，一言不发。

"哥们儿，别玩颓废行吗？"

"不是颓废，是彻底废了……我把一个好女孩给丢了。"

"好啊，今晚又可以大醉了。"

晚上，冯东尚与朋友大醉而归，回到朋友的别墅就倒在客厅的沙发上呼呼大睡。小雪趴在主人的身边，一动不动。下半夜，冯东尚起来喝了口水，人也清醒了许多。朋友也醒了，两人坐了起来，相视而笑。喝酒的时候，都是冯东尚在讲与林雪儿的故事，这会儿朋友也倒起了苦水，说他现在不敢做的事就是谈恋爱，因为无法判断女孩子是奔着他的人来的还是奔着财富来的。两人又叹息了一阵子，朋友问他，最坏的结果会是怎样？

"已经发生了……前天我就向苏家表明态度，来沈阳就是要找到林雪儿。我不相信她会为了钱接受那幅画，除非我看到全部的录像是带有当时同期声的……结果就是，如果我一周之内不回去答应与安妮的婚事，苏家控制的董事会就将解聘我这个总经理，理由嘛，当然很多啦。"

"如果林雪儿确实如你所说，你打算怎么办？"

"找到她，和她结婚。我在沈阳找份工作应该不难吧，我相信到任何一家企业做个经理是没有问题的。我要东山再起。"

朋友听到这里，笑了，"东尚，上次你走之后，我和几个朋友不止一次地研究你在北方设厂、扩大'尚妮服饰'影响力的想法，合作绝对是多赢的局面，我们愿意投资。现在既然你离开了'尚妮服饰'，这再好不过了，我们重新建立一个公司，由你任总经理……希望你把事业和家庭都放在沈阳。"

"这不又要喝酒了吗？"

"好，今夜不为别的，为爱情，继续烂醉如泥！"

第二天，冯东尚来到沈阳美术家协会，希望能够找到林雪儿的朋友。谢天谢地，他真的遇到了一位她的校友。可是，那位校友说真不巧，林雪儿去深圳了。他喜出望外，问怎么能够找到她。那位校友摇摇头说，她的手机丢了，她好像说过不打算用以前的号码了，换了个新的号码。

冯东尚从那里一出来就懊悔自己此行过于草率了，以为林雪儿见了安妮的妈妈之后，一定气愤至极，不会接受邀请去深圳的。

"想不到这个小丫头这么有性格……她去深圳不会是跟我吵架吧？好吧，那就吵一架好了。"

十三

当林雪儿站在深圳街头的时候，恍如梦中。

那天，沈老师告诉她这个好消息时，她还不相信：深圳与沈阳两地青年画家首届艺术研讨会邀请她参加。沈老师说，沈阳这方面报上去的名单来自上次画展的第一、二等奖的五位青年画家，深圳方面说沈阳的画家可以再多几位，并点名邀请她参加。她觉得不可思议。沈老师说好好准备一下，有机会最好见一见那个冯东尚，不能成为恋人，还可以成为朋友嘛。

"他是个艺术鉴赏力很高的人。"沈老师说。

"不见。"

"为什么不见？林雪儿，你今后要面对的困难、痛苦不会少的，如果你过不了冯东尚这一关，你就无法再爱了。"

林雪儿从沈老师那里出来，一路都在考虑：去还是不去？最后她决定去。是啊，我为什么不敢面对他。我倒要看看他面对我时，还有什么话好说。而且我要规劝他，赶紧来沈阳，到"望心石"那里把那把锁打开，扔到湖里，否则他这一生也不会幸福的。对，就这样说。

三天的研讨包括到香港旅游，日程安排得疏密得当。最后一天的下午是到尚妮美术馆参观。到了深圳之后，林雪儿才知道，这次活动的赞助商是"尚妮服饰"，由此她联想到自己"被照顾"是不是冯东尚的安排。但愿不是。应该不是，他冯东尚日理万机，怎么会关心和过问一个艺术研讨会的邀请名单呢？别把他想象得太好了。

"尚妮美术馆"坐落在"尚妮服饰"办公大楼的一楼。林雪儿一进去便立刻傻了眼，她以为一个企业的美术馆不过是显摆财大气粗、附庸风雅而已。可她错了，这里的藏品几乎囊括了中国当代重要画家的代表作，尤其是油画。而在"希望厅"里，挂的都是些崭露头角的青年画家的作品，她意外地发现了自己的一幅作品《乡村记忆：小河》。这时，她又想起沈阳一家画廊的朋友告诉过她，她的一幅作品被一个神秘的深圳买家收藏了。现在看来，神秘买家无疑是冯东尚了。想到这里，林雪儿心乱如麻，冯东尚的形象再一次浮现出来，包括他在病床前向父亲发誓要娶安妮的样子。

他到底是怎样一个人？

这时，尚妮美术馆馆长向参观者说：很抱歉，活动安排当中有一项是冯东尚总经理要请大家喝下午茶的，但他临时有事，出门了。下面的时间就请大家到三楼会议室，参观尚妮企业的历史展馆。林雪儿与大家一同来到三楼，脑子里突然冒出一个想法：看看冯东尚的办公室。想到这里，她离开众人，向三楼的前台小姐询问冯东尚办公室的位置，之后走到五楼。门开着，里面是个小间，一个秘书模样的女孩坐在电脑前，看到她马上站起来。林雪儿说自己是个画家，是冯总的朋友，这次来深圳想拜访他，再为他的画像收集一点照片。女秘书一听，马上请她走进了里面的办公室，还说冯总的办公室很简朴的，就是书籍很多。林雪儿走进这间极其朴素的办公室，在冯东尚的办公桌上看到一个相框，好奇心驱使她走到办公桌前——那是一张冯东尚与一个女人的合影。

"你们冯总真帅。"她故作镇静地说。

"这是他今年夏天拍的……和他的母亲。"

林雪儿点点头，"看出来了，他的眼睛很像他的母亲。"

林雪儿从冯东尚办公室里出来，心怦怦直跳，因为照片上的女人才是冯东尚的母亲，而在万豪酒店房间的女人根本不是。她慢慢回忆起来，那天她看那个视频的时候，冯东尚父亲旁边坐着的，就是照片上的女人，而不是那个讽刺挖苦自己的贵妇人——她是谁？她再次回想那个视频，想到了苏安妮——她恍然大悟——那位贵妇人是苏安妮的母亲！是的，她们才是母女俩，那眼睛，那声音……自己当时一定是晕头转向了，竟然没有看出这个破绽。

难道这是一个骗局？

十四

腊月二十三，传统的小年。这天，林雪儿开着"甲壳虫"再一次来到棋盘山的芦心湖。芦苇荡安安静静的，四周灰蒙蒙一片，湖面上已经冻上了一层厚厚的冰，那些野鸭和水禽都不见了。

林雪儿来到"望心石"跟前，看到一个小塑料袋在上面飘舞着，走过去一看，是系在自己的那把锁头上的。她马上解开，看见里面有一张纸条，上面写着这样几行字：

假如不能做你的天空，给你整个世界的爱，那么让我做一轮月亮，在想念你的晚上，可以用一帘月光轻抚你的脸庞。

东尚献给最爱的雪儿
2009年1月18日

瞬间，林雪儿愣在那里。她知道，这首诗是弗洛伊德写给密娜的情诗。密娜是弗洛伊德妻子的妹妹，他深深地爱着自己的妻妹，两个人曾经抛下一切偷偷地离家出走。可是，尽管弗洛伊德那么爱着密娜，最终他还是没有逃脱对妻儿的责任和良心上的谴责而离开了密娜……

林雪儿明白了，冯东尚是爱她的，没有欺骗她的感情，可是她也明白了，他对她的爱只能埋在心里。他是属于安妮的。

林雪儿悲喜交加，泪水如涌。

"东尚！"

她对着芦苇荡大声地呼喊着，仿佛她的东尚就藏在里面。芦苇荡依然安安静静，把她的呼喊都吸纳了进去。

她知道，冯东尚永远也听不到她的呼喊了。

她一次又一次地呼喊，要把自己的辛酸苦辣全部喊出去。喊累了，她默默地拿出那张纸条，眼睛落在时间上：2009年1月18日——不就是今天吗？说明他来过这里，就在自己来之前……唉，怎么忘了这个细节？

林雪儿再次走到"望心石"跟前，看到冯东尚的那把锁头与自己的依然锁在一起。

这是这么回事？

这些细节，自己方才怎么都没有看见啊？

林雪儿离开"望心石"，跑到结冰的湖面上，寻找着冯东尚的身影。

"东尚……"

片刻，从芦苇荡里传来几声亢奋的叫声，接着，一条白影蹿出来，像白色的精灵，眨眼间来到她的身旁，高高地跃起并扑向她的怀抱。林雪儿惊愕之余看清了这小雪。她紧紧抱着扑进怀里的小雪，跌倒在冰面上，闭上双眼，把脸深深地埋进那浓密的毛发里。她怕这是一场梦，只要一睁开双眼，面对着的依然是那空荡荡的湖面。

"我不是弗洛伊德，也不会做一轮月亮，我会做你的天空，给你整个世界的爱……"

小雪听到了主人的声音，从林雪儿的怀里挣脱出来，撒欢跑远了。

不远处，"望心石"默默地看着这一切。过了一会儿，它又看到两把钥匙在空中划出两道美丽的弧线，一起落在冰面上，发出了悦耳的声音。瞬间的光景，天空飘起棉花团似的雪片，仿佛整个冬天的雪都要在此刻落下来一样，一会儿工夫，那棋盘山，那芦苇荡，那芦心湖，一片洁白。

跑到远处的小雪融在雪白的世界中，它带着一身飞扬的雪花，欢快地跑了回来……

青年大街千百度 秋林

只是因为在车流中多看了你一眼，
再也没能忘掉你的容颜，
梦想着偶然能有一天再相见，
从此我开始沿街寻你千百遍……

小宇继续向南追去，嘴里反复念叨着："63561！63561！"说着说着，他唱了起来："拉咪唆拉哆——"

引子 金廊邂逅

小宇相信一见钟情，但自己从来没遇到过。
小宇也听说过惊鸿一瞥，可也没有见识过。
今天，小宇不说一见钟不钟情，这惊鸿一瞥却是真真切切地领教过了。
这一幕，就发生在沈阳最著名的从南至北贯穿全城的那条被誉为"金廊"的青年大街上。

这天快到中午的时候，太阳在10点钟方向洒着春日的温暖，已经回国三个多月的留学博士小宇百无聊赖地开着自己的中华酷宝跑车上了青年大街。

小宇的中华酷宝，是他在元旦回国一周后买的。在国外生活的中国人的爱国情结也许比国内的中国人要浓烈。小宇就特欣赏首尔人满城都是现代车的做法，他并没有标榜自己买沈阳本土车是如何爱国，只是和还在国外打工的硕士同窗柏川说，这两年没挣着多少钱，只够买中华的，而且4S店还优惠赠送了5000元的加油票。小宇告诉小川，等他回国时可以买新款中华V5。

中华酷宝有五种颜色，小宇选了他一直喜欢的蓝色——深海蓝这款。他曾回答过别人很多次为什么喜欢蓝色，是因为蓝色最宽广！看，无际的天是蓝色的；看，无垠的海也是蓝色的。

沈阳的街道据说有上千条，但能让跑车跑起来的街道几乎没有，大二环上也很奇怪地设有红绿灯。只有这贯穿全沈阳城南北的双向八车道的青年大街，才能让跑车开得稍稍顺畅些。

小宇对这条大街是很喜欢的，喜欢它是沈阳的中轴线，是沈阳的"长安街"，更喜欢它被开发为沈阳的"金廊"——全街包括两侧500米范围内都叫作金廊，这可真是个好创意。他曾好信儿将里程表归零实地测了下"金廊"——从北陵公园门口沿北陵大街、北京街、青年大街开到最南端的万鑫酒店路口，正好是10公里。这可是沈阳的"十里长街"啊。

回国三个月了，春节也过了，工作还没有着落。这样的一个现代都市，环保能源专业的小宇居然没找到用武之地。倒是有一些相关的规划院、设计院，但在东北大学建筑专业当教授的小宇的同学沐清告诉他，想进这些学术衙门，你得有与人事部门长期泡关系的身板。小宇一听就头疼，况且他不是想找个铁饭碗，是想找个能设计能施展的企业。

回来的第一个月，小宇休整调养，会同学，见亲戚，做调研。第二个月，他满怀信心地向二十多家和环保沾边的企业投出了自己的简历。半个多月后有几家约谈但都没成，其中有两家很直白地说，对已有两年国外工作经验的博士精英，本企业是庙小养不起。第三个月小宇开始郁闷了，刚回国的满腔热情被泼上了一盆盆冷水，自己的冲天干劲儿也被现实撅得嘎巴嘎巴地响。

小宇开着"蓝酷宝"从崇山路的辽宁中医药大学路口上路，一路向南开去。他没有目标，或许开到五里河公园在岸边坐会儿，或许一脚油门开到桃仙机场喝杯咖啡。这些年在外，他喜欢在机场和车站端着杯咖啡看人来人往，体会那份超然和出行的忐忑。

过了市府广场，车速慢了下来。小宇无所谓是否塞车，这使他有暇把目光投向街旁。

街边的建筑工程一个接着一个，还有正拆迁的看上去颓败的楼房。一个个形状几乎相同的公共汽车站和地铁站让小宇皱起眉头。

突然，右侧车道一抹红影突然闪现，令他本能地侧过头，居然是红色的跑车！居然也是中华酷宝！这种红叫珍珠红，是红宝石、红珍珠那种红，非常贵气。当时他选车时就想过，自己要是女孩就选珍珠红这款。

"红酷宝"刷地开了过去。小宇遗憾只顾看车了，没看清开车的是什么人。这时，前面路口红灯亮起，"红酷宝"缓缓停了下来，小宇马上跟了上去。可惜呀可惜，遗憾在继续，"蓝酷宝"与"红酷宝"差了半个车位。这时"红酷宝"车主只有回头才能看到"蓝酷宝"。

一般情况下相同款型的汽车遇到一起，车主都会不由自主地互相看看，有着一份亲切还带着一份欣赏。生活中很多情景，欣赏对方就等于欣赏自己。"惺惺相惜"用在此时也不为过，小宇友好地按了一下喇叭。

小宇看到了"红酷宝"主人的侧影，是个穿着乳白色高领衫的女孩儿，长发随意挽在头上，脸侧垂着缕缕碎发，头微微地左右晃着。不用说，她是在听音乐，短促的喇叭声没有引起她的注意。

小宇也喜欢开着车听音乐，如同他开着电脑必听音乐一样，但他不喜欢音量过大。音乐和茶一样，也是需要品的，音量太大和大口饮茶一样，会失去了味道。

算了吧，不回头就不回头吧，首先她这么听音乐就不够品，万一回过头来，那尊容再把人吓到大二环去怎么办？！这种情况小宇没少遇到。

小宇注意到周围停下的司机纷纷看着这两台车，甚至还有降下车窗看的。是啊，酷宝酷宝，就是酷像宝马！酷宝从外形到内饰、从发动机到底盘都参照了宝马和保时捷的技术，优点自是很多。这样的两台酷宝相随，蓝得深沉，红得热烈，多么养眼的情景！小宇看着两台车心里一热，不甘心地又按了一下喇叭。她就是丑八婆，也要和她打个招呼，就冲她也买本土车。

这回她听到了，先是条件反射似的侧了下头，可又转回去了。小宇只是惊鸿一瞥地看到了她的侧脸，还好，不至于"大二环"。刚在心里念叨——这丫头，就这么无视姊妹车啊！不对，是兄弟车——只见她又转回头来，而且是在驾驶座上坐直了拧着身子回过头来。第一眼看的是车，第二眼抬眼望向了小宇。

都说女人最漂亮的就是45度角的侧脸，她的头目前正转向这个角度。这一眼，让小宇握着方向盘的手顿时一紧，好一个眉清目秀、明眸皓齿的美少女，这算不算"惊艳"呢？接着，那女孩竟冲他微微笑了下，嘴角一动，一个杀伤力极强的酒窝横空出世，这让小宇心头顿时一紧，这算不算"放电"呢？还好，小宇是个见过世面的人，他马上回了一个会意的微笑。不知道两人对视了几分之几秒，但笑，是笑在一起了——纯粹的相视一笑，典型的惊鸿一瞥。

这时，车后传来催促的喇叭声，是绿灯亮了。回到中国后，小宇最不习惯也是最恨之一切的就是司机在绿灯亮时的催行喇叭声。绿灯亮了，司机要有个反应的过程，车还有个起步提速的过程，为什么后面的车这样没有礼貌、没有素质地"催命"呢？只见那个女孩马上收了笑容，深看了皱着眉的小宇一眼便扭头踩油门驶出。

小宇也踩着油门，想和她并驾齐驱一会儿，可他前面的黑色凌志不紧不慢地，像故意似的缓缓起步，缓缓给油，小宇不舍地眼看着"红酷宝"开远。

等小宇终于超过前车，追到了文化路立交桥，可他却不知道，"红酷宝"这时正在桥下的环岛上开着。

小宇继续向南追去，嘴里反复念叨着："63561！63561！"说着说着，他唱了起来："拉咪唆拉哆——"

一　理想大街之梦

第二天的这个时间，青年大街的车流里又出现了小宇的"蓝酷宝"，他不快不慢地左右逡巡着前行。

男大当婚，女大当嫁。小宇眼看三十而立，却一直没有正式的女朋友，这是朋友和家人很严肃地让他首要考虑的大事。小宇不是不想找，而是一直没有遇到有"触电"感觉的。感情问题上小宇是相信缘分也喜欢缘分的。他欣赏第一眼就认定的感觉，众里寻她千百度，蓦然回首，你，就在那里！就在那里等我！而通过长期相处、慢慢培养的感情，经过多少次真真假假、大大小小考验的感情让他觉得很牵强。

　　留学这几年他也接触了一些女留学生，甚至有同居的，但好像无论男女都有一种约定俗成的共识，留学在外的感情是在结伴搭伙，在生活上互相照顾而已，来得容易去得轻松，一毕业回国便再无往来。好像是契约式爱情，与校园爱情一样，没有几个修成正果的，正应了留学生中流传的那句话：留学不留爱。

　　回国后离父母近了，架不住他们天天在耳边唠叨，小宇不得不正视这个事。但他坚决不靠别人介绍而去相亲，就不信这么大城市遇不到有缘的她。他和父母说自己一定能遇到可心的女孩，不出半年就给他们领回家。打这以后小宇也多少从主观上积极多了，再也不像姜太公那样——直钩钓鱼了。

　　昨天那惊鸿一瞥和那相视一笑，给了他强烈的震撼。那女孩的笑容那么阳光，那么自然，那么友好，那么善良，这不正是众里寻之千百度的她吗？虽然没有搭上讪，但小宇暗下决心，只要她在沈阳，就一定要找到她！不是在青年大街上邂逅的吗？那就天天来青年大街转，一天遇不到就两天，一个月遇不到就两个月，就在青年大街转它千百个来回，冥冥中她一定会被我的诚意所打动而出现的。而且，人生的每一天都不能没有目标，这段时间无所事事的总要设个生活追求吧。

　　不过，还能遇到她吗？再遇到会怎么做？这算不算一见钟情呢？小宇想着想着，自己也摇头。但在他心里有一点是毫不怀疑的，就是如果和她生活在一起，如果她那迷人的微笑能时时陪伴着自己，这点就足够了。抬头看到她，她会笑一下；回头看到她，她又那样笑一下，这该是多么舒服的事，又是多么令人陶醉和幸福！多少矛盾多少苦难都将被这甜甜的一笑化解无痕。如此人生一世，夫复何求！

　　再上青年大街，小宇的心情就不一样了。昨天以前看什么都是忧郁的，今天看什么都是欢乐的。想着那珍珠红，想着那惊艳的笑容，小宇眼里都是春色，心头也荡漾着歌儿。他用"63561"这五个音符为主旋即兴哼着曲，仿佛在呼唤。

　　小宇在幻想在憧憬，自己和那"红酷宝"女孩，在一条充满现代风情的大街上，拉着手走着，并排开着车……街边是漂亮的太阳能路灯，智能化公交站，驰过的汽车里都是笑脸……不过，眼前的大街和心里的理想大街差距可是不小。突然他心里一动，要是能把这条大街改造一下呢？不是正在搞金廊建设工程吗？

小宇从小就有这个脾气，一旦认准做什么了就全身心投入，热情高涨，而且不是三分钟热血。记得还是中学生的他，在一次放寒假前认真听了一首钢琴曲，就缠着妈妈买了架钢琴，然后他买了一堆钢琴谱，居然整个假期没出屋，经常弹着练习曲困倒在键盘上。

心里一涌起改造青年大街的念头，小宇的痴迷劲儿就上来了，天天想着青年大街，天天在青年大街上做着实地勘察。有时开着车，有时徒步走，当然，他没忘了寻觅那抹红影儿。他在感谢红影儿，给了他热情和动力。倘若自己的设计能被政府采纳实施，不说别的，起码也是给红影儿的一个见面礼。

小宇是学环保能源专业的，这几年他在国外接触的都是目前国际上最先进的环保能源技术，这也许是他找工作四处碰壁的原因之一，因为国内目前还和国际上差着一截儿，没有他的用武之地。他的环保意识，使他对青年大街的改造以节能减排为出发点；他的能源专长，让他的设计项目从太阳能利用着手。

一周之后，怀着对"红酷宝"女孩的思念，小宇在亢奋中把设计蓝图做出来了。他设计了三个项目，一个是风能一体化的太阳能路灯；一个是给地铁车站照明提供电力的太阳能地铁口；还有一个是太阳能公共汽车站。

小宇开车驶入青年大街，副驾驶座上沉稳的好友沐清详细看着这三个项目书，啧啧称赞道："小宇，你这项目书做得太专业了，太人性化了。这太阳能路灯的灯柱可以为手机和笔记本充电，地铁口的太阳能可以驱动电梯和为出入口的照明提供电力，公交车站除了可以遮阳、照明和为手机、笔记本充电，还可欣赏音乐……"

小宇望着车窗外说："这仅仅是一期的设计，比如公交车站，我想把它设计成智能公交车站，要有显示全线公交车位置和车载量的电子示意图，要有给电动汽车快速充电的充电位……比如街边的建筑，我想设计成太阳能屋顶、光伏幕墙一体化……这些只是节能,还有减排的项目呢,汽车的管理,植被的强化……总之,我要是说了算,就一定要把这条大街改造成现代化的理想大街。不知道这是不是一个梦,唉。"

沐清抬头赞道:"有梦想的人才能做出大事来,而且你这梦不是空想和幻想,你看你,包括太阳能电池板、蓄电池的生产厂家都列出来了,还有风机的规格,国内外产品的成本对比……这些拿过来就可以操作了。不过,这里涉及的太阳能电池板的面积、三个项目的设计高度以及建筑美学等,还应该再细致推敲下。我再给你介绍几个本土的业内专家吧。"

小宇欣喜道:"好啊,这项目书必须几经讨论和充实才能定稿。但我最担心的是这项目书怎么能让市政府的相关领导看到,不然就只是纸上谈兵了。"

沐清眼睛一亮说:"对了,今晚钟凌她们有个文化沙龙,非要我去看看,正好我把那几个哥们儿叫上一起去,大家一起商量下。"

小宇忙点头道:"是你那位在省电台当记者的'林徽因'吗?好,我去!唉,你咋那么有福气呢,浪漫有成,我只能惊鸿一瞥、黄粱一梦也。"

沐清显然知道小宇在找那位红酷宝女孩,他安慰着小宇说:"有缘总会来相会的。是你的,就跑不掉。你不知道'世界真小'这句话吗?没准今天晚上你那红影儿会出现在沙龙呢。"

二 扯淡沙龙

晚上六点,又在青年大街上寻觅了一圈的小宇把"蓝酷宝"停在了青年大街地铁站西北侧的街角广场上。

沐清和一个记者模样的女孩等在地铁口,那女孩的挎包上别着一枚"白山黑水"东北大学老校徽。小宇走过去拍了下望着地铁口的沐清。

沐清回头忙要介绍那女孩,小宇一指"白山黑水"老校徽说:"不用介绍了，我认出来了。钟凌你好！叫我小宇好了。"说着，他向钟凌笑了下。

钟凌也笑着说："总听沐清说起你，说哥本哈根和德班的世界气候大会你都去参加了，好羡慕你呢。呀，红车！"说着，她指着青年大街上开过去的一辆红车。

小宇惊喜地顺着钟凌的手指一看，马上失望地转过头来："那不是酷宝，是现代酷派。"接着又突然反应过来，捶了下沐清说："你怎么啥都汇报呢！"

钟凌忙抢过话来说："这可是佳话，我应该知道并祝福的。小宇，要不要我发动微博上的粉丝们帮你'人肉'一把？"

小宇摸了下脖子刚要说话，被沐清拉了一下，又一对俊男靓女从地铁口跑了过来。沐清拉过小宇介绍道："这位是小宇，刚从美国回来的环保能源的小专家。这位是云天，建筑大学硕士高材生。"

小宇和云天相互握了下手，云天回手把身边的女孩推了过来："我女朋友茗玉，学医的，从美国回来有段时间了。"茗玉友好地向小宇点点头，然后就被钟凌拉到一旁说起了悄悄话。

文化沙龙就在地铁站往北走一百多米，市委旁边的临街大厦里。在电梯口钟凌和几人解释说："六楼的秋阳集团是一家著名的翻译集团，老总和我们台里的阿莲主任是朋友，他们的多功能厅晚上也没什么用途，闲着也是闲着，阿莲就在那里办起了文化沙龙。大伙自娱自乐，都是圈里人。"

迎过来的阿莲是个三十多岁的精干女人，妖娆中透着一种威严。听钟凌介绍小宇等四人后，她爽朗地笑道："欢迎欢迎，都是才子才女呀！今天你们都是第一次来，我请客。"这时，钟凌已自己走进吧台取红酒去了。

沙龙场地不是很大，只有六七个吧岛，但都坐满了人。好像在诉说着故事的吉他声若有若无地回荡着。小舞台上倒是有一个帅气的小伙儿在用电子钢琴伴奏，却没看见吉他手。茗玉小声和云天说了句："氛围挺好啊，不吵不闹的，还是无烟沙龙，挺难得的。"小宇也点头赞道："这叫绿色酒吧，环保沙龙。"

这时，邻座一个男士回头说："嘿，我们这里叫扯淡沙龙。"

钟凌端过来一托盘盛着红酒的玻璃杯，压低声音对那男士说："秦朔，阿莲姐的规矩是新朋友第一次来都免费，你转过来加入我们这边吧。你的闲闲跑哪去了？呀，这是春晓姐啊！我来介绍新朋友给大家认识。"

两个吧岛的十多个人坐到了一处，沐清把小宇和云天介绍给大家后，钟凌先是给小宇和云天介绍了新闻圈的朋友，她指着戴着眼镜万般秀丽的女人说："边春晓，《辽沈晚报》的资深主任记者，是从上海《新沪晚报》调过来的。"边春晓温和地向大家笑笑，然后轻轻拍着身边一男人的手背说："我老公，尹枫林。"

看上去瘦弱但很儒雅的尹枫林向大家欠下身说："我做清史研究工作，对沈阳的历史略知一二，愿为大家服务。"大家都看到了尹枫林的沙发边有一个拐杖。

钟凌告诉小宇等人："枫林哥前几年遇到车祸大难不死，是春晓姐把他唤醒的。对了，春晓姐，一口一个老公的，啥时发喜糖呢？"

这时，秦朔接过话说："枫林哥说了，等扔了拐杖再结婚，要给春晓姐一个完美的婚礼。"说完，他自我介绍道："我呢，叫秦朔，在《沈阳晚报》跑'生活热线'，我对你们研究的太阳能路灯很感兴趣，青年大街的路灯要都是太阳能路灯，那离全沈阳的路灯都变成太阳能路灯就不远了。这都是民生的好题材啊。"

小宇忙拱手表示感谢。

这时，阿莲捧着一摞干果盘走过来，春晓忙站起接过来。阿莲秀目一扫，直起腰说："哦，这些果盘还答对不了你们呢，这么多人。"说罢，她朝角落里的一个吧岛叫了声："闲闲，柳闲闲！"

大家一齐望过去，只见背冲着大家的一个女孩跳起来，调皮地向阿莲摆了下手，秦朔向茶几上画了个圈，冰雪聪明的闲闲马上跑向吧台去取果盘和茶水。这时大家看清了，女孩挡住了一位弹着吉他的长发眼镜男，原来吉他手在这儿。地上还拖着电吉他的长线。

阿莲对小宇说："我们这里有不少媒体的人，其他各行各业的都有，比如那边的四个人，喝茶的女孩是舞蹈教师莫芷涵，旁边是我们国内有名的左手画家楚明轩，挨着明轩的是律师杨曼，对面的是华晨汽车公司的设计师冯英伦，对了，中华系列汽车都是他所在的部门设计的。"

阿莲又指着另一伙人说："那伙儿都是画家，黑披肩长发女叫林雪儿，画油画的，旁边那书生模样的是个老板，叫冯东尚。我们这里没有文化的老板是进不来的，来了他们也觉得没意思。左面那男士是鲁美教师秦伟……旁边那伙儿里背对我们的女孩，叫刘立朵，是个编剧。她那伙儿人多，有小明星何天娇、空姐楚飞儿、轻工业设计师张晓、物理学才子周蓦……台上弹电子琴的叫刘闯，自己开了个音乐棚，弹吉他那长发男生叫兰波，是个'湿银'……今天来的只是一部分，还有一些人只是周末才来。"

小宇和云天认真听着，仔细辨认着。

小宇见介绍得差不多了，情不自禁地脱口说："哇，都是精英啊，听说你们这儿有文艺沙龙我很是仰慕，过来开开眼界。"

秦朔接道："哈，啥文艺沙龙，我们这叫'扯淡沙龙'，不是鸡蛋的'蛋'，是没滋没味的'淡'。'扯淡沙龙'就是说对了没人听，说错了没人管。"在一片哄笑中秦朔接着说道："还别说，这些日子我们的扯淡主题没少谈过减排这个话题。"他的话音一落，便引起周围七嘴八舌的附和，马上引起了讨论。

小宇和沐清欣喜地对视了一下。这沙龙的风格马上体现出来了。小宇马上向大家介绍了自己的青年大街改造项目，也提出了与政府难以对接的困难。

一直没太说话的尹枫林这时说："我个人觉得，减排只是解决地球污染的问题之一，解决大气变暖、消除温室效应不能只抓减排就万事大吉了。"

边春晓拍拍摄影包附和道："单纯抓减排，只会使富人更富，穷人更穷，不管是从各个国家的角度，还是从我们沈阳的角度。你们看过我拍的弱势群体的照片吧，现在这片子好拍，不难找。老百姓看病难、住房难、上学难、吃饭难时，怎么会考虑什么减排？自己这辈子都活不起，谁还能想着子孙后代。"

俊朗的冯东尚接着说："现在比减排更可怕的是教育和文化的倒退。不管其他国家比我们做得好还是比我们差，只看我们国家的教育，博大精深的国学被我们抛弃了，出现了可悲的文化断层。都是我们的学生一群群到国外留学，很少见到外国的学生到中国留学。嘿，学汉语的例外。"

律师杨曼举手抢道："我也有看法，我们在国外就议论过，中国文化上的倒退很可怕,那些文学网站上的内容缺乏对中国古典文化的传承,净是些什么总裁啦、豪门啦、妃子啦、妇科医生啦、盗墓啦、穿越啦、架空啦,还自诩为中国的文学主流。虽然也有好作品,但比例太小了。"

茗玉也说道:"还有现在流行的那些歌,都是男欢女爱的,你恨我怨的,孩子们居然也唱这些歌。再看一些电影电视剧,多是凶杀、暗算、案件、床戏……"

阿莲端着一杯红酒走过来说:"如果说文化倒退是可怕的,那么道德的沦丧更加可怕。看看我们的周围,假货何其多!骗子何其多!害人何其多!"

边春晓叹口气说:"现在一些人的道德已经突破了底线!不解决这个问题,有谁会去无私地减排?有谁会自觉地节约能源?有谁会高尚地想着地球的未来?"

这时尹枫林接过话题,他语气沉稳地说:"不过话说回来,关于减排这事能否尽快地、有效地实施起来,我觉得这事还要避免政治化,要以经济学家和科学家为主体进行操作,牵涉过多的问题会让我们裹步不前的,先要发挥科学家的作用创造出改变气候变暖的综合能力,从具体的事做起。我觉得小宇提出的项目非常可行,就是从具体的事做起……人类要都是这么想,抛开个人和集团利益,才有望拯救地球和人类。"

小宇凝神听着大家的议论,非常意外又很感动。他看了看沐清手里的手机,沐清点着头示意已经都录下了。小宇这时嗫嚅着对大家说:"枫林老师,春晓老师,阿莲老师……没想到,没想到在这里遇到了一批真正的忧国忧民的文人志士,让我很受鼓舞,也非常感动。"

秦朔摇着头说:"我们都是扯淡,人微言轻,忧国忧民实在不敢当。"

小宇搓着手说:"不,你们,是中国的精英,是不说话的精英。"

阿莲与大家相视互相拍打着哈哈大笑,"精英更是不敢当了,真正的精英不能停留在愤世嫉俗上,而是要有实际行动。我们一群酸人无用武之地,一无所成,就只会在这里扯淡了。"

小宇眼睛一亮,说道:"你们能认识到这点就更是精英了,起码能独善其身。如果有你们用武的机会，一定要冲出来承担责任啊。"

边春晓这时沉吟着说："阿莲，你看这样行不，我们媒体先出点力，我和秦朔都对小宇来个专访，主题就是要小宇讲讲参加几次世界气候大会的经历，然后小宇把对青年大街的构思畅想一番，你那块儿是不是也做个专题节目，这样或许能引起省市领导的重视。"

阿莲点头道："刚才我也在想这事呢，确实是个好题材，沐清老师、枫林老师可以做嘉宾，说说青年大街的古今变迁。云天、东尚都可以在现场，从专业的角度对小宇的项目给予肯定。"

小宇听罢高兴地跳了起来，兰波的吉他马上就配上了一串激昂的旋律，小宇冲着兰波手举额头向前一挥，然后激动地对大家说："太开心了，一下子认识这么多志同道合的朋友，太受鼓舞了！扯淡沙龙里藏龙卧虎，众里寻它千百度，原来你们都在这儿！有了你们就成功了一半！"

这时沙龙里的人都围拢过来，画家那伙儿人离得近，个子高高的林雪儿站起来几乎和楚明轩、秦伟一般高。林雪儿怯怯地说："我们几人商量了，公共汽车站和地铁里如果需要画，我们免费来画。"她旁边的冯东尚接过来说："所有的艺术装饰我公司全力配合。"

柳闲闲看了一眼秦朔也插嘴道："我的公司也可以参与，做啥都行。"大家一听都笑了起来。

刘立朵这时过来说："我们可以从头跟进，写一部小说和剧本，名字就叫《青年大街千百度》。"

莫芷涵也拉着何天娇、楚飞儿站过来说："我可以编一个'千百度之舞'，我们还可以义务当演员。"

张晓、周蓦也过来说："我们给小宇在设计上搭把手，分路设计图纸可以交给我们做。"

柯林、杨曼和冯英伦几人微笑着看着这场面，向小宇挥了下手。

沐清搓着手激动地对小宇说："这可是一个团队啊，一个强有力的团队。"

小宇看着大家半晌说道："过去我担心我自己单枪匹马，设计得再好也是纸上谈兵。现在有你们这么成熟的团队做我的后盾，我要把我的脑袋寄存在这里，全力以赴地为家乡做点实事。"

这时阿莲的眼中闪着泪花说："得得，你们就成心让我往沙龙里搭钱吧。看在你们还都认这个家乡，今天的单全都免了！"众人一阵欢呼，兰波的吉他和刘闯的电子钢琴也一阵欢快。

沐清等大家欢呼一落接着说："在我们开始工作前，我要请求大家帮小宇找一找开中华红酷宝的女孩。"话音一落，冯英伦连声说起感谢来："感谢，感谢，感谢大家爱我'中华'"。

在大家的笑声中，有些不好意思的小宇走到兰波旁说："一看就知道你是个原创乐手，我给你五个音符，帮我写首找她的歌好吗？"

兰波手指没有停止拨弦，抬起满脸的胡茬儿问道："哪几个音符？主题是什么？"

这时大家都静了下来，听小宇说道："音符是'拉咪唆拉哆'，主题嘛，就是'与美丽邂逅'吧。"

阿莲在旁边幽幽地说："这俩人，都在找人，兰波在找他的小白，小宇在找他的小红……"

钟凌在旁边悄悄和茗玉说道："小白是兰波的初恋情人，阿莲姐虽然对兰波好，但也都在帮他找出走的小白呢。"茗玉听罢直伸舌头，"这里的人情商都不低呀！"

兰波继续问小宇："告诉我，这五个音的由来。"

小宇环视了大家一眼，缓缓地说："是——她的车牌号。"

三 第二次邂逅

一个女孩的温馨闺房。一个穿着湖蓝色睡衣的女孩正懒洋洋地躺在床上，黑亮的长发随意铺在粉红色的枕上。床的另一半躺着一只硕大的肉色玩具睡熊。她起身将笔记本的音乐关了，并挑选着一批新曲目。从她的侧脸看去，正是小宇寻找的"红酷宝"女孩。

客厅里的电视机传来调换频道的声音，喧闹的电视剧变成了女主持人阿莲悦耳的声音："我们今天的这期环保特别节目里，海归学子、青年博士小宇刚才给我们介绍了他最近两年参加的哥本哈根和德班世界气候大会上的见闻，让我们了解了节能减排的迫切性。在他提出对我市青年大街的节能减排改造设计方案之前，我们先请著名的清史专家尹枫林老师给我们介绍下青年大街的历史和由来。"

接着，一个富有磁性的男声响起："大家都知道，现在的青年大街北端通过市府广场与北京街相接，再与北陵大街相通；南端连接浑河大街、沈丹高速公路，并通往桃仙国际机场，是沈阳城区南北主干道之一，也是沈阳的主要城市出口。"

电视里响起汽车呼啸而过的声音，尹枫林继续介绍道："不过，青年大街的历史却很短。在1894年至1899年间，小西路和滨河路之间是臭水沟和荒地。1903年开始，滨河路以南修了条土路，通往浑河。从1906年开始，清政府在沈阳老城西边，开辟了供外国商人经商的奉天商埠地，开始修建道路。1922年，出现了南一经街和北一经街。"

女孩听到这里停止了寻找音乐，身子埋入床里洗耳听了下去。

"1957年，将小西路和中山路之间的一经街北段划街为路，连同滨河路以北的不成形的路段，统称'南北干线'，这就是青年大街的前身。同年，将滨河路以南的无名土路定名为'青年大街'。1958年10月，南北干线北段的柏油路建成，与市府广场相连，然后又连通了惠工街、团结路等，成为新中国成立以后沈阳新建的第一条南北主干道。1960年前后，取消了'南北干线'街名，定名为'青年大街延长'。到了1970年，市府大路到浑河桥全段正式定名为'青年大街'，到现在，还不到50年的历史。1986年，在文化路与青年大街交叉口，兴建了文化路立交桥。1988年，青年大街、联合路至总站路路段被打通，与北陵大街相通，形成了现在的'金廊'。"

这时房门开了，一个富态的中年妇女端着一个盖碗进来，边走边说："思虹啊，快起来尝尝妈的手艺，给你煮的雪梨羹。"

思虹懒洋洋地欠下身子说："先放那吧……"

思虹妈把羹碗放下说："你爸也听着呢，你快喝了呀。以后得多参加点社会活动，不能总宅在家里。"

思虹忙指了下门口说："我也听电视呢，都是我爸管的青年大街的事。"

思虹妈听了一下说："我也听听去，你快点喝啊。"

"再后来，大家就应该有印象了，1992年，在青年大街上建起三座'新加坡'平台桥，1999年又拆除了这三座平台桥。这些年来经过四五次的拓宽改造，到2001年7月，青年大街全线40米宽、共设8车道，成为沈阳最长最宽的一条大街。"

接着小宇的声音响起："就是沈阳的这条第一大街，大家请看沈阳在卫星云图上的显示，这团霾雾，就是城市上空的热岛效应，是城市工业废气、汽车尾气和居民生活烟气集中释放的结果。我们细看，浓一点的霾带隐约能看出是个'月'字，还像个'开'字，这一横一撇，就是通往京沈高速公路的路；这一竖，就是青年大街，上面的两横是环路车线。我研究过北京的卫星云图，上面有人字形霾带，就是京石高速公路和京津塘高速公路的两条路形成的。"

思虹听到这里抱膝坐了起来，她看了一眼床边的红色棉拖鞋，犹豫了一下还是继续坐在床上。

小宇的声音继续道："我设计的青年大街节能减排改造，先从太阳能路灯、地铁车站、公交车站开始，旨在将这条霾带减淡。这样，就要把青年大街上朝南的地铁口都改为朝北，让地铁口的弧形背面朝南；还要把露天公交车站都改为有遮阳棚的。这都是为了铺设足够面积的太阳能电池板。同时还要对原来的路灯进行改造，我建议设计成移动式太阳能路灯……"

思虹越听越兴奋，侧身下床，光脚套进拖鞋，向外走去。这时电视的声音戛然而止，她推开门一看，一个中年男人正显得很不屑的样子将电视关了。

思虹叫道："爸爸，你怎么关了？我要看看这个小宇，他的设计怎么都那么大胆呢！"

思虹爸爸不满地说："这种不知道天高地厚的毛头小子不看也罢！"

思虹妈妈在旁说："你爸爸大小也是个局长，兼这个金廊开发办主任，按他这么一弄，不把你爸爸的政绩全推翻了吗？"

思虹听罢撇了下嘴说："人家那才叫现代化呢。"然后扭身又回了自己的房间。

第二天。青年大街上，小宇又开着"蓝酷宝"在巡视着。副驾驶座上放着两份报纸：《辽沈晚报》和《沈阳晚报》。打开的二版出现了一个醒目的通栏标题：《海外学者吹响青年大街的环保号角》。

放在档杆旁边斗里的手机响了，小宇戴着耳机应答着："春晓姐吗？谢谢你和秦朔！阿莲姐说早晨市里就要她把带子送去了。什么？市长邀请我参加今晚的宴会？在哪儿？……好的，六点凯宾斯基酒店三楼……但愿！"

晚上，凯宾斯基酒店三楼的宴会厅里，灯红酒绿，宾客不是太多，正前方的条幅上写着"金廊工程招商答谢酒会"。人们都在各桌间走动着互相联络。

小宇和阿莲、边春晓、秦朔、钟凌坐在一桌旁品着红酒。秦朔告诉小宇说："我们抓紧吃点，过一会儿市长忙完了就该叫我们了。"

小宇忐忑地看着四周，端起红酒杯刚要喝，突然，他的眼光被邻桌的一个女孩吸引住了。刚才那桌坐满了人没有注意到这个女孩，现在那桌人都起来到前面敬酒去了，只留下女孩一个人孤独地坐在那里。

小宇一看到这个女孩心里一跳，太像那天开"红酷宝"的女孩了。正巧那女孩也抬起眼来和小宇的眼神对个正着。小宇下意识地将端着的酒杯向她示意敬了下，那女孩竟莞尔一笑端起了红酒杯，与小宇也遥遥互敬了下，左颊浮起了一个迷人的酒窝儿。

小宇心头一阵狂喜，这个感觉太好了！素昧平生，真诚相待，多么人性，多么人情，多么美好啊！人间要都是只如这般初见，会增添多少阳光！

小宇继而又是心里一喜，就是她嘛！这是我和她的第二次邂逅！第二次相视一笑！这回可不能放过她了！他马上侧头向钟凌求援，但刚要说话，身旁过来一个秘书模样的人，向阿莲和边春晓点了下头，阿莲和边春晓马上站了起来，拉着小宇便走。小宇不得不跟着走过去，一步三回头地看着那女孩，那女孩还端着那杯红酒似乎回忆着什么，看着小宇走远。

市长很热情地让小宇坐在身边，旁边还围着几个人，其中有思虹的爸爸。他们单刀直入地聊了起来。小宇不得不集中精力和市长仔细讲解了自己的设计方案，阿莲几人也站在他的身后。

市长最后很干脆地问道："你这套方案可操作性有多大？如果给你一个路段做个试点，你需要多长时间？就是一盏太阳能路灯、一个地铁口、一个公交车站。"

小宇马上站起来回答："如果市长信任我和我的团队，并提供必要的经费支持，我可以在一个月内完成。"

旁边的思虹爸爸插话说："市长，我觉得这事还得慎重考虑下，要不然先让他详细阐述一下可操作性，有把握了再给他机会实施。"

市长听罢点了下头，对思虹爸爸说："这个节能减排项目意义重大，如果试点成功，不止是青年大街，全沈阳城都要推广，也会影响到其他行业的。这样吧，章主任，你再安排一下，明天下午让小宇同志再和我们详细讲一下，我也参加。"说罢，市长站起身来向小宇伸出手来。

小宇和市长道别后，马上快步回到刚才那女孩的酒桌，但那女孩已经走了。跟着过来的阿莲和边春晓喜形于色，马上拥着小宇离开了。

小宇刚走，思虹端着红酒杯回来了，她若有所思地看着小宇的背影。

四　微博知己

青年大街南口，约500米长的街道两边，很多人在忙碌着。在两侧的地铁站出口和公交车站附近忙碌的人更多。其中有冯东尚和柳闲闲在领着自己公司的工人干活。张晓和周蓦南北打着手势在测量着什么。还有小宇和沐清站在一起指点着身后的皇朝万鑫国际酒店。云天则和柯林站在对面的华阳国际酒店下边拍着照边画着图。

小宇走到地铁门口接着电话，眼里不时看着来往的车流。他欣喜地对着手机说着："小川你快回来吧，沈阳大有英雄用武之地。市委市政府不但给了我们实践的机会，还有一个四十多人的精英团队在支持我们，按我们俩过去的工程进度，有个大半年，这条街就会改造完毕……什么？太好了！订周末的票回来！是啊，离你的微博知己小慧也近了。"

小宇在美国的时候，和小川在同一家环保公司工作，两人负责一个项目小组。同样的敬业和聪明，使公司领导对他们十分器重；同专业同语言的背景，使他们成为志同道合的哥们儿。两人在感情上的进展，也是他们交流的一个内容。

小慧，是小川在微博上的好友。小川最初是在朋友转发的一条微博上发现了她，进入她的微博令他眼睛一亮，一口气看了好几页。她的微博质量很高，每天只一篇，写得很认真又很率性，空灵而知性，他毫不犹豫地加了关注。三天之后小慧也关注了他，两人在精神层面天马行空地交流，他们精妙的呼应和共鸣得到了众多粉丝的转发和评论，甚至有博友赞誉他们是最佳微博组合。但两人都很默契地不问对方的身世、工作、姓名和年龄，小川只知道小慧在一个江南小城，小慧也只知道小川家乡是沈阳的，在美国留学后工作了。空间的距离使他们好像都没有想过会在现实中交集，两人少有顾忌地成了精神上的知己。

小宇羡慕小川能在网上遇到红颜知己，小川则说知己无疑，红颜未必，自古才女多丑貌嘛。小慧从不像一些女生发些自恋照，而总是发一些自己在开车和旅行时随意抓拍的照片。小宇动员小川向小慧要张照片，小川则坚决不从，说是要小心地保护着这份友情，不能随便入俗破坏了感觉。

一周后小川辞了美国的工作回到了沈阳，很快便投入到青年大街改造工作中，与小宇一样，他吃在青年大街，做在青年大街，住在青年大街，也很快和扯淡沙龙的精英团队打成了一片。

每天紧张的工作之余，扯淡沙龙便是大家休息的场所。晚上大家都带着笔记本在沙龙里上网发着微博。

沐清看着笔记本和秦朔说："每天我只要看一圈我们沙龙人的微博，就能看到青年大街一步步的变化。"

秦朔则看了一眼小川说："我不但看我们这些人的微博，有些人的优秀粉丝我也有看的。比如小川的知己小慧，那文采、那意境真是没得说了。"

旁边的刘立朵对小川说:"小川你回国就是向小慧走近了一步,没想和她见见面吗?"

小川在与小宇喝着咖啡,他侧头和大家说:"小慧知道我在沈阳呢,她说过段时间来沈阳待一周看她老姨。"

小宇俯过身神秘地问道:"那她也是想来看你吧?"

小川憧憬地说:"也不知能否有缘与小慧相遇,我说你来青年大街就能找到我。我们相约不打电话,如果遇不到就是无缘了。"

众人同时吸了口气,不远处的兰波即兴弹唱了一句:"青年大街从来就不乏浪漫,让我们期待着佳话的诞生……"接着,他又唱起了为小宇作的歌——《与美丽邂逅》:

你我擦肩而过,
留下相视一笑。
会意的友好,
默契的友爱,
阳光唤起我的心跳……

小宇跟着动情地唱了起来:

你我擦肩而过,
听我轻轻呼叫。
美丽的心情,
美丽的邂逅,
千百度寻你的拥抱……

阿莲在吧台里若有所思地反复吟唱着第一句:"你我擦肩过",她在唱时把"而"字省略了,和着那5个音符:"63561"……

边春晓在旁说道:"上个月在凯宾斯基酒店见市长那次,我好像看到一辆红车,车头的排风孔像一对漂亮的大眼睛,记得车牌号是'63'打头……"

小宇马上说:"那天她去了,我们第二次相视一笑。"大家听了一惊,云天在旁捶了小宇一下说:"你怎么才说呢?原来二次邂逅了,那怎么没抓住呢?"

小宇摇摇头回答:"好了,先不说她了,我在想,过两天我们的试点路段完成了,怎么能让更多的人看到,得到老百姓的肯定。"

阿莲和边春晓、秦朔说:"我们媒体当仁不让了。"

青年大街的出城口已经变了模样,小宇和小川仰头看着竖起的漂亮的太阳能路灯。路灯上面还有一架风车,风车叶片缓缓转动着。路灯下面一排工艺铁椅,椅背上一排充电器插口。20米开外还竖着同样的一座太阳能路灯,两座太阳能路灯之间居然是公交车站。20米长的公交车站上面是清代复古造型的车棚,与太阳能路灯下面、铁椅上面的遮阳棚相连,棚顶上铺满亮晶晶的太阳能电池板,棚顶内侧是呈人字形的屏幕,上面有站名线路图和不时变换的各种公益宣传广告。棚下的一排立柱上四面遍布手机和笔记本的快速充电插口。车站两端各5米处是电动汽车快速充电位。所有充电插口上方都有一个带着刻度的电量显示条,用绿杠表示电量多少。

地铁口的改造是将一个出口朝南的地铁口改成朝北的,宽阔的铺满太阳能电池板的后背朝着太阳。地铁口入口处没有设置充电插口,是为了避免人流的滞留,而太阳能在驱动着电梯、空调、背景音乐和各种照明灯具。两侧的墙壁上挂着各式油画和国画。

冯东尚和柳闲闲走到小宇和小川面前,冯东尚跟小宇说:"现在就差一部分电路的铺设了,再有三四天就差不多了。"小宇道了声:"冯兄、闲闲你们辛苦了。"

闲闲则和小川说:"雪儿姐和明轩哥的画太好了,你昨晚在微博上发的图我都转发了。"

小宇突然想起一事说:"昨晚我的微博上那个Aegac又评论了,她说我们的成本是不是要高过正常的电价,如果是这样的话就失去了节能减排的意义。"

小川马上接道:"这个Aegac我挺注意她,她的名字不像英文,一直没有破译出来。她的文字很清丽，有些忧郁，一定也是个才女。虽然她总是质疑我们的工作，但感觉她还是挺崇拜你的。"

小宇摇摇头说："我一定会找到我的缘分的，总会再遇到她的。"说着，小宇的目光又望向了车流。

这时开过来两辆车，停在路边，是市长和章主任下了车，小宇他们忙迎了过去。

市长听了小宇的汇报后很满意，很有气魄地指了下公共汽车站、地铁口和太阳能路灯说："我代表沈阳人民谢谢你们了，这里将成为青年大街的一个亮点。"这时，章主任提醒了一句："你们要控制一下成本，如果高过了正常的电价，节能减排就失去了意义，就是大家都跑到这里参观，项目也难以得到推广的。"

冯东尚忙上前解释道："目前的成本确实高了一些，光模具就做了十几个，但日后要批量生产的话，成本自然会降下来的。"

听完章主任的话，小宇就在思考，他又看了下周围的环境跟市长说："市长，我看这几天的新闻报道说，市里正在号召全民跑步，开展全民健身运动，我有个冒昧的请求，这也是受章主任说'大家都跑到这里参观'的启发，我们能不能搞个沿青年大街的万米长跑活动，从北陵公园跑到这里，颁奖仪式也设在这里，这样就把我们的成果介绍出去了……"

市长抬手止住小宇的话说："好主意，这事我和体育局商量下。"

小川在旁补充道："这个全民健身长跑活动可以称为'金廊脚步'！"

市长听罢眼睛一亮，"好创意！让金廊脚步咚咚地走起来！让全国人民都听到，让全世界人民都听到！"

五　金廊脚步

北陵公园南门前人山人海，牌楼上挂着大幅红底白字条幅，上面写着:"金廊脚步——沈阳万人万米全民健身迎春长跑"。

足有五六千名运动员在做着准备活动。人群中飘扬着各种队旗,有"辽宁大学"代表队、"夕阳红"老年长跑队、"北方重工"代表队等等,更多的是自发的市民,精神面貌个个群情激昂。

青年组的队伍里,章思虹穿着红色运动服,她兴奋地活动着腰腿,眼里遥望着宽阔的金廊。

自从她无意中听到小宇的专题节目后,又从爸爸那里知道小宇的项目开始试点,便不由自主地关注着这件事。她找到了小宇的微博,从中了解了小宇的思路和项目的进度,虽然她欣赏小宇举手投足流露出的过人才略,但受到爸爸一些观点的影响,出自担心,也会不由自主地提出一些质疑,权当是提醒吧。这次,她是从电视上看到"金廊脚步"的长跑活动通知,得知起跑点在北陵,终点是青年大街南端太阳能试验路段,并由项目负责人小宇参与颁奖,便报名参加了青年组。

思虹是有点长跑基础的,读高中时她是年组拿成绩的5000米长跑运动员,但在大学和读研这7年里却为了保持淑女形象,再没抛头露面,只是在宿舍里跳点自编的健身操。能不能跑完10公里全程,她自己心里也没数。让她毅然"抛头露面"的动力,除了潜意识里想见识一下小宇的真面目外,还想给自己平淡无奇的生活和无所作为的职业生涯一个刺激。

思虹学的是互联网应用专业,虽然从实习阶段到毕业后她一直在网站工作,直接接触了网络业务,但她不满足于一个程序设计员的工作,甚至对兼职文字编辑的工作还是觉得不过瘾、所学无所用。最近这一年她干脆不务正业了,考了国家二级心理咨询师资格证,学了茶艺,甚至想改行当个律政佳人。

在不知什么人的慷慨激昂演讲结束后,起跑的发令枪终于响了。先是以院校为主的青年组出发了,接着是以企业员工为主的中年组,最后是老年组。自愿参加的市民也是自由选择自己参加的组别。满大街的人群如波涛般迎着太阳涌去,果真,咚咚的脚步声响彻了金廊。

如果说起跑点的北陵显现出厚重的历史文化,终点的青年大街南口便充满着现代和未来的气息了。街边的高楼大厦上悬挂着一些"节能减排是历史赋予人类的责任""新能源带来新生活""让太阳造福人类,让太阳照亮人生"等标语。装饰一新的一组太阳能路灯和公交车站及对面的地铁车站好像科幻世界里的建筑,让路过的人们眼前一亮、注目不已。

小宇和市长等人候在这里,临时颁奖台已经搭在新公交车站和新地铁口间的青年大街路面上,上面摆放着一排闪光的奖品,是张晓和周蓦、云天三人用工程边角料制作的可以当做台灯用的太阳能路灯的模型。长跑虽然没分性别组,但奖项还是设为男女各前20名。纪念奖是运动帽,已经在起跑点发给每名参与者了。

随着一群媒体车飞驶而至,人们都在紧张地盯着空旷的街面,小宇也在翘首望着,因为扯淡沙龙的很多人都在长跑队伍里。

思虹最初跑得很轻松,也很沉着,她的目标是不求速度,只求能全程跑下来,所以跑到辽宁中医药大学门口被中年组追上来时她也没有慌乱。不过,跑到公安厅旁边被老年组追上来时她有点沉不住气了,便稍稍提了点速。到了华府天地、财富中心旁,她觉得有些气喘了,便又慢下来些。跑到市府广场后,这里有很多市民在夹道加油,比各路口的临时交通管制拦下的人要多、要热情。可有很多人跑到这里就停下了脚步,有的是计划就跑到这里。思虹盼望着自己进入机械状态,那时就不累了。不然,总吊着一口气是跑不完全程的。还好,当跑到了商会总部大厦、百联门前时她进入了机械状态。

等过了凯宾斯基酒店、彩电塔,到了华润中心万象城时,又有一大批人停下了脚步。再往前,过了彩电中心,到了茂业大厦、科学宫,坚持跑步的人越来越少。前面就是五里河新天地、新夏宫,胜利在望了,思虹却跑不动了,腿越来越沉。

小宇焦急地向北望着青年大街。男子组已取了前20人了,小川也在获奖的人群中。可是女子组目前跑到终点的只有19人,还有陆续跑过来的都是男运动员。而为了这次活动批准的封路时间不得超过两个小时。这时旁边工作人员的对讲机里传来:"上来一个女运动员,已经跑到喜来登了,距皇朝万鑫大厦还有800米!"

体育局负责人忙宣布颁奖典礼开始,市长做了热情洋溢的讲话,对青年大街南出口的太阳能设施给予了高度赞扬。获奖的运动员已排在台前，一排领导准备上前发放奖品。大家不时望着缓缓跑过来的最后一名娇小的女运动员。印着"金廊脚步"四个红字的黄帽在她头上有点大，看得出，她已筋疲力尽但还在顽强地坚持。

还差50米的时候，小宇迎上前去几步，身后跟着章主任。他想把这女孩直接引领到颁奖台。离终点设的红线还差20米的时候，小宇跑到她的身边陪着她跑向红线，边跑边说："加油！"女孩咬着牙点点头跑到了终点，一停下脚步小宇便伸过手去说："祝贺你获得'金廊脚步'奖！"女孩摘下帽子伸出手来与小宇相握。小宇一看到她的眼睛便愣住了，这不正是那个"红酷宝"女孩吗！而思虹的眼神也深深地看着小宇，累极了的她抓住小宇的手不放。她有这样一份感觉，这是她在付出辛勤努力后获得的援助和幸福。看到小宇深深的目光后，思虹羞怯地笑了下缩回了手，她拢了下汗津津的头发，为自己现在的狼狈不好意思。

小宇从思虹的酒窝儿中回过神来，忙将思虹领到台前的获奖运动员中。四周响起热烈的掌声。

仪式结束后，青年大街马上恢复了车水马龙。思虹对还围着自己的众多男女颇感不解，这些人对自己咋这样热情呢？钟凌拉着她说："我们这里有个帅哥，今天是第三次见到你，但他从第一次见到你以后，在这青年大街上来回找了你千百次。你猜，是哪个？"

思虹红着脸望着大家，然后定睛于视线总不离自己的小宇身上。小宇忙过来说："章思虹，我来给你介绍下我们的这些项目和这个沙龙团队。"

思虹笑道："不用你介绍的，我都知道，你的微博我天天看的。"边春晓"哦"了一声说："原来你们今天不是第三次邂逅啊，早就在微博上成知己了吧？"

小宇忙问思虹："你微博名叫什么？我怎么不知道哪个是你呢？"

思虹笑说："我的微博名不好记，叫A—e—g—a—c。我经常评论你的内容呢。"

众人都吸了口冷气，秦朔指着思虹说："你、你，你就是那质疑辣妹呀！"

阿莲问道:"你微博名字的含义我们猜不出来,不过,你质疑的观点怎么总和那个章主任的观点一致呢?"

思虹又笑笑,转头在人群中找了找,回过头来说:"他们都走了啊……那个章主任是我爸爸,小宇反驳得对,我得告诉我爸爸。这回我要找他加入你们的团队。"

六 原创歌曲

晚上,扯淡沙龙里坐满了人。沙龙成员悉数到场,共同庆贺试点工程通过验收。

吧岛周围坐着小宇、小川、秦朔、沐清、云天、周蓦、柯林等人。柳闲闲自然是坐在秦朔身边,然后沐清身边是钟凌,云天身边是茗玉,周蓦身边是张晓,小宇身边则坐着思虹。

小川递给思虹一杯红酒说:"互相尊重是人类的美德。你在第二次和小宇邂逅就做到了。欢迎你加入我们的团队。"

思虹接过酒杯回答:"不知为什么,爸爸这次很痛快就答应我了,原来他是不同意的。"说罢,她看看小宇说:"或许,我爸是想让我探探你们的虚实,他总说你们这伙人华而不实。"

小宇端起酒杯说:"那我们就努力做到,既华又实,哈,来,共同举杯,庆祝我们的试点工程获得通过!"

在大家举杯互相庆贺时,兰波的吉他弹了起来。他唱起了小宇作词、自己作曲的《与美丽邂逅》。曲子一起,思虹便转过了头,凝神听着。小宇在她耳边,轻轻唱起了歌词。

你我擦肩而过,
留下相视一笑。
会意的友好,

默契的友爱，

阳光唤起我的心跳……

思虹听到这里，抓住小宇的肩问道："这是谁写的歌？"

刘立朵和何天娇同声说："这是小宇写给你的。"

思虹拍着胸口长出着气说："不会吧，这每句的前五个音调，就是我的车牌号呀，怎么会这么巧呢？不会吧，不会吧！"她听小宇还在唱着，边说边捶打小宇的肩，眼里满是湿润。

小宇回过头来对思虹说："我第一次在青年大街见到你时，你留下了一个笑容和这个车牌号。我就是把'63561'唱了出来，才记住了你的车牌号。呵。"

思虹感动得低下了头，悄悄拭去泪花，连声说："小宇，谢谢你……谢谢你们。"

这时，沐清和钟凌小声说了几句，然后沐清说道："如果我们没猜错的话，思虹的那个微博名'Aegac'，正是她的车牌号，'Aegac'不就是音符'63561'的唱名吗？！"

周围的人听到都细想了下，然后恍然大悟。思虹捂了下脸说："你们真是一个精英团队，第一次有人猜破我的微博名。我怎么早不知道你们呢！就怪你，不早点找到我。"说着她翘着手指捅了下小宇，大家哄然而笑，一对对的都和对方对笑着。

聪颖的思虹忙转移话题，问小川："你看人家，都是一对对的，你那小慧啥时候来啊？"

小川一听怒指小宇："你，才这么半天工夫，就交代出这等程度的秘密，是不是太重色轻友了啊！"

小宇笑道："没办法，她对我们所有的事都感兴趣。再说了，你的微博她早就盯上了，你天天和小慧谈天说地的，谁看不见！"

阿莲这时和柳闲闲送来两盘水果说："这回我们的工程通过验收了，就要在青年大街全线推广了，小宇你们可要加油啊。"

思虹忙接过话题对小宇说："我早就想过了，如果青年大街全线推广你们的节能设计……"

这时小川打断道："我说63561，你能不能把'你们'改成'我们'？"

思虹红了脸说："哦，好，好！我重说还不行啊——如果青年大街全线推广我们的节能设计了，能不能把物联网结合进来？"

大家听到后都眼睛一亮。小宇兴奋地说："那当然好了，如果能结合物联网技术，我们就一步到位了，青年大街就站在世界科技的前面了。只是我担心政府还能不能做这方面的投资，还有，我们缺少这个方面的专业人才，所以也没太敢往这上面想。"

柳闲闲插了一句："俺弱弱地问一句，物联网是个什么东东？和节能减排有神马关系？"

周围好多人都随着柳闲闲的问话望了过来，思虹看到小宇鼓励的目光后提高声音解释道："物联网就是在互联网的基础上，将用户端扩展到任何物品，进行信息交换和通信的网络概念。具体点说，就是通过射频识别、感应器、全球定位、激光扫描等信息设备，把任何物品与互联网无线连接，实现智能化识别、定位、监控和管理。这可是将来的又一次信息革命，现在各发达国家都在大力开发呢！"

小宇跟着解释说："物联网会将互联网和现实生活以及万物融为一体，我们的车、电器、衣服、书籍、家居、植物、动物、健康等等身边的一切都可以用电脑和手机管理，使整个地球变成一个智慧地球。单从节能减排的角度来讲，可以建成智能电网，把太阳能、风能发的电并入国家电网。"

思虹无限憧憬地接着说："这个目标很宏伟，也很理想，我们可以先从局部网做起。比如小宇说的智能电网，还有智能车联网、智能物流网、智能小区网等等。而青年大街的智能无线路灯网也是一个内部网，我们趁着铺设太阳能路灯，现在就能做！这是多么理想的事业呀。"

讲着讲着思虹站了起来，她越说越激动，大家也越听越兴奋，连兰波都停下手里的弹拨。

思虹被停止的吉他惊醒，她看向兰波灵机一动道："兰老师，能再给我原创首歌不?"

兰波拍着吉他弹了一串琶音说:"你若盛开,清风自来。请问思虹小姐歌中想表达什么主题?"

思虹想了下说:"他的歌叫《与美丽邂逅》,那,那我的歌就叫——《与理想相逢》,主旋就用小宇的车牌号!"

沙龙里一片掌声和叫好声。

七　物联网

清晨,思虹床头的手机闹铃响了。穿着红色小肚兜的思虹马上蹦下床去,换好衣服开始洗漱。

思虹妈妈往餐桌上端着早点说:"我家姑娘很少有起大早的时候,今天太阳从哪边升起来了?"

她爸爸坐在餐厅边喝着粥边说:"还用说,从青年大街升起来的。"然后他又看着风风火火的思虹说:"老爸布置给你的任务你可得完成啊,看看这伙玩嘴皮子的小青年是不是华而不实。"

思虹哼着《与美丽邂逅》的主旋没有回答,再回来一趟扔下句话又出去了:"爸你看走眼了,小宇他们都是又华硕又实干的精英。"接着思虹在走廊又喊了句:"老爸你给我10分钟,我和你说个事。"

刚要站起身的章主任只好放下皮包又坐了下来,嘴里嘟囔着:"这才去就被人家同化了。唉。"

穿戴整齐的思虹走过来坐下,妈妈送上点心和牛奶。思虹边吃边说起来:"老爸啊,我今天要交给你一个任务。过去你总说我是英雄无用武之地,现在我可有施展的地方了,那就是,青年大街上的物联网。"

章主任活动着肩膀说:"物联网?好像听说过,那是下个世纪的事吧?"

思虹嗔道:"老爸你可是金廊办的大主任呀,千万不能落伍啊。物联网会把虚拟世界和真实世界连接起来。我们这批现代精英,想在青年大街上实践物联网,您可一定要支持啊!"

妈妈也穿戴好了过来说:"闺女,你也不能什么事都听别人的,要和爸爸讲道理,你能把他说服了,你的事才可行。"

章主任得到老伴的支持,拍了下老伴的手对思虹说:"还是你老妈说得对,你得让我心服口服地去完成我女儿交给的任务啊。说说,你那物、物联网,用在青年大街是啥样的?"

思虹嗔了妈妈一眼,回头一本正经地说道:"章主任,我就拿我们的太阳能路灯来说,如果每盏路灯都植入电子芯片,我们就可以在互联网上无线操作它的开关,检查它的储电量,控制充电系统,排除电池板和风机的故障……甚至可以监测空气质量,还可以采集交通动态信息,监督交通违章……用处太广了啊。"

章主任听得很是入神,问道:"果真能做到这样?那得投多少资金啊?"

思虹想想说:"互联网是现成的了,主要是RFID,就是安装在路灯上的射频装置,终端感应、扫描器等传感设备。是得投点资,但和日后庞大的管理成本相比就不算什么了。"

章主任站起道:"如果投资太高就得不偿失了,你们做个可行性报告吧。"

思虹也站起身拉着章主任的胳膊说:"爸,我说的就是这个事,人家说你是'子怡'(质疑),就是说你总质疑先进的东西,我们的可行性报告上来,你可以挑毛病,但要以积极的态度支持我们哟。"

妈妈在旁说:"思虹,我们家里是家里,工作是工作,你爸爸不能因为你就违反原则呀。"

思虹忙又拉着妈妈说:"妈,这个道理我懂,我是想让爸爸别戴着有色眼镜看新生事物,要客观地公正地看待。"

章主任抓起皮包边走边摇着头说:"完了完了,小的教训起老的来了。这回我把闺女都搭进去了。物联网,物联网啊……"

思虹知道爸爸这是答应了,看着爸爸的背影和妈妈一起笑了起来。

周六，市府广场东侧的大剧院门前，几辆中华系列车接踵而至。最前面的"红酷宝"里下来的是思虹，接着"蓝酷宝"里出来的是小宇，然后是阿特拉斯棕的中华V5里跳下来了小川。后面跟上来的还有维也纳金的中华H530，宝石灰的中华尊驰，冰雪白的中华骏捷……众人拾阶而上，来到二楼的咖啡厅。这里正是金廊的中间位置，也是白天大家相聚的地方。晚上自然是去阿莲的沙龙酒吧了。

七八个人围在一起点上来自己喜欢的咖啡。思虹总是不忘小慧，她搅着一杯蓝山咖啡跟小川说："小慧啥时来沈阳啊？多期待你们有缘相遇，一定很浪漫。"

小川喝了一口拿铁咖啡，转圈看着大家说："如今沈阳，还有比'青年大街千百度'浪漫的吗？"

在大家的笑声中，小宇接道："小慧不是下周来吗？让我们大家一起见证你们的浪漫吧！"接着，小宇拿出几份打印装订好的文件说："书归正传，这是思虹用了三天时间写的青年大街物联网项目报告，还得请阿莲和春晓姐帮我们递上去。"

这时，阿莲和春晓、秦朔几人正走进咖啡厅，思虹站起来招着手，服务员又搬来几把椅子。

阿莲接过文件翻看了一会儿，端起一杯奶茶说："关键是投资这块儿，一定要客观，还要有说服力。"

小宇点头道："我算了一下，用不了一年，青年大街省下的电费就可以购买全套传感设备。"

边春晓放下手里的炭烧咖啡，拿过第二份文件看着说："怎么，小宇，又提出一份项目可行性报告？哦，是楼宇太阳能项目。"

小宇点头道："是的，我们趁热打铁，一步到位。如果市里同意上物联网了，就没有理由不上楼宇太阳能项目。"

秦朔问道："楼宇太阳能？怎么做？都包括什么？"

小川接过话题解释起来："就是把楼顶、楼墙利用起来，安装太阳能屋顶和太阳能玻璃幕墙，开展光伏幕墙光电建筑一体化，让整栋楼里的用电都来自太阳能,顺便也带起楼宇霓虹灯亮化工程……"

阿莲惊叹道:"一个小小的太阳能路灯就能发那么多电,要是这么大面积的屋顶和幕墙利用起来,发电量应该很可观的。"然后,阿莲对边春晓和秦朔说:"这项目我们一定要促成,我们各自再做一期访谈吧,内容就是物联网和楼宇太阳能的利用。"

小宇站起道:"那就拜托各位了,我们还要马上回到岗位上去。"众人都站起来,个个脸色凝重。这时,冯英伦和杨曼跑了上来,冯英伦扶扶眼镜略有腼腆地向大家说:"看到停车场上一溜中华车,别提多爽了。我和我们集团老总汇报后,他为了支持青年大街节能减排和感谢你们集体惠驾中华车,决定免费为我们每台车都配上DVD、GPS导航仪、360度全车影像系统和红外线夜视系统,并享受三年免费保养。对了,这个保养是包括换三滤的!"

众人又是一片叫好声,柳闲闲脱口而出:"理工男万岁!"

已经担任华晨汽车集团法律顾问的杨曼补充了一句:"中华电动车马上推出来了,老总答应先让我们这些人试驾。"

八 忘年交

太阳能项目已在青年大街全线铺开,太阳能路灯、地铁站、公交站一处处技术工作忙碌地进行着,到处是小宇这个精英团队的身影。

小川扛着测绘仪,在测量着街旁楼房的高度和幕墙面积,不时观察着路边的行人。

小宇拿着一卷图纸走过来问道:"都五天了,还没有小慧的影儿啊?"

小川叹口气说:"可不,我也算是众里寻她千百度了,她怎么还不出现呢。"

小宇同情地望着路边的行人说:"人家天天来青年大街,微博上每晚都有介绍青年大街见闻的图片，你怎么就是认不出呢？"

这时边春晓拎着单反相机走过来，问小宇道："明天版面给我们留了几张图片，你看看上哪张好？"

小宇和小川都凑到相机前，边春晓给他们翻着屏幕。小川突然说："这几张照片和小慧拍的一样。"

小宇也细辨着，突然小宇指着图片说："看，这几张画面里总有这个女人。"

边春晓看看说："挺有教师气质呢，也就40多岁吧。"

小宇抬起头默默地看着小川，小川拼命地摇着头。

春晓调侃道："小川，你的小慧不会是忘年交吧？"小川低头不语。

晚上，大家陆续赶到沙龙。几乎所有进来的人都看向小川，有的直接过来问找到小慧没有。

小川打开笔记本上了微博，刚一登陆就情不自禁喊出来："小慧给我留言了！"

小宇和众人忙赶过来挤在电脑前，只见小慧的微博上写着："既然看不到你，我就站在高处。"下面附着青年大街当天的图片。

小川跳起来走到窗前看着眼前的青年大街。兰波的吉他越来越激昂。刘闯的电子钢琴也试着合奏起来。

柳闲闲对身边的柯林恶作剧地说："小川的忘年交终于出现了。明天可是最后一天了。"

柯林笑道："闲闲，不知道你这话里有没有幸灾乐祸的成分。"众人听罢一阵哄笑。

第二天一大早，小川便开着中华V5驶上了青年大街，小宇给他一天假，让他集中精力找小慧。他沿着青年大街10公里长街来回开着，一路观望着路边的高层建筑。可是屋顶上也不可能上去人啊，连个人影都没有。小川去了青年大街两侧的财富中心、奉天银座、昌鑫置地广场、汇宝国际商业广场、银河国际大厦、积家百货、香港置地商业广场和市府恒隆广场等高层建筑，找得他心急火燎，却一无所获。

这时张晓给小川打来电话："小川，我和周慕在彩电塔下面呢，我们分析小慧说的高处就在彩电塔上面，你快过来，我们陪你上去。"

青年大街边上的彩电塔高达305.5米，这可是沈阳的最高处了！小川埋怨着自己，怎么没早想起这个地方呢？他忙驱车过去，和张晓、周蓦登上了彩电塔。观光大厅和观光台走了好几圈，但期待的一幕没有出现，没有遇到手里拿着《季羡林文丛》的女孩，或者女人。

小川沮丧地站在彩电塔下，用《季羡林文丛》拍打着手掌。眼看太阳就要落山了，难道真的要错过一个红颜知己？难道真的和小慧无缘？这时，手机响了，小川手忙脚乱地接起，里面传来思虹的声音："小川啊，也许这个'高'不是指高处的'高'……"

小川听罢如醍醐灌顶，撒腿就跑向路口。他没去对面的凯宾斯基酒店取自己的车，而是扬手叫了一辆出租，一溜烟向北开去。

这辆中华牌出租车径直停在高登大酒店对面的路口，小川下车顺着人行横道跑了过去。果然，高登大酒店正门口旁的迎宾过道上站着那位有教师气质的中年女人，手里拿着小川和小慧一直谈论的《季羡林文丛·散文精粹》。她迎着手里也拿着《散文精粹》的小川走了几步，一面仔细打量着他。

小川没有一丝犹豫，坚定地走过去对中年女人说："小慧阿姨，你让我找得好苦……"

那中年女人微笑着说："看来小慧和小川还算有缘。你管我叫姨你甘心吗？"

小川连连点头道："我们永远是知己，是最好的朋友。"

中年女人笑了，看了小川半晌说道："小子，老姨这关你是过了。"说罢，她回头向酒店里招了下手。

在小川和已赶过来的小宇与思虹的惊讶中，转门里走出来一个眉清目秀、端庄典雅的女孩。小川顿时明白了，她，才是小慧！

小慧紧走几步，跳到小川面前，有些羞怯地拉起小川的手，学着沈阳腔说："我想留下再看看青年大街，你欢迎吗？"

喜出望外的小川拉小慧就跑，边跑边喊着："既然在高处找到了你，我就不让你再离开高处！"

晚上，扯淡沙龙里高朋满座，加入青年大街项目的青年才俊越来越多了。如上次小宇找到思虹一样，今晚的主角就是小慧了。

在兰波的《与美丽邂逅》的吟唱中，小慧圆睁着从容又敏锐的慧眼，认真听着各路人马三言两语向小宇汇报，一一印证着小川在微博里讲述的青年大街节能减排的各个项目，也在逐个与微博里的人对号。

等大家说得差不多了，小慧举手了。众人本来都不时地扫着她和小川，这时都静了下来听她会说些什么。

小慧站起来说："小川的朋友们，大家好。"众人一片笑声，思虹轻声纠正着："小川的朋友，就是你的朋友。"

小慧也笑出了酒窝儿，纠正道："各位朋友们，小慧来沈阳之前就在关注青年大街的节能减排项目了，这一周又在现场感受了很多，灰常灰常地、严重地喜欢你们……"

平时不太说话的林雪儿突然补充了句："也包括小川。"说完，看了冯东尚一眼。众人又是一片笑声。小慧和林雪儿都红了脸。

小慧看了眼小川接着说："看到你们热火朝天的创造，更是让小慧灰常灰常地、严重地感动。我是学微电子专业的，毕业后基本没有用上，我在青年大街上看到了可能应用上的机会，包括智能公交车站，包括发电，尤其是在物联网运作的过程中更需要微电子技术。所以，我想，我想跟你们一段时间……"

林雪儿轻声说了句："跟小川一段——是不行的，要永远跟下去！"

众人又是哄然而笑，林雪儿身边的冯东尚拍了下她的肩。

九 流动地标

要说思虹的加盟刮起了物联网旋风，小慧的加入则掀起了一场微电子应用热潮。扯淡沙龙的精英团队全员都动起来了。

小慧先把智能公交车站加上了一项内容：在候车廊里加了一块电子信息显示牌，可以将214路全线的公交车都显示出来。看着闪烁着的一串亮点，候车的人们就可以了解线路上所有运行公交车的位置和距离。

接着，小慧又提出借市政府大力支持创新的机会，在地铁口和公交车站设立重力发电地板，人只要在上面走，重量产生的微电流就会被收集起来，积少成多，也是可以利用的电能。

小宇和小川受到小慧的启发，提出在人行道上铺设太阳能和重力双重发电板。小宇又顺势提出在人行道上铺设宽体平面电梯，将其设计成自动人行道的项目。云天、张晓、周蓦成立了电能项目攻关组，全面设计、制作图纸。

小川则更敢想，他依据重力发电原理，大胆地提出冲力发电，设计拳击发电装置。小慧也锦上添花，配合小川设计了脚踏车发电。两人的创意得到章主任的肯定后，也将项目并入攻关组中。

冯东尚和柳闲闲则盯上了太阳能屋顶、光伏幕墙等光电建筑一体化的项目，并全力投入操作。如果能达到小宇的设计标准，楼宇太阳能发出的电能将远远超出楼内照明和电器的需要，多余的电能还可并入电网。物业公司对这个项目特别感兴趣，积极配合。因为市里明确了楼宇发电余电的电费，除用作减免业主的物业费，剩下的都可算作是物业公司的收入。

楚明轩和林雪儿、秦伟几名画家将地铁通道和公交车站的一些企业广告画出来，这样他们的画再不是免费的了。同时他们还将画画的技能应用到金廊的亮化工程中，设计青年大街两侧楼宇的电子霓虹效果图。而且他们根据整个金廊分为辽宁省行政文化中心、城市政治经济中心和金融文化产业中心三大区域，设计也体现了不同的风格。章主任兴致勃勃地介绍："太阳能灯具的普及，将使青年大街的亮化工程超过东京、首尔和新加坡，成为亚洲最大的亮化地段。"

而披着长发背着吉他在青年大街上到处游走寻找他的小白的兰波，被章主任批作是"最不务正业的人"，好在刘立朵带着他成立了金廊创作组，几人到处采风也是正常的。刘闯和莫芷涵、何天娇、楚飞儿天天催着创作组快写出剧本好排练。

阿莲则和春晓、秦朔、钟凌组成了金廊御用报道组,不但在天天采访和报道青年大街上的人和事,还在东北新闻网、北国网等沈阳有影响的网站上发动讨论,收集民意。小宇他们每个项目的提出都在网上引起热烈反响,一些中肯的意见也得到了小宇他们的采纳。

一晃儿就是夏天了。青年大街的变化日新月异。各项目的实施效率很高,进度也很快。这天晚上,大家又都来到沙龙小聚。阿莲招呼着大家说:"快了,以后空调就能用上我们的太阳能电了。"

坐在中间的冯英伦兴高采烈,因为他今天开来了中华混合动力车,概念车就要转入量产了。这时他的手机响了,冯英伦频频扶着眼镜喜形于色地说:"沈部长啊,就知道你们企划部会找我问试驾效果的。刚才这批精英每人都在青年大街上开了一圈。反应都挺好,只是感觉起步力度小了点儿,但我们也不是赛车手,无所谓的。是啊,他们还有很多建议呢。好,我现在就收集一下。"

冯英伦将手机放在茶几上,向阿莲招着手说:"阿莲,有劳你宣布下今晚沙龙的主题,就是给中华电动车提点建议。"

沙龙每天的聚会一般都是有个主题的,即便事先没有确定主题,散场时也会归纳出个主题的。

小川没等阿莲说话便先发言道:"要趁批量生产前把能完善的地方尽量完善。我想到的是能不能把车顶和发动机盖都铺上太阳能电池板,让混合动力再加上太阳能这项。我们有给地铁和路灯铺电池板的技术,这个制作工艺不难,或许会让汽车更漂亮。"

一直埋着头画图的小慧抬起头来接着说:"我下午开过电动车就琢磨这车的电动性能。现在的电池包太重,蓄电量也不高。根据我掌握的锂电池参数,我为电动汽车设计的电池组是3×3共9块锂电池,电池包重量只有27公斤。耗电量百公里仅5度电,充电时间也只是3分钟,充一次电30度,保守计算至少可跑600公里,百公里加速时间为10秒,最高时速可达每小时120公里。"

在台上轻抚电子钢琴的刘闯嘟囔了一句:"可以一口气开大连一个来回了!"

冯英伦用期望的目光看向小宇，小宇点点头说："不知道华晨汽车公司有没有这样的计划，这混合动力车不只是电池和燃料的混合，还可以是将太阳能、电池能和风能、动能、热能几者合一的混合。"

思虹马上又接着说："如果能加上风能和动能发电，再把发动机的热能收集起来，只要车一动就发电，这样就不只是电动车，而是电能车了。不但可以开发出纯电动汽车，还可以是开着车发电，卖电字儿挣钱了。"

这时秦朔问了句："现在有车族都有自己的车了，不能为了提倡环保再买台电动车吧？"

小宇马上回答道："这也是要考虑的。我们要把现在的燃油汽车改装为混合动力汽车，华晨汽车公司拿出整套技术培训方案在全市各4S店推广，争取在最短的时间内把全市的汽车改装为混合动力汽车。这样汽车尾气排放将大幅度减少，沈阳将会重现湛蓝的天空。"

边春晓在旁边出着主意："为了鼓励人们开电动车，还可以以旧换新呀。比如中华电动车价值15万，最好是15万这个档次，15万元以下的旧车换新电动车，不折旧交上差价钱；15万元以上的旧车，折旧后华晨付给差价钱。"

冯尚志接道："将来再进一步发展，就是研制以压缩空气和其他清洁能源为动力的新型汽车了。我还希望华晨能制造出有生活居住功能的中华房车。"

这时沐清归纳了句："这样我们沈阳的中华车，就成了我们沈阳的流动地标了！"

冯英伦听到这里缓过神来说："你们的建议也太给力了！都是专家级的建议呀。"

突然，茶几上的手机里传来说话声，原来，冯英伦将手机设置成了免提，刚才大家的发言企划部的沈部长一直都在听。

手机里沈部长在说："他们的建议太好了！很有可行性和前瞻性。你知道我在哪里吗？"

冯英伦忙问："沈部长你在哪里呢？"

沈部长哈哈笑道:"我在董事局会议室里,董事长、总裁、总工们都在场,大家都听到了你们的发言。董事长让我向你们沙龙的精英们表示感谢!我们一定会努力,将中华车打造成为沈阳的流动地标!"

这时,手机里传来一个深沉而富有磁性的声音:"我就是华晨集团董事长,我诚挚地邀请各位,明天来我这里开个研讨会传经送宝,中午我请你们吃饭。"

十 自助酒会

时光荏苒,转眼已到了深秋。青年大街的节能减排工程已初见端倪。

太阳能路灯犹如一棵棵太阳树,排列在大街两侧,两排四季常青的植物与太阳树相映成趣。路灯下时常有人驻足,掏出手机充电,不到30秒便充完离开。不时还有电动车开过来快速充电。

漂亮的智能公交车站候车亭造型各异,候车的人们看着电子显示屏指示的即将进站的公交车距离,不慌不忙地听着音乐,候车亭棚顶充满艺术美感的广告和常识介绍也吸引着人们的注意。

各个地铁通道里灯光如昼,除了各种智能功能外,有一处设施最引人注目。在一排自动售票机旁,加了一列固定脚踏发电车和拳击发电人。人们只要飞快骑几圈或用力拳击发电人几拳,机器就会吐出一张全程地铁票。排队的人都喜滋滋地说:"出点力不但发了电,还锻炼了身体,省了车票钱。"

青年大街共有17个路口,现在有一半都铺了口字形自动人行道。红灯一亮,三米宽的自动人行道便向前行去。交警要求行人上了自动人行道也要走路,这样会加快人流通过,等信号灯的时间比过去减少了一半。

街面上行驶的汽车中,抬眼就能看到中华电动车的身影。在政府和企业倡导的以旧换新和电动车改装政策感召下,街面上有一多半的汽车都是电动车了。同时,市政府还在大刀阔斧地进行公车改革,公车数量也锐减了一半,并在继续减少中。至于私家车,边春晓和阿莲、秦朔、钟凌在网上发动了一场大讨论：私家车啥时开？小宇和小川以国外为例，提出的私家车只有办私事时才开的观点占了上风，大批私家车不做上下班的交通工具了，只有周末郊游或访友聚会时才出动。如此一来，青年大街车流量减少了一半，再无塞车现象。清晨，青年大街路边已开始出现晨练的人群了。

光电建筑一体化也操作了相当一部分。街两侧铺设了太阳能屋顶和太阳能玻璃幕墙的大楼，不但保证了24小时的热水供应，还解决了照明和电器用电。更让大楼管理者和业户们欣慰的是，用不完的电被政府高价购去，可以使物业费大幅度降低甚至免交。

物联网技术也已应用在青年大街上。路灯、地铁、公交车站的照明及两侧的霓虹亮化工程全部为无线控制，人们在网上就可以看到整条街的实景实况。交警部门正在加紧研究如何利用青年大街上的物联网进行智能交通管理。

思虹更绝，她还开发出了家联网，一个家庭里的各种电器、门窗、物品、汽车、自行车都纳入了主人的手机和电脑控制中。她先给沙龙里的人每家做了一套。大家嘴上都说失去了"自由"，却都争先恐后地求思虹安装。

夜晚的10公里长街璀璨如昼，经过小宇他们千百次的奔波，一条国际化的理想大街呈现在人们面前。

这天晚上，在大街南端的万豪酒店三楼宴会厅里，一个简朴又精致的自助酒会正在举办。

宴会厅不大，但人却不少。市、区相关部门领导及金廊办的工作人员都出席了，扯淡沙龙的人更是尽数都在——扯淡沙龙最近已改成了达人社。

前面的小舞台上仍是兰波和刘闯在合作，只是兰波身边多了一位白衣少女。大家知道，是阿莲帮兰波把他的初恋女友小白找了回来。兰波的琴声里洋溢着阳光和快乐。

冯英伦和杨曼陪着华晨集团的几位老总，小宇和小川不时过去敬酒。

云天和茗玉身边还有一对帅哥靓女，茗玉告诉大家："这是我的表妹钟丽娜和她的日本男友宫本靖。"

柳闲闲小鸟依人般依偎着秦朔。张晓和周蓦在旁坐陪,张晓不时也学着柳闲闲依偎下周蓦。

冯东尚和林雪儿与楚明轩、秦伟等几名画家在一起,讨论着地铁里没有完成的画作。

沐清的眼神则一直跟着钟凌。旁边的尹枫林开玩笑道:"你把风筝线收回来吧,让钟凌和春晓在一起。"

边春晓这时又被柳闲闲缠着,讲着珠宝鉴赏知识。林宇翔和柯林两个男人很对性地饮着酒。

小宇和章思虹、小川和小慧两对主人端着红酒穿梭在人群中。

这时,刘立朵上台主持:"在我们沈阳达人剧社创作编排的小话剧《青年大街千百度》正式上演前,先请大家欣赏著名舞蹈演员莫芷涵创作的《千百度之舞》。"

原来,他们以刘立朵、兰波、刘闯、何天娇、莫芷涵、楚飞儿等人为骨干,成立了沈阳达人剧社,沙龙里的很多人都被刘立朵和钟凌分配了演出角色。

莫芷涵表演的《千百度之舞》赢得了大家的掌声,接着,小话剧《青年大街千百度》上演了。

话剧的素材就是小宇和思虹的事。小宇和思虹真人上演,小川和小慧也以副线衬托上了台。大家都看得出,虽然演的是小宇和思虹三次邂逅的情感故事,却将青年大街节能减排改造的背景一一呈现了出来。两首原创歌曲《与美丽邂逅》和《与理想相逢》的旋律贯穿始终。成功的表演再一次激起了热烈的掌声。

掌声中,微醺的章主任上台宣布:"在我女儿思虹的订婚晚会上我宣布,全市将有首批10条主要大街全面推广青年大街工程,我们将以青年大街工程为样板,推动全市节能减排工作的深入开展。"

这时,小宇和思虹向所有来宾赠送了他们制作的太阳能窗帘、太阳能帽子、太阳能大衣等。

一名中年女教师端着酒杯朝小川和小慧走去,她和蔼地对小川说:"小川,啥时和我外甥女订婚啊?"

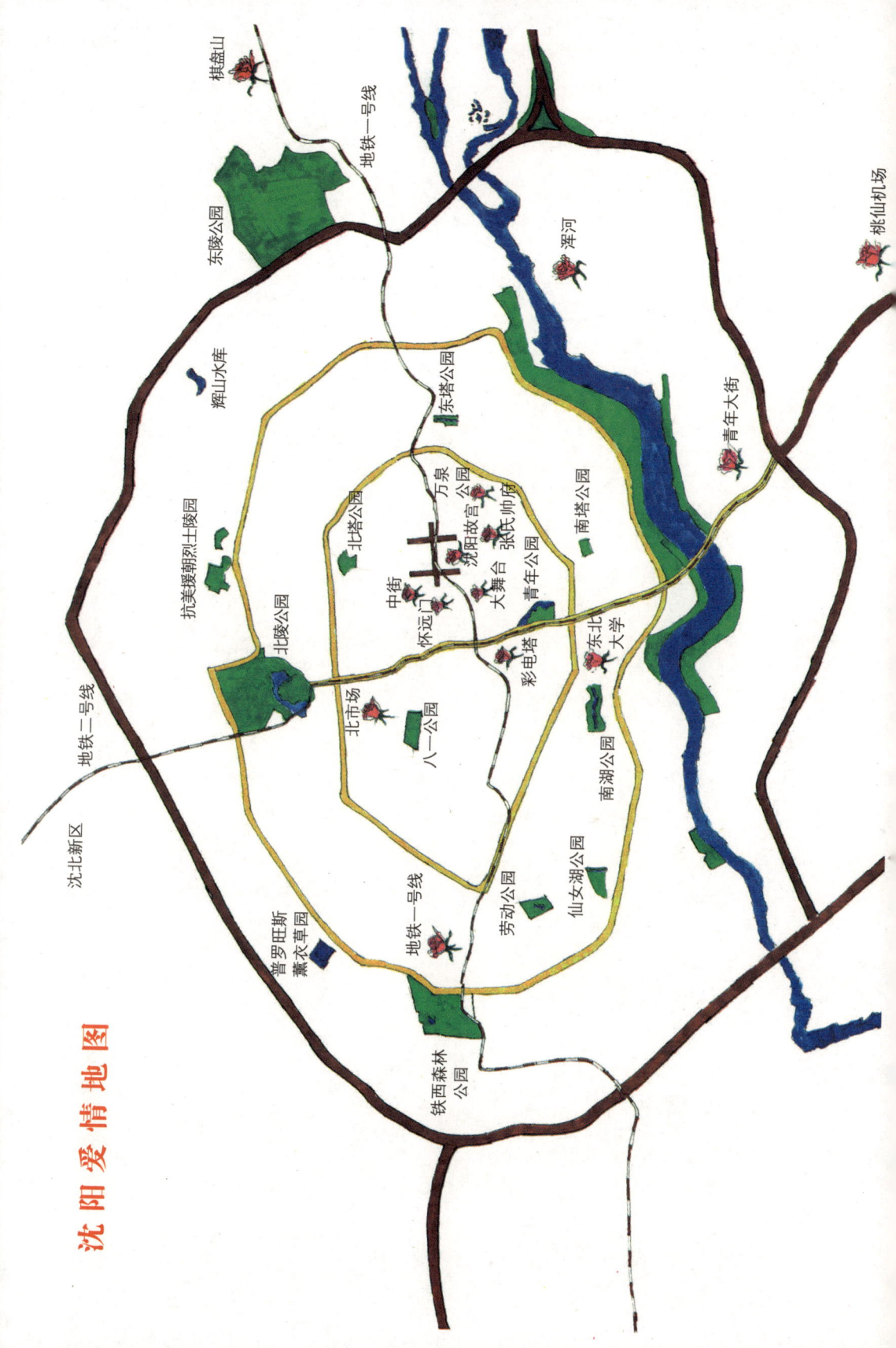